ये आम रास्ता नहीं

ये आम रास्ता नहीं

रजनी गुप्त

वाणी प्रकाशन

वाणी प्रकाशन
4695, 21-ए, दरियागंज, नयी दिल्ली 110 002
शाखा
अशोक राजपथ, पटना 800 004
फ़ोन: +91 11 23273167 फ़ैक्स: +91 11 23275710
www.vaniprakashan.in
vaniprakashan@gmail.com

YE AAM RASTA NAHIN
by Rajni Gupt

ISBN : 978-93-5072-357-9
Novel

प्रथम संस्करण
मूल्य : ₹ 150

न्यू कृष्णा ऑफ़सेट, दिल्ली-110093 में मुद्रित

वाणी प्रकाशन का लोगो मक़बूल फ़िदा हुसेन की कूची से

"सुधी समीक्षक सुशील सिद्धार्थ एवं
कवि-कथाकार अरुण आदित्य के रचनात्मक
सुझावों हेतु हार्दिक आभार।"

दूर-दूर तक फैली हुई फूलों की घाटी। घाटी के बीचोबीच एक भव्य महल। महल के मध्यकक्ष में बड़ा सा सिंहासन। सिंहासन पर बैठी हुई मृदु ने सोचा, अगर ये सिंह सचमुच के सिंह होते तो...? उसका सोचना भर था कि धातु के नक्काशी वाले वे सिंह सचमुच गुर्राते हुए उस पर झपट पड़े। वह तेज़ी से सिंहासन से कूद पड़ी। सिंह उसके पीछे-पीछे दौड़े। वह महल के प्रवेश-द्वार पर पहुँची, जहाँ दो सुरक्षाकर्मी भाला लिये खड़े थे। उसे उम्मीद थी कि सुरक्षाकर्मी अपने भालों से सिंहों को मार देंगे, पर यह क्या? उनके भाले तो खुद उसी की ओर बढ़े चले आ रहे थे। वह और तेजी से भागी। अचानक उसे अपने घोड़े की याद आयी। याद आते ही घोड़ा भी हाजिर हो गया। वह उछलकर सवार हो गयी और तेजी से भाग निकली। अब सिंह और सुरक्षाकर्मी बहुत पीछे रह गये थे। उसने राहत की साँस ली और जैसे ही साँस की हवा घोड़े को लगी, उसका सिर सिंह का हो गया। अरे! कहीं मैं घोड़े के चक्कर में सिंह पर तो नहीं सवार हो गयी? अब इस सिंह या अश्व या सिंहाश्व को मारने के लिए उसने तलवार निकाली। वह तलवार से इस सिंहाश्व का सिर उड़ाने ही वाली थी कि उसने देखा, जो फन काढ़े उसे ही डसने को उतावला था। वह जोर-जोर से चीखने लगी– बचाओ, बचाओ। चीखते-चीखते वह बेहोश हो गयी। होश आया तो उसने देखा, उसके पति मिस्टर पुंजेश्वर प्रसाद उर्फ पुंजसाब उसे झिंझोड़-झिंझोड़कर पूछ रहे थे– 'महारानी जी, अब आपको किससे खतरा पैदा हो गया है जो इस कदर चीख-चिल्ला रही हो नींद में? ऐसा भला कौन सा सपना देख लिया? जरा हम भी तो सुनें।'

'ऐं, अभी तक सो रही थी मैं? हाय राम! आज उठने में इतनी देर कैसे हो गयी? बच्चे तो अब तक स्कूल चले गये होंगे। उनके लिए नाश्ता तक नहीं बना पायी। अरे! आपको उठा देना चाहिए था। क्यों नहीं उठाया आपने? अब आपको दफ्तर के लिए भी देर हो रही होगी? चलो, जल्दी से नाश्ता बना दूँ आपके लिए?' उनके उबलते सवालों का जवाब दिए बिना वह चटपट उठ बैठी और पूछने लगी– 'आज क्या बना दूँ? क्या खाएँगे आप?'

'नाश्ता वाश्ता सब कुछ बना लिया था मैंने और बच्चे भी नाश्ता करके कब के स्कूल चले गये। मैंने सोचा, रात में देर से लौटी हो तो....? वैसे भी राजनीति का भूत जो सवार हो गया है तुम्हारे सिर पर, क्या करूँ, तुम मानती ही नहीं मेरी बात...। वाइ द वे, सपने में किससे खतरा पैदा हो गया था जो सुबह सवेरे इतने जोर-जोर से चीख-चीखकर 'बचाओ, बचाओ, चिल्ला रही थीं? बताती क्यों नहीं? क्या सपना देखा था?' उन्होंने फिर से सुबह वाले सवाल को जोरदार तरीके से पूछा।

'मुझे तो सचमुच कुछ भी याद नहीं।' कहकर उसने चुप्पी साध ली। आगे कुछ और कहने से उसने खुद को सायास रोक लिया। मृदु ने सोचा, अब वह इन्हें क्या बताये और कैसे कहे कि उसे किससे कितना खतरा है। उसके सपने को मिस्टर पुंज क्या कभी समझ पाये हैं जो आज समझेंगे? मिस्टर पुंज ही क्यों, कोई भी पुरुष स्त्री की प्रतिभा, उसके स्वप्न, संघर्ष और शक्ति को कहाँ समझ पाते हैं? उसकी चुप्पी देख वे पूछ बैठे–

'क्या सोच रही हो? कहीं जाना है क्या आज? और कोई औरत भी जाएगी क्या तुम्हारे संग?'

'हाँ, जाना तो है। न, और कोई औरत नहीं जाएगी। अकेले ही जाना पड़ेगा। सुना है कि आज प्रदेश अध्यक्ष जी आ रहे हैं। शायद जाना पड़े, कुछ भी तय नहीं। वैसे भी इन लोगों के आने का कोई ठीक-ठिकाना तो रहता नहीं। अक्सर इन लोगों के आने जाने के प्रोगाम बदलते रहते हैं। मेरे पास जब भी कोई फोन वगैरा आएगा तभी जाऊँगी।'

'औरत होकर अकेली जाओगी उन गुंडों के संग? पागल हो गयी हो क्या?'

'मिस्टर पुंज, मैं वहाँ औरत मर्द की हैसियत से नहीं, एक कार्यकर्ता की हैसियत से जाऊँगी। समझ रहे हैं न आप?'

'बड़ी थेथर होती जा रही हो तुम। तुम्हें जो दिखे सो करो अपने मन की। तुम्हारा तो दिमाग खराब कर दिया पार्टी के दोटकिया नेताओं ने। वे जब जहाँ भी बुलाएँगे और तुम तुरन्त चल भी दोगी? तो तुम उनके हाथों की कठपुतली बनने को तैयार बैठी हो क्या? ऐं?' उनका कुत्सित व्यंग्यार्थ छिपा नहीं रह सका।

'कैसी गन्दी भाषा का इस्तेमाल करने लगे हैं आप आजकल? ऐं?'

लेकिन उसकी बात की सुनी-अनसुनी करते हुए पुंजेश्वर प्रसाद उर्फ पुंजसाब तो तेजी से अपने दफ्तर के लिए चलते बने। गुस्से की अतिशयता में उमड़ आये आँसुओं पर किसी तरह काबू किया फिर खुद को कड़े संघर्ष के लिए तैयार कर लिया। घंटे भर बाद ही मृदु का फोन आ गया और वे भी अपने रास्ते चलती बनी राजनीति के रंग-बिरंगे कालीनों वाले गलियारों में।

'कौन कहता है, राजनीति में आने वाली औरतें दिमाग की तेज होती हैं? किसने कहा तुमसे ये सब? किसी न किसी बड़े नेता की सरपरस्ती में जीती जागती ताकत की कठपुतली भर बनकर रह जाती हैं वे तो, न, न, धाकड़ वाकड़ कुछ नहीं होतीं वे, दिखावा भले ही कर लें मगर....'

'मगर कितनी तेजतर्रार हैं नलिनीजी, कितनी अच्छी इमेज है उनकी, कितना अच्छा बोलती हैं वो, सब उनके भाषण कितने ध्यान से सुनते हैं।'

'न, गलत बात। सच तो ये है कि उनका भाषण सुनने की दिलचस्पी किसी में नहीं होती, मैडम। सबके सब उनके दीदार करने खिंचे चले आते हैं... उनके रूप रंग का जादू खूब चलता है। कोई भी औरत, खास तौर पर राजनेत्री अगर सुन्दर हो तो क्या कहने? फिर तो सोने पै सुहागा।'

'सुना है, उनके पति करोड़ों के मालिक हैं, फिर भी वो यहाँ राजनीति के गलियारों में क्यों? सब कुछ छोड़छाड़ कर कैसे चली आयीं?' अन्दरूनी सच को जानने के लिए उसने एक शातिराना तरकीब सोची।

'यही बात तो खटकती है मुझे भी। जिसका इतना सॉलिड बैकग्राउंड हो, इतना नामी खानदान रहा हो, उन्हें भी इसकी इतनी बुरी तरह से लत लग जाती है। पॉलिटिक्स साली है ही ऐसी कुत्ती चीज। अब मैं तुम्हें किस किसके नाम गिनाऊँ? यहाँ आयीं ज्यादातर औरतें या तो अपने पॉलिटिकल बैकग्राउंड की वजह से सालों से जमी हैं या किसी न किसी नेता के झोले में पड़े खूबसूरत गुलदस्ते की तरह सजी धजी घूमती फिरती हैं और फिर इन्हें भी किस कदर बैकफुट पर धकियाने में जुटे रहते हैं नेता लोग। पता है, उस नयी लड़की का क्या हश्र हुआ?'

'वही जो राजस्थान के नामी गिरामी खानदान से आयी थी?'

'हाँ, वही नीना वोहरा, अरे! उसे क्या जरूरत थी राजनीति फाजनीति में कूदने की? चुपचाप घर पर क्यों नहीं बैठा जाता उससे? इतने पैसे वाले की एकलौती कुँवारी लड़की और कितनी तो सुन्दर पर्सनैल्टी है उसकी। आये दिन जिस तिसके साथ कार में घूमती दिख जाएगी। अपना काम कराने के लिए न जाने किस किसके संग क्या क्या नहीं करती होगी। अब छोड़ो इन बातों को। वैसे भी तुम तो इन सबसे अलग हटकर हो। कितनी प्यारी, मासूम और कितनी भोली भाली दिखती हो तुम।' बात खत्म करते वक्त वे अपना चारा डालना कतई नहीं भूले।

'शायद पैसों के लिए ...एक्सट्रा पैसे किसे बुरे लगते हैं?'

'न, कोई सवाल ही नहीं उठता। करोड़ों की दौलत भरी पड़ी है उसके यहाँ। आजकल की इन लड़कियों के भेजे में और शरीर में गर्मी चढ़ गयी है, तभी तो मर्दों के बीच हा हा, ठी ठी करके अपना बदन नुचवाने का बुरा चस्का लग जाता है इन

नयी परियों को। औरतें चाहे कुँवारी हों या शादीशुदा, सबकी सब मर्दों को रिझाकर उनके संग साथ के लिए लपलपाने लगती हैं, मुफ्त में हाथ लगा माल कौन छोड़ता है?...' बोलते-बोलते वे अचानक रुक गये।

कितनी घटिया, कितनी टुच्ची बातें कर रहे हैं ये। उफ! औरतों को लेकर कितनी गिरी हुई कितनी ओछी सोच है इनकी, तब तो ये मेरे बारे में यही सब सोचते होंगे। पक्की बात है...।

'ऐ मृदु, क्या हुआ तुझे? माई स्वीटहार्ट, मेरी बातों को अदरवाइज मत लेना। नशे की झोंक में कभी-कभार जुबान लटपटा जाती है मेरी तो। न जाने क्या-क्या बकवास कर डालता हूँ, तू गलत मतलब मत निकाल लेना। तेरे वास्ते तो मैं ऐसा सोच भी नहीं सकता। तू तो सबसे कीमती नग है आज की इस पॉलिटिक्स में।' उसे चुपचाप देख उन्होंने कुछ सँभलने की कोशिश करते हुए कहा।

उनकी बातों से बेखबर वह तो अपने तरकश से नये-नये सवाल छोड़ती जा रही थी—

'एक बात और पूछनी थी, क्या राजनीति में कैरियर वगैरा कुछ नहीं बनता?'

सुनते ही उन्हें अचानक हँसी आ गयी— 'औरतों का कैरियर? हूँ, कैरियर की सच्चाई जानना चाहती हो?' कहते हुए वे जरा व्यंग्य से मुस्कराये और हाथ का इशारा करते हुए बोले— 'तो जरा मेरे नजदीक तो आओ।'

थोड़े से संकोच और शुरुआती झिझक के बाद वे पास पड़े सोफा पर बैठ गयी— 'यहाँ ठीक रहेगा न?'

बड़ी बेशर्मी से पान का पूरा रस हलक के नीचे उतारते हुए बोले— 'जब तुम तनिक नजदीक से मेरे पास बैठोगी तभी तुम्हें राजनीति के पीछे चलने वाले मूलमन्त्र समझा पाऊँगा। हाँ, अब ठीक है, तुम्हारा मुखड़ा पास से देखता रहता हूँ तभी मेरा दिमाग कायदे से चलता है, समझीं? हाँ, तो क्या पूछ रही थीं?'

'राजनीति में कैरियर के वास्ते जानना चाहती हूँ, असल में... हकीकत है क्या?'

'वैसे बड़ा टेढ़ा सवाल पूछ लिया तूने तो। तेरा दिमाग बहुत तेज चलता है मृदु, अब तो तू एक दिन में ही इतने सारे सवाल पूछ लेगी तो फिर आगे क्या पूछेगी? बोल?'

'राजनीति में आयी औरतों के कैरियर का ग्राफ कितनी ऊँचाई तक जा सकता है? प्लीज सच-सच बताइए न?' उसने बिना लागलपेट के अपने मन की बात बयाँ कर दीं।

'वैसे तू इस सच को सुनकर पचा नहीं पाएगी। रहने दे इस टॉपिक को। फिर

कभी सही।' उन्होंने टालने के अन्दाज में पास पड़े स्टूल पर रखे काजू की प्लेट में से चंद काजू उठाये और टूँगने लगे। अनायास पास रखे काँच के गिलास से उनकी हथेली टकरायी तभी मृदु का ध्यान शराब की बोतल के पास रखे दोनों गिलासों की तरफ चला गया।

'प्लीज, पूरा सच बताइए न? विलीव मी, सच की सख्त जमीन पर बखूबी चलना आता है मुझे। मैं उन औरतों में से कतई नहीं जो महज खयाली ख्वाबों में ही उलझी रहती हैं।' उसकी आवाज में शुमार अति आत्मविश्वास को सूँघते हुए वे तपाक से बोल पड़े–

'सच ही सुनना चाहती है तो सुन, जंगली घासपूस के बीच खिले गूलर के फूल की तरह खिलती हैं राजनीति में आयी औरतें जिन्हें हर कोई लपककर अपने मुँह में गपक लेना चाहता है, यही है सौ फीसदी सच। खैर, अब तो तूने सच जान लिया तो खुश है न? ऐ, ऐसे आँखें गड़ा-गड़ाकर क्यों देख रही है मुझे? तू तो मेरी जान है, माई सोलमेट स्वीटहार्ट, कितनी नेकदिल औरत है तू तो। मेरी वाइफ भी तेरी तारीफ कर रही थी।'

'क्या! क्या कह रही थीं वो?' अनायास मृदु की आवाज में कोमलता का पुट आ गया।

'यही कि तेरे पति की एक पोजीशन है, अच्छे से बच्चे सँभालती है तू। घर गृहस्थी के साथ राजनीतिक काम सँभालने का हुनर है तुममें। मगर मेरे तो किसी भी काम की नहीं तू। हाथ ही नहीं रखने देती ...प्लीज मृदु, कम टु मी, मुझे गलत मत समझना। मैं तो तेरे वास्ते कुछ भी करने को तैयार बैठा हूँ। तू जैसा हुकुम करेगी, बन्दा हाजिर है।' कहते हुए वे उसे अपने दामन में समेटने के लिए बौराने लगे मगर ऐन मौके पर किसी ने नॉक कर दिया। मृदु तुरन्त किसी चुस्त पत्रकार की तरह नोटबुक निकाल कुछ लिखने का अभिनय करने लगी।

जैसे बर्फ में सब कुछ सुन्न पड़ता जाता है, वैसे ही तन मन फ्रीज होने लगा मृदु का। तो ये औकात है राजनीति की तरफ कदम बढ़ाने वाली औरतों की। किस कदर उन्हें नीबू की तरह निचोड़कर परे फेंक दिया जाता है... कितनी बेरहमी से इस्तेमाल करते हैं ये नेता लोग उसका।

आज कितनी खरी बात कही है प्रदेश अध्यक्ष ने उससे। शराब की झोंक में ही सही, मगर कितनी बड़ी सचाई बयान की है उन्होंने आज उसके सामने। सोचते-सोचते वो उदासी और हताशा के भंवर में घिरती गयी। अचानक उसका मोबाइल चमकने लगा और शिष्टाचारवश वह 'जस्ट ए मिनट...' कहकर बाहर खुले प्रांगण में निकल आयी।

होटल मैरीसन के खुले प्रांगण में तमाम तरह के खद्दरधारी नेता यहाँ वहाँ चहलकदमी करते हुए अपने-अपने मोबाइल पर बतियाने में जुटे थे। राजनीति का रोब, ग्लैमर और ताकत मृदु को अपने पास खींचती थी सो इस तरफ आने के लिए वह कोई न कोई मौका तलाशती रहती। उस दिन ऐन मौके पर सामने से आ रही 70 के दशक की राजनेत्री और उम्रदराज वरिष्ठ कांग्रेसी नेता रत्ना चन्द्रा आती दिखी सो वह तेजी से उनके पास लपककर आयी और पैर छूते हुए बोली– 'दीदी, आपका खूब नाम सुना है। कुछ हमारा भी मार्गदर्शन कीजिए। हमें भी राजनीति के गुर सीखने हैं आपसे। बताइए, कब आपके पास आएँ?'

उन्होंने ध्यान से उसकी तरफ देखा फिर ऐनक साफ करते हुए बोलीं– 'किसी भी इतवार को फोन करके आ जाना। ये रहा मेरा नम्बर।'

'ठीक है। मैं जल्दी ही आपसे मिलूँगी।'

तभी मृदु को अपने बेटे की आवाज सुनाई पड़ी– 'कहाँ हैं आप इस वक्त? बताइए न साफ-साफ, कहाँ हैं?'

'बस, ऐसे ही अपनी एक सहेली के घर आयी थी...' उसने बहाना बना दिया।

'कौन सी सहेली? नाम नहीं बता सकतीं क्या?'

'कैसी बदतमीजी से पूछ रहा है तू? ऐसी क्या बात हो गयी? बता न साफ-साफ।'

'पहले आप सच-सच बताइए वरना...'

'वरना क्या?'

'वरना पापा जो कह रहे हैं, वही सच है कि आप इस वक्त होटल मैरीसन में पार्टी के प्रदेश अध्यक्ष के बुलावे पर उनके कमरे में बैठी हैं। अब बोलती क्यों बन्द हो गयी आपकी? जवाब क्यों नहीं देतीं? मतलब साफ है, मिल गया मुझे जवाब...' कहकर फोन काट दिया उसने।

सुनते ही उनके माथे पर पसीने की बूंदें चमकने लगीं। पेट में बेचैनी के बगूले उठने लगे और वे फटाफट सीढ़ियाँ उतर तेजी से बाहर की तरफ भागने लगीं। सड़क पर चलती गाड़ियों को तेजी से पार करके वे जल्द से जल्द अपने घर पहुँच जाना चाहती थी मगर ट्रैफिक था कि किसी भी सूरत में थमने का नाम ही नहीं ले रहा था। यहाँ से पहुँचते-पहुँचते पूरे पचास मिनट तो लग ही जाएँगे... सोचते हुए वे नर्वस होने लगीं। क्या करें वे? कहाँ जाएँ? जरूर किसी ने मेरा पीछा किया होगा, तभी तो ऐसा फोन करवाया गया। उफ! अब क्या होगा?

गंजू का साथ छोड़ने का ये नतीजा निकलेगा, वो कभी सोच भी नहीं सकती थी। उन्होंने तो खुद अपने मन से ऐसा फैसला लिया था कि चलो, एक बार प्रदेश

अध्यक्ष से खुद ही चलकर मिल लिया जाए, क्या हर्जा? कोई खा तो नहीं जाएँगे वे? क्या पता, उसे आज नहीं तो कल टिकट मिल ही जाए...मगर यहाँ की रामकहानी तो कुछ और ही निकली। यहाँ आने का ये हश्र? ऐसा अंजाम, इतना भयावह धोखा देगा वो? ऐसी कल्पना तो कतई नहीं की थी उन्होंने। हे भगवान! अब क्या होगा? कहीं पति ने ही किसी को मेरे पीछे-पीछे भेज दिया हो, क्या सोचेंगे बच्चे मेरे बारे में? क्या होगा मेरा? इतने लम्बे लम्बे रास्ते आज इतने टेढ़े मेढ़े और चक्करदार क्यों लग रहे हैं? क्यूँ कर वह सीधे-सादे रास्तों पर चलकर अपने घर नहीं पहुँच पा रही?

नेताजी की बातें रह-रहकर रिवाइंड होने लगीं- जिन औरतों के पास करोड़ों की दौलत हो, जिनकी पुश्तैनी जमीन जायदाद हो और पॉलिटिकल बैकग्राउंड इतना पुख्ता हो तभी वे किसी ऊँचाई पर पहुँच सकती हैं वरना आम औरतों का वजूद तो इस चकरघिन्नी में गोल-गोल घूमते हुए दब पिस जाता है और वे कहीं की नहीं रहतीं। तू तो कितनी सीधी-सादी दिखती है मृदु, बोल, गंजू के साथ रहने से क्या हासिल होगा तुझे? नथिंग। वो खुद साला दस सालों से राजनीति की देहरी पर पड़ा-पड़ा नाक रगड़ रहा है, क्या हासिल रहा उसका? तुझे बरगलाकर घर से बाहर निकालने में तो जरूर कामयाब रहा वो मगर इससे आगे का गणित जीरो बटे जीरो। कुछ नहीं आता जाता उसे। हाँ, मैं पूरे मन से सिफारिश करूँगा तेरे वास्ते। बोल्ड तो तू है ही, और अपने नाम के माफिक सॉफ्ट भी। मुझे सचमुच पसन्द आयी तू। अब से तू हरदम मेरे साथ ऐश से रहेगी और जहाँ कहीं भी जाना हो, हवाई जहाज से नीचे पैर नहीं रखने दूँगा मैं तुझे। तू जहाँ की कहे, वहीं की सैर कराऊँगा मैं तुझे... सिंगापुर, लन्दन, मॉरीशस... जहाँ जाना चाहे, चली जाना, घूम आना।'

कितना बड़ा सच उनके मुँह से अनायास निकल गया—राजनीति में आयी औरतों को किस कदर इस्तेमाल करके फिर बैकफुट पर धकिया दिया जाता है। किस-किसका नाम गिनाऊँ? फिर उन्होंने जाति, धर्म और अलग-अलग कम्युनिटी के हिसाब से राजनीति की कुर्सी पर काबिज औरतों के राज रहस्य सूत्रों को समझाना शुरू किया तो होश उड़ गये उसके। सचमुच! इतना आम रास्ता तो नहीं है ये, न ही शॉर्टकट से पहुँचा जा सकता है यहाँ? कुछ नेता तो मृदु को देखते ही चिढ़कर मुँह बना लेते लेकिन उसने कभी किसी की परवा कहाँ की है? हाँ, एक बात तो सच है कि राजनीति में आयी ज्यादातर स्त्री कार्यकर्ताओं को अमूमन लोग अपना भोग समझते रहने के आदी हो चुके हैं गोया वो कोई खाने वाली चीज हो जिसे खाना उनका जन्मसिद्ध अधिकार हो। जो बड़े और ऊँचे कद के नेता थे, वे

तो औरत को महज एक लता समझते आ रहे थे जो सिर्फ और सिर्फ किसी न किसी पुरुष का सहारा पाकर ही पनप सकती थी। वह ऐसी बातों का पूरी ताकत से खंडन करती और मौका पाते ही अपना स्टैण्ड लेना जानती थी– 'न, मैं अपना रास्ता खुद तलाश लूँगी। अपने बूते चलने में समर्थ हूँ मैं। न, किसी के पीछे चलने में यकी नहीं मुझे।'

लेकिन अपने शरीर का इस्तेमाल करके शॉर्टकट से आगे जाने की ख्वाहिश पालने वाली लड़कियों के किस्से तो वह आये दिन अखबार में पढ़ती ही रहती है। तो अब क्या किया जाए? राजनीति में आगे बढ़ने के लिए क्या किया जाए? कैसे कहाँ तक पहुँचा जाए? एक चक्करदार घेरे में गोल-गोल घूमते रहो लेकिन गन्तव्य का तो दूर-दूर तक अता पता ही न हो। लोग आते हैं, उसका हाथ पकड़ उसे साथ लेकर चल देते हैं लेकिन इसी कुचक्र में पिछले पाँच सालों से चक्कर काट रही है वो, गोल-गोल,कहीं नहीं पहुँच पा रही आज तक। बस हर महीने वह पार्टी दफ्तर की मीटिंग में आती, तो कभी फील्ड का दौरा करने निकल जाती तो कभी जनता के बीच पहुँच मीठी बातें करने जाती है तो बड़े नेताओं के अगल बगल में सजे गुलदस्ते की तरह पेश किया जाता है उसे– 'ये हैं मृदु जी, आपके क्षेत्र में सक्रिय महिला कार्यकर्त्री।' बस इतनी सी हैसियत रह गयी है उसकी। उफ! इससे ज्यादा बड़ी और गहरी लकीर क्यों नहीं खींच पायी वह अब तक?

नेता जी के मुँह से ऐसी हकीकत सुनकर सन्न रह गयी वह कि शुरुआत में कैरियर फैरियर की बातें जरूर करती हैं औरतें मगर देर-सवेर किसी न किसी के मुँह का निवाला बनना ही पड़ता है उन्हें। जो ये सब नहीं कर पातीं, उन्हें देर-सवेर चुपचाप अपने-अपने घरों की तरफ रुख करना ही पड़ता है फिर कभी न लौटने के लिए। इतिहास जल्दी ही मिटा देता है उनके नाम को। जुझारू और धाकड़ औरतें ही टिक पाती हैं यहाँ मगर उनके साथ भी शर्त यही है कि जोड़ तोड़ की कला और नयी नयी चालें खेलना जानती हों वो। बेचारी ज्यादातर तो पति के टॉर्चर से बचने या पति की महत्वाकांक्षा को पूरा करने की नीयत से चली आतीं हैं यहाँ लेकिन ज्यादातर को तो किसी न किसी ताकतवर के कन्धे पर बैठा दिया जाता हैं फिर वे किसी गुमनाम कोने में ताज़िन्दगी चुपचाप पड़ी रहने को मजबूर हो जाती हैं।

कितनी साफगोई से कितना बड़ा सच बयान किया है नेताजी ने। वाकई, नशे की झोंक में ही हकीकत का मुखड़ा दिखाई देता है वरना अब तक तो वह किसी न किसी व्यामोह में फँसी फड़फड़ाती रहती, अपने ही बनाये मकड़जाल में।

मृदु का दिमाग जितना तेजी से काम कर रहा था, उतनी ही तेजी से वह फटाफट घर पहुँच जाने के लिए अकुलाने लगी। आज अनुज का जन्मदिन है और

वह जल्दी से जल्दी उड़कर अपने बच्चे के पास पहुँच जाना चाहती। पुराने दिन रह रहकर याद आने लगे, बेतरतीबी से एक-एक घटनाएँ साकार रूप लेने लगीं। अनुज जब छोटा था, देर रात माँ के लौटने की आतुरता से प्रतीक्षा किया करता। लौटते ही वह सबसे पहले अनुज को अपने सीने में कसकर भींच लेती तभी उसके कलेजे को ठंडक मिलती। अनुज के प्रति उनके मन में अगाध लाड़ उमड़ आता लेकिन धीरे-धीरे वे पार्टी पॉलिटिक्स में इतनी उलझती गयीं कि ये छोटी-छोटी बातें उनके हाथ से कब और कैसे फिसल गयीं, उन्हें इसका अहसास तक न हो पाया कि कब और कैसे बड़े बेटे अग्रज ने छोटे बेटे अनुज को अपने चंगुल में लेना शुरू कर दिया। फिर क्या था? हर बात में अपने से बड़े भाई की कॉपी करने की सहज स्वाभाविक आदत के चलते ऐसा होता गया कि उसे भी वही ठीक लगता जो अग्रज कहता। अग्रज का हमसाया तो वह बचपन से ही था लेकिन इधर जब से बाप ने अग्रज को अपनी जद में लेने के लिए खास तरकीबें निकालीं, तभी से धीरे-धीरे दोनों बच्चे बाप के इर्दगिर्द मँडराने लगे। यही फाँस चुभती है उसे और काटकर रख देती उसके कलेजे को जैसे कोई पूरे होशोहवास में पके फोड़े पर बेरहमी से चाकू चला दे। दर्द से बिलबिला उठती हैं वे, जब अग्रज के सामने अनुज बोल पड़ा था।

'मुझे सब पता है, आप देर तक कहाँ-कहाँ जाती हैं? क्या-क्या करती हैं?'

'क्या मतलब? तुमने मेरे पीछे जासूस लगा रखे हैं?'

'मम्मी, प्लीज, बस आप अपने काम से काम रखें। हमें क्या करना है, कैसे करना है, आपको इससे मतलब?'

'मतलब कैसे नहीं? मैं माँ हूँ तेरी...' क्रोध को पीते हुए बोल पड़ीं वे।

'मतलब है?' अनुज व्यंग्य से बोला– 'आपको तो ये भी नहीं पता होगा कि मेरे फाइनल एक्जाम्स कब से हैं?'

'परीक्षा की फिक्र मुझसे ज्यादा तुम्हें नहीं होनी चाहिए?'

'हाँ, मुझे सिर्फ मुझे ही तो होनी चाहिए? आपके पास समय ही कहाँ रहता मेरे लिए?' अनुज के स्वर में कड़ुवाहट घुल गयी थी– 'अभी आयी हैं दिन भर के बाद और रात के घंटे गुजारने के बाद सुबह सवेरे से आपके फोन आने शुरू हो जाएँगे फिर घंटे, दो घंटे बाद आ जाएगी आपकी गाड़ी आपको लेने।'

'अनुज, तुझे नहीं लगता कि तुम अपनी उम्र से कुछ ज्यादा ही बड़ी बातें करने लगे हो?'

'गलत कह रहा हूँ?'

'मैं, तुमसे, अपने बेटे से बहस नहीं करना चाहती। बस्स।' बात खत्म करने

के लिहाज से पस्त आवाज में बोल पड़ी वे।

'तो फिर जाइए, फ्रैश होकर खाना खाकर सो जाइए। थककर आयी होंगी आप दिन भर के बाद....।'

मृदु बस ताकती रह गयी अपने जाए अनुज को। क्या वह वही अनुज था, उसका अपना बेटा? उसे लगा जैसे अनुज की आँखों से एक पुरुष झाँक रहा था? वह लगातार बोलता जा रहा था–

'सुबह से आपके पार्टी मैम्बर्स आपको बुलाने बात करने आने लगेंगे।'

'राजनीति में तो यह सब होता ही है न अनुज'... मृदु ने मानो हथियार डाल दिए थे।

'हाँ, यानी आपके बिना ये देश भला कैसे चल पाएगा? आई नो, यू आर टू बिजी, माई ग्रेट ममा।' व्यंग्य के नुकीले तीर बेरहमी से फेंककर चलता बना वह अपने दोस्तों संग, न जाने कहाँ।

वे वहीं माथे पर हाथ टिकाए सोचती रहीं।

क्या ये वही बच्चे हैं जिन्हें पूरे जतन से बीस सालों तक तन मन धन से पाल-पोसकर बड़ा किया है उन्होंने? आज यही बच्चे सीना ताने उससे मुँह फेरकर खड़े हो गये। किस कदर बात-बात पर बेशर्मी से उससे जिरह करना सीख गये ये। सचमुच! बाप ने कैसे अपने रंगढंग में पूरी तरह घुलामिला लिया इन्हें। अनायास उन्हें याद आने लगे वे पल जब बच्चों को बाप से घुलने मिलने के मनचाहे मौके मिलते रहे और जाने अनजाने में माँ की अनुपस्थिति से उपजे खालीपन को भरने के वास्ते बच्चे बाप से पैसे लेकर बाहर की दुनिया में खुशियाँ तलाशने निकल पड़े। अनजाने में इतनी बड़ी चूक कैसे होती गयी उससे जबकि उस दिन बच्चों को उसके पास से हटाकर पति ने जब अपने पास सुलाना शुरू किया था। बड़ी नरमाई से समझाया था उन्होंने–

'ऐसा है मृदु, तुम देर रात थककर लौटती हो और आते ही जल्दी से सोना भी चाहती हो जबकि अग्रज को पढ़ने के लिए देर रात तक जगना पड़ता है और मुझे भी फाइल वर्क निपटाना पड़ता है तो बच्चे अब से यहीं मेरे पास ही सो जाया करेंगे।'

'और अनुज? तू?' उन्होंने छोटे बेटे की तरफ आशा भरी निगाहों से देखा।

'भैया के बगैर कैसे सो पाएगा ये भी? भाई को पकड़कर सोने की आदत पड़ गयी है इसकी भी...'

अनुज की बोलती अचानक बन्द हो गयी लेकिन डबडबाती आँखों से उन्होंने अनुज की तरफ अनुनय भरी नजरों से देखा तो जैसे रटे-रटाए पाठ को दुहराने लगा था वो भी– 'मम्मी, आपके खूब सारे फोन आते हैं रात में जिससे मेरी नींद टूट जाती

है जबकि हमें स्कूल जाने के लिए सुबह 6 बजे हर हाल में उठना पड़ता है।'

'ठीक है बेटा, जैसा तुम्हें अच्छा लगे, जिसमें तुम्हें सहूलियत हो।' कहकर वे खामोश हो गयीं मगर भीतर से कहीं कचोट सी उठीं। तब उन्हें इस बात का कतई अन्दाजा नहीं था कि नौबत यहाँ तक आ जाएगी कि यही बच्चे एक न एक दिन शालीनता और शिष्टाचार की सारी हदें तोड़कर उसी को कठघरे में खड़ा करके उससे इस तरह सवाल दर सवाल करके पस्त करने लगेंगे।

सच तो ये भी था कि समय मिलते ही वे अपना सब कुछ बच्चों पर न्यौछावर करने के लिए ललकती रहतीं लेकिन पिता के हमसाया बन चुके कोमल बच्चों को इस तरह तोड़ा-मरोड़ा जा चुका था कि वे धीरे-धीरे माँ से दूरी बनाये रखने के आदी होते चले गये। मृदु की इतनी विकृत तस्वीरें उनके बालमन में चिपका दी गयीं जिसे वे चाहकर भी नहीं भुला सके। हकीकत तो ये भी थी कि मृदु के जीवन में यही वो सुनहरा अवसर था जब वे अपने चढ़ते कैरियर ग्राफ को शिखर पर ले जाना चाहती थी और ठीक यही वो समय भी था जब उनके बेटों की पढ़ाई का दौर भी कैरियर को ऊपर ले जाने वाला था। ठीक यहीं, इसी मोड़ पर आतें आते बड़ी चतुराई से पति ने बच्चों को पूरी तरह अपनी जद में ले लिया था और वे इस तरह दिनोंदिन अकेली पड़ती गयीं। उन्हें रोज-रोज यही पट्टी पढ़ाई जातीं—

'तेरी माँ को तेरी जरा भी फिक्र होती तो आज तेरे वास्ते वो कॉलेज नहीं आतीं तेरे? देख ले, सारे बच्चों की माँएँ आयी हैं, एक तेरी माँ को छोड़कर। मगर तेरे कैरियर की कभी परवा की है उसने? नैवर। क्या तेरे वास्ते पार्टी मीटिंग छोड़कर नहीं आ सकती वो? क्यों अनुज? गलत कहा मैंने? नहीं आयी न? बड़ा प्यार जताने का ढोंग करती है वो तुझसे।'

वह चटपट जवाब देता—'ओ गॉड, मैं कितना बड़ा स्टुपिड था जो उनकी कही बातों पर हर बार यकीन कर लेता लेकिन आप ठीक कहते हैं पापा।' सिर झुकाए अनुज को सुनाते हुए पापा अग्रज से कहते— 'देख अग्रज, जो-जो तूने अपनी माँ को लेकर झेला है, अपने छोटे भाई को भी अभी से समझाता चल जिससे इसकी आँखों खुल जाएँ वरना इसे एक दिन जोर का झटका लगेगा, जब वो कही गायब हो जाएँगी, किसी रोज हम सबको धता बताकर, अँगूठा दिखाकर कहीं गुम हो जाएँगी... क्या भरोसा उसका?'

अनुज अपनी माँ की भोली-भाली बातों से भ्रमित हो जाता।

'बेचारा, अभी बच्चा है न, छोटा बच्चा' कहकर अग्रज चिढ़ाने लगता।

'मैं कोई छोटा बच्चा नहीं रहा अब, हाँ, कहे देता हूँ।' अनुज ने झल्लाकर जबाव दिया।

'हाँ, पापा सही कह रहे हैं। यू नो, मम्मी के आने जाने का टाइम तो फिक्स रहता नहीं सो वी कांट रिलाई ऑन हर। चल, तेरे लिए पीजा मँगवाते हैं, उनके हाथों के नूडल्स खाने की जिद छोड़ दे। पता नहीं, उन्हें तेरा बर्थडे याद भी होगा या नहीं?'

ऐसी दिल चीरने वाली बातें सुनकर उसके आँसू निकल आते लेकिन ऐन मौके पर घर पर अचानक पहुँच मृदु ने नॉक किया। बड़ी मछली के आकार का बना केक लेकर वे घर में घुसी और अनुज के लिए न जाने कितने सारे खाने-पीने और पहनने के कपड़े वगैरा खरीद आयीं। बच्चों में तो सचमुच उनकी जान बसती थी लेकिन फिर भी बच्चे उन्हें कहाँ ठीक से समझ पाये? अनुज को गले लगाकर वे उसे बर्थडे विश करने लगीं तो वो बुरा सा मुँह बनाकर मूर्ति की तरह गुमसुम खड़ा हो गया।

'ऐ, क्या हुआ? खुश नहीं दिख रहा? क्या बात है?'

'ममा, आज आप छुट्टी नहीं ले सकती थीं क्या? भैया कह रहा था कि आपको याद भी नहीं होगा...।'

'अच्छा, अब चुप कर वरना देख लूँगा तुझे भी।' अग्रज ने ऐन मौके पर अनुज की बोलती बन्द करा दी।

टेढ़ा सा मुँह बनाये बच्चों के पिता भी केक काटने के समय वहीं आ पहुँचे मगर अनुज और मृदु के सिवाये किसी के चेहरे पर खुशी के कतरे नहीं चिपके थे। उत्साह और स्फूर्ति से भरी पूरी खुश होती मृदु ने ऐसे मौके पर अनुज के लिए खुद अपने हाथों से उसकी पसन्दीदा डिश तैयार की—मीठी भरवा पूड़ी और फिर देर रात तक उसके दोस्तों को लेकर बाहर निकल गयीं वे। अपनी तरफ से सबको खुश रखने की कोशिश तो वे तहेदिल से करतीं मगर फिर भी कुछ न कुछ तो हर बार उनके हाथों से सर्र से फिसल जाता और वे फिर से अपने खाली तन मन के साथ एकान्तवासी हो जातीं। जिन्दगी सिर्फ वही नहीं होती जैसी ऊपर से दिखती है, जिन्दगी वह भी होती है जो दिखती नहीं है और जो दिखती नहीं है वही जिन्दगी ज्यादा गोपनीय तरीके से भितरघात करके आपको हिलाकर रख देती है। कुछ-कुछ ऐसा ही हमला हुआ था मृदु पर जब एक-एक करके उनके बच्चे समेत उसके सभी संगी साथी उसका पल्ला छोड़ परे हटते गये उन्हें उनकी एकान्त गुफा में तन्हा छोड़कर।

मृदु, हाँ यही नाम था उसका। जैसा नाम, वैसा ही रूप और वैसी ही कोमल कमनीय काया। जो भी एक बार देखता, टकटकी लगाकर बस देखता रह जाता गोया नजरें चिपक गयी हों उसकी। आँखों में मोटा काजल, तराशी गयी भवों के

बीच लगी गोल बिन्दी और उनके वे लम्बे चमकीले काले लहराते हुए खुले बाल। सौन्दर्य की कौंध से दिपदिपाता चेहरा देखकर लोग मुँह पर ही उनकी तारीफ कर देते, खास तौर पर पुरुष। उसकी आवाज में भी एक कशिश थी। वे जिसे भी ऊँची आवाज में बुलाती, वो पलटकर एक बार उनकी तरफ देखता जरूर और वे फिस्स से हँस देती। नये जमाने की इकहरी देहयष्टि, इंच दर इंच नापने वाली मॉडलिंग जैसी खूबसूरत देह की मालकिन तो थीं ही वे, इसमें किसी को भी कोई सन्देह नहीं था।

सबसे पहले तो वे महिला क्लब का चर्चित चेहरा बनकर यश लूटती रहीं। चुस्त अंग्रेजी बोलकर आभिजात्य वर्गीय स्त्रियों के बीच वे फट से अपनी धाक जमा लेतीं तो उसी फर्राटेदार स्टायल में बम्बइया हिन्दी बोलकर मिडिल क्लास पति संग पार्टियों में शरीक होकर वाहवाही बटोरतीं।

कम उम्र में जल्दी शादी के बाद दो साल के अन्तराल में दो बेटों की माँ होने के बावजूद उनकी त्वचा की चमक ताजातरीन नीबू की तरह पीलापन लिए खुशबू बिखेरती। उनकी चुस्ती फुर्ती भी देखने लायक थी। धीरे-धीरे रूप का जादू उनके सिर चढ़कर बोलने लगा। एक बार सिटी लेडीज क्लब में अनायास उनके नाम की घोषणा हुई। उन्हें दर्जनों खूबसूरत महिलाओं के बीच अचानक 'मिसेज ब्यूटीफुल' का खिताब मिल गया। फिर क्या था, उनके अन्दर खुद के प्रति सचेतनता बढ़ती गयी और गजब का आत्मविश्वास भी विकसित होता गया। तब से वे सरपट भागते घोड़े की तरह आगे और आगे निकलने की हवाई योजनाएँ बनाने लगीं। धीरे-धीरे उनकी नये-नये लोगों से जानपहचान बढ़ने लगी। लोग उनमें रुचि लेकर उनकी तारीफों के कसीदे काढ़ते और वे उत्फुल्लित होकर फिर अपने प्रति गुमान से भर उठतीं। सरकारी ओहदे पर तैनात उनके पति अपने दफ्तर के कामों में विजी रहते और बच्चे स्कूल में सो उनका खाली दिमाग तेजी से नये-नये स्वप्न जाल में उलझता खोया रहता। उनके कानों में गाहे-ब-गाहे लोगों की अनगिनत आवाजें दिन-रात बजती रहतीं—

'मृदु, तू एक न एक दिन एम.पी. जरूर बनेगी, इसमें जरा भी शक नहीं मुझे। तेरे जैसी खुद्दार और दमदार औरतें ही कामयाब होती हैं। अच्छा बता, क्या नहीं है तेरे पास? इतनी शानदार पर्सनैल्टी, बोलने का लाजवाब अन्दाज और गजब का कान्फिडेंस। कल अहमद साब तुझे देखकर कहने लगे— उसको पार्टी मीटिंग में रेगुलर क्यों नहीं लाते? इससे उसका बोलने का कान्फिडेंस बढ़ेगा। एक्सपोजर होगा तो राजनीति के अंदरूनी गुर भी सीखेगी, तभी तो आगे टिकट वगैरा की दावेदारी...।'

'क्या! क्या सचमुच अहमद साब ने ऐसा कहा? वाह! आई कांट विलीव सो...' खुशी के मारे वो दोहरी-तिहरी होती रही।

'हाँ, और ये भी कह रहे थे वो कि पार्टी की मेंबरशिप भी जल्दी से जल्दी दिलवा देंगे, फिर मौका मिलने पर गाड़ी वगैरा भी मिल सकती है। उसके बाद चुनाव क्षेत्र जाकर कुछ काम धाम भी तो करना होगा। यू हैव ए ब्राइट फ्यूचर। तो काम करेंगी न?'

'बिल्कुल करूँगी। आप जो चाहें, जो कहें, वो सब करने को तैयार हूँ मैं। जहाँ भी ले जाना चाहें, चलूँगी मैं। बस शाम 6 बजे तक हर हाल में लौटना होगा, हमारा घर परिवार भी है न?'

'आपके पति मिस्टर पुंजेश्वर प्रसाद, अरे क्या कहते हैं उन्हें सब, हाँ, पुंज साब को कोई ऐतराज तो नहीं होगा? मान लो, कभी-कभार लौटने में थोड़ी बहुत देरदार हो जाए या कहीं गाड़ी ही जाम में फँस जाए तो 6 के बजाय रात-बिरात लौटीं तो?' उन्हें पूरी तरह टटोलने के लिए वे पूछने लगे।

'तो भी कोई बात नहीं, मैं मना लूँगी उन्हें। समझा दूँगी। वैसे वो मेरे पॉलिटिक्स में आने के खिलाफ कतई नहीं हैं। हाँ, बच्चे अभी जरूर छोटे हैं इसीलिए समय से लौटना ठीक रहेगा।' हवा में लहराते अपने रंगीन रेशमी दुपट्टे को कन्धे पर ठीक से टिकाते हुए वे ध्यान से उन्हें देखते हुए बोलीं– 'अभी थोड़ा सोचकर चलना पड़ता है।'

'हाँ, वो तो है। वैसे एक बात बताएँ, आप जिस लायक हैं, वैसे तो कतई नहीं हैं आपके पति ....' और आगे कहने से उन्होंने खुद को सायास रोका कि देखें क्या प्रतिक्रिया रहती है।

'देखिए मिस्टर गजेंद्रजी, आप मेरे घर आते-जाते है और मैं सबके सामने पार्टी के काम से बाहर निकलती हूँ, इसे भी वो जानते है, इससे ज्यादा और क्या बताऊँ उन्हें? बाकी घर चलाने के लिए पैसे तो वो ठीकठाक कमा ही लेते हैं, गजेटेड अफसर हैं भई, और क्या?' न चाहते हुए भी आवाज में गुरूर आ टपका।

'हूँ, सो तो आपका कहना सही है। मैडम, मैंने बहुत-सी लेडीज देखी है मगर आपके जैसी दबंग एक भी नही। सबकी सब पतियों से डरने वाली कायर टाइप की। आपने उस दिन तलवार को कितने जोर से डाँटा था, वाह भई वाह, मान गये आपको भी। आपकी तो नस-नस में कुशल राजनेता जैसे गुण भरे हैं। आदमी पहचानने की तमीज भी है आपमें। पता है, अच्छे-अच्छे नहीं फटकार पाते तलवार को?'

तारीफों की फुहारों से भीगती पुलकित होती रहीं। फिर किसी बात पर मुस्कराते हुए कहा – 'आप भी खामखां इतना ऊँचा उठा देते हो मुझे, मैं तो

कितनी नाचीज हूँ अभी, दुनिया अभी ठीक से देखी ही कहाँ है? देखने का मौका ही कहाँ मिल पाया? गलत तो नहीं कह रही न?' बात खत्म करते ही खुलकर हँसने लगीं वो।

'वाह! वाह, कितना मीठा हँसती हो तुम तो। तुम्हें यूँ खुलते हुए हँसते देखकर मेरे कलेजे को ठंडक मिलती है। तुम्हें देखकर लगता है जैसे तुम परीलोक से आयी सुनहरे रोएँ वाली दीपशिखा हो जो कभी बुझती नहीं। हुनरमंद तो हो ही, सो जहाँ भी रहोगी, जिसके पास भी रहोगी, वही तुम्हारी कौंध के मारे भस्म हो जाएगा साला। भस्म नहीं तो अधमरा जरूर हो जाएगा। किसमें ये बूता है जो तुम्हारी चकाचौंध के सामने टिक जाए? कल रावत कह रहा था, मैडम का ड्रेस सेंस गजब का है। कितनी स्टाइलिश हैं वो। किसी और लेडीज में वो बात कहाँ जो आपमें है। उस दिन जो फिरोजी रंग की साड़ी के साथ गोल्डन कलर का मेंचिंग कांबीनेशन, रियली वंडरफुल। सुनहरे रंग में खूब चमक दमक रही थीं आप।'

'मम्मी, खाना दो जल्दी से। जोर से भूख लग रही है।' स्कूल से लौटकर सोफा पर बस्ता पटकते हुए वो चिल्लाने लगा—'नो मोर फोन टाक, प्लीज गिव मी खाना।'

'तू खुद उठाके नहीं खा सकता क्या? इतना बड़ा हो गया है सोलह पूरे कर चुका फिर भी बच्चों की तरह बात-बात पर ठुनकता रहता है।' उन्होंने गुस्से में भरकर जोर से झिड़क दिया उसे।

अपनी तारीफ रस में डूबी मृदु को ये नागवार गुजरा और बच्चे की मनुहार पर उन्हें फोन छोड़कर उठना ही पड़ा सो वे गुस्से से झिड़कने लगीं तभी बड़े बेटे ने अचानक थाली फेंक दी— 'ये, ये क्या बनाया है आपने? ऐसी पानी जैसी दाल तो कतई नहीं खा सकता मैं। और ये लौकी की उबली सब्जी, आप ही खाइए अपनी फिटनेस की खातिर, मुझे क्यों मरीजों जैसा खाना खिलाना चाहती हो? आजकल तो जब देखो तभी फोन पर चिपकी रहती हो? अब बताओ, क्या खाएँ हम?' वह गुस्से में बड़बड़ाने लगा।

थाली फिंकते देख वे भी ताव में आ गयीं और गुस्से में छोटे पर झपट्टा मारते हुए चिल्लाने लगी—'क्यों नहीं अपने बाप से कहकर खाना वाली रख लेता? मेरे पास उतना टाइम नहीं बचता अब? पार्टी ज्वाइन कर ली है।'

'किसने कहा आपसे ये सब करने को? क्यों पॉलिटिक्स में जा रही हो? अच्छी-भली जिन्दगी जी तो रही थीं आप। ये नया रोग पालने की क्या जरूरत है? खामखां का चस्का लग गया इसका आपको तो...' बड़ा बेटा पूरी बेशर्मी से माँ को खरी-खोटी सुनाने लगा।

'चुप कर। अब तू मुझे समझाएगा कि मुझे क्या करना चाहिए, क्या नहीं?

अपने काम से काम क्यों नहीं रखता तू?' अब वे ऊँची आवाज में दहाड़ने लगीं।

अचानक माहौल में तनाव व्याप गया और दोनों बच्चे बिना खाना खाए अपने कमरे में बन्द हो गये। बच्चों के तनाव से बेखबर वे पूर्ववत फोन पर बतियाती रहीं फिर तैयार होकर बाहर निकल पड़ीं।

इसी दौरान बच्चों ने फोन करके पापा को पूरा वाकयात सुना डाला सो वे तुरन्त लंच पैकेट तैयार करवाकर घर लौट आये।

वे अक्सर शाम 6 बजे तक घर लौट आते लेकिन तब तक वे चाहकर भी नहीं लौट पातीं। वे तो शाम 4 बजे से ही सज धजकर बाहरी दुनिया में खुद को खपा चुकी होतीं।

धीरे-धीरे हालात ऐसे होते गये कि बच्चे दिन-ब-दिन हर बात में अपनी माँ के बजाय अपने पिता को तवज्जो देने लगे। उन्हें कब क्या खाना है, क्या पहनना है, क्या खरीदना है? कब कौन-सी किताबों में से कौन-सा पाठ याद करके क्लास में सुनाना है? किस कोचिंग में पढ़ना है यानी बच्चों की पूरी जिम्मेदारी पिता ने अपने ऊपर ओढ़ ली। वैसे भी पत्नी पर तो उनका वश चलता नहीं था सो धीरे धीरे बच्चों की दुनिया में वे इन्वॉल्व होते गये। उन्हें रोज सुबह उठाने से लेकर नाश्ता या खाने की व्यवस्था करते फिर स्कूल भेजने से लेकर उनके सोने तक के सारे काम उनके जिम्मे होते गये।

बीच-बीच में जब कभी उन्हें लगता कि बच्चे अपने किसी भी काम में उन्हें पूछते ही नहीं तो वे अपना हक जमाने या फिर लाड़ जताने के नये-नये तरीके निकालतीं। कभी बिना उनसे पूछे टिफिन तैयार कर देतीं या कभी लंच के लिए उनकी पसन्दीदा डिशेज वगैरा बना देतीं लेकिन बच्चों की निर्भरता उन पर कम होती गयी। वे धीरे-धीरे उनसे कटने लगे थे। जितनी तेजी से वे राजनीति के गलियारों में जब तब देखी जाने लगीं, उतनी ही तेजी से उनके गर्मागर्म किस्से भी नये तरीके से माहौल को सरगर्मी से भर देते। वे कब किसके साथ कहाँ जा रही हैं? किसके चुनाव क्षेत्र में कितनी तरह के लोगों से मिलती-जुलती है या वे क्या क्या काम करती हैं? सबको उनकी हर बात की खबर रहती और ये बातें हवा से भी तेज गति से नमक-मिर्च लगाकर इधर-उधर वेग से फैलती भी। शुरुआत में वे बड़े उत्साह और मनोयोग से अपनी हर बात घर पर सबको बतातीं और ऊपर से शान्त सीधे सज्जन दिखते पति उनकी वक्तृता शक्ति के कायल हो जाते सो उनके देर से लौटने पर भी वे उनका इन्तजार करते-रहते फिर साथ साथ खाना खाकर ही सोने जाते। जिन्दगी चल ही रही थी, ठीक ठाक।

गाड़ियाँ, हाँ, इस दौरान गाड़ियों की जरूर भरमार होने लगी। आये दिन उन्हें

लेने छोड़ने बड़ी-बड़ी गाड़ियाँ उनके यहाँ आने-जाने लगीं। सांवले और मोटी नाक नक्श वाले गजेंद्र सिंह उर्फ गंजू जी ठसके से उनके यहाँ आते और मैडम की कामयाबी की तारीफें करने लगते। उनकी हाँ में हाँ हूँ करते रहते उनके पति। उनकी समझ में नहीं आता कि वे अपनी पत्नी की तेजस्विता से पुलकित हों या दिनोंदिन अपने को अकेले होते चले जाने की पीड़ा से बेचैन। ऐसा समय जल्दी ही आया जब उनके भीतर तेजी से मृदु के प्रति तिक्तता का अहसास गहराने लगा। उन्हें देखकर लगता जैसे वे पत्नी की तुलना में खुद को कमतर समझने लगे हों या कहीं शायद हीनताग्रन्थि भी पनपने लगी हो। उसे यूँ नयी-नयी गाड़ियों पर आते-जाते देख वे कुढ़ते। उसकी नयी-नयी गतिविधियाँ देख वे अपने अन्दरुनी तपते अंगारे पर चलते हुए ये ऊपर से शान्त और गम्भीर बने रहते लेकिन मृदु का सम्मोहन कहीं न कहीं उन्हें बाँधे रहता और वे चाहकर भी उसके प्रति कड़ुवाहट नहीं पाल पाये। पब्लिक प्लेस पर तो वह उनके प्रति कुछ ज्यादा ही सहृदय होकर प्यार उड़ेलते हुए कहतीं

'आज मैं जहाँ भी हूँ, जिन्दगी में जो कुछ भी कर पा रही हूँ, वह सब इनकी बदौलत, इन्हीं के सपोर्ट से। इनके बिना मैं कुछ भी तो नहीं।'

सुनते ही वे पुलकित हो उठते। कभी वो कहतीं— 'अरे! हमारे साब के पैर में चोट आ गयी सो वे आज कहीं नहीं जाएँगे। ऑफकोर्स हम साथ-साथ रहेंगे आज पूरे दिन।'

मेहमानों के सामने तो पूरी तरह पति की आरती उतारने में कोई कसर नहीं छोड़ती थीं वे।

'अरे! ये ही तो ले गये थे हमें मिसेज ब्यूटीफुल कांटेस्ट में वरना हम थोड़े ही न जा पाते वहाँ। अरे! हमारे साब थोड़े दिखते सीधे जरूर हैं मगर उतने भी नहीं जितना आप लोग समझ रहे हैं।' आँख दबाते हुए वे ठठाकर जोर से हँस पड़तीं।

'क्या कह रही थीं तुम? हमारे बेटे की देखरेख मेरे पति करते हैं, तो? तो, इससे तुम्हारे पेट में क्यों दर्द हो रहा है? बोलो? अरे! अपने ही बच्चों का काम करने में कैसा संकोच? तो भेज दूँ अपने पति को तेरे पास, तेरे बच्चों की ढंग से देखरेख हो जाएगी और तेरी भी, हाँ, बड़ी आयी मुँह चलाने वाली। हुँह...' कहते हुए वे सामने वाले की लानत-मलामत कर डालतीं। वे स्त्रियों के मुँह पर ही उनकी भर्त्सना कर डालतीं जिसके चलते कॉलोनी की स्त्रियाँ उनसे चिढ़ने लगीं।

इसी तरह गाड़ियाँ आती-जातीं रहीं बदस्तूर। बिना नागा किए वे कभी इधर उधर के क्षेत्रों में जाकर लोगों से मिलतीं तो कभी पार्टी बैठकों में खूब सज-धजकर सेंट वगैरा लगाकर हाई हील पहने और बाल खोलकर जब वे खट-खट करके

निकलतीं तो उनके व्यक्तित्व से भव्यता, तेज, ओज और अपरिमित प्रभामंडल देखकर पति के तन-बदन में आग लग जाती। वे उन्हें इस बावत कई बार रोक टोक चुके मगर उन पर किसी का कोई असर ही नहीं पड़ता। पुरुष तो पुरुष, स्त्रियाँ तक उन्हें पलट-पलटकर देखती रहतीं और फिर मौका मिलते ही मीनमेख निकालते हुए कानाफूसी शुरू कर देतीं–

'मृदु को देखो, इतना मेकअप करके कोई औरत राजनीति करने जाती है? ये कैसी अजीब औरत है, इसे तो अपने बच्चों की जरा भी फिक्र नहीं। बेचारों का कैसा तो मुँह निकल आया हैं? इसे तो अपने घर-गृहस्थी की जरा भी परवाह नहीं।'

'मगर इसका घर वाला क्यों मुँह सिए रहता? आखिर क्यों वो अन्धा, गूँगा, बहरा बना रहता? क्या उसे नहीं दिखाई देते इसके काले कारनामे? सोचो, जो रोज रात को 12 या 1 बजे उसी गंजू के बग़ल में बैठकर लौटे तो क्या गुजरती होगी इसके पति पर? बेचारे कितने सीधे हैं...च च्च च च...'

'और सुनो, वो गंजू ही इसे भर-भरकर गिफ्ट देता रहता? देखा नहीं तुमने, लौटते वक्त हमेशा इसके हाथ में कितने सारे पैकेट्स होते हैं? कोई यूँ ही नहीं दे देगा ये सब तोहफे?' पड़ोसन ने आँखें तरेरते हुए रहस्यभरी मुस्कान फेंकी।

'हाँ, कल कह रही थी, हमने बिग बाजार से 7 साड़ियाँ, 10 शॉल और 15 सलवारसूट खरीदे हैं। मैंने पूछा, एक साथ इतना खरीदने के पैसे आसानी से दे देते हैं तुम्हारे पति?'

'क्यों नहीं देंगे? क्या तुम्हारे पति नहीं देते? तो कुछ सीखो मुझसे भी। नहीं देते तो लिया करो यूँ झपट्टा मारकर जैसे मैं लेती हूँ यूँ चुटकियों में।' बोलते हुए उनके चेहरे पर गर्वीली मुस्कान तैरने लगती।

'खाक देते होंगे वो इतना सारा पैसा? ये सब तो वो गंजू देता होगा। मगर कुछ भी कहो, यार औरत दबंग है, जोरदार है, मुँहफट है और तेजतर्रार...'

'और खूबसूरत' भी तो, तभी तो पति बेचारे को दबना पड़ता है वरना कौन ऐसा पति होगा जो देर रात लौटती पत्नी का रोज-रोज इन्तजार करे? फिर संग बैठकर खाना खाए और...'।

'सब झूठ बोलती होगी। मगर इतना जरूर है कि यूँ सज सँवर कर पॉलिटिक्स के नाम पर तफरीह कराने कौन भेजेगा अपनी बीवी को? जस्ट इंपॉसिल।'

औरतों की कानाफूसियाँ इसी तरह बदस्तूर चलती रहीं। वे उसी तरह सज-सँवरकर पार्टी कार्यालय आतीं-जातीं रहीं।

अनायास एक दुर्लभ मौका फिर से उनके हाथ लग गया जब वे दोबारा सत्तर के दशक की राजनेत्री रत्नाजी से टकरायी। उस दिन पार्टी दफ्तर में सभी लोग

जीतने का जश्न मनाने में मसरूफ थे, सो ऐसा अकेला सुनहरा मौका पाकर मृदु उनसे पूछ बैठी—

'मैडम, अपने जमाने में आप सबसे खूबसूरत और तेजतर्रार नेता के रूप में जानी जाती थीं। मैंने आपके बारे में खूब सुना है, खूब पढ़ा भी है। आपका नाम राजनीतिक गलियारों में आज भी अदब से लिया जाता है। कुछ हमें भी राजनीति की बारीकियाँ और गुर समझाइए न, प्लीज। वैसे भी सब लोग विजी हैं, ऐसी अफरातफरी में कौन नोटिस लेगा हमारी?'

'हूँ, तो क्या-क्या जान लेना चाहती हो तुम मेरे बारे में? बोलो।'

'सब कुछ। आपके पति, बच्चे और ऐसे पारिवारिक माहौल के साथ एक्टिव पॉलिटिक्स कैसे सँभाली आपने? इस अस्सी साल में भी आपकी चुस्ती गजब की है जबकि मैं तो अभी से इस चक्रव्यूह में फँसती जा रही हूँ। साल-दो साल से चक्कर काट रही हूँ मगर हासिल क्या रहा? कुछ भी तो नहीं। अब तो घर वाले भी साथ नहीं देते। क्या करूँ? कुछ भी समझ नहीं पा रही। क्या लौट जाऊँ इस रास्ते से?' किसी असहाय जैसी पस्त आवाज में पूछा उसने।

'ऐसा है मृदु, औरत को लेकर मर्द की सोच कभी नहीं बदलती। जमाना चाहे कितना ही बदल जाए मगर पुरुषों की सोच कमोबेश आज भी जस की तस है। मैं बताती हूँ तुम्हें अपने बारे में...। एक बार सिमरिया गाँव में वूमैन ट्रेनिंग सेंटर खोलने के लिए सरकारी जमीन चाहिए थी हमें सो महीनों भागदौड़ करती रही। नतीजा सिफर रहा। सब तरफ से थक-हारकर मैंने सीधे मुख्यमन्त्री से मिलने की सोची। हाँ, मैं उनसे मिली जरूर मगर जानती हो, कहाँ?'

'कहाँ? उनके घर या दफ्तर?' किसी मासूम की तरह पूछ बैठी वह।

'अरे! इतना भी नहीं समझती? उनसे मिली सीधे उनकी बाँहों में और कहाँ? उनके कठोर होठों में अपने होठों को डालकर। देखो, मैं अब उम्र के इस मोड़ पर आ चुकी हूँ कि तुमसे कुछ भी नहीं छुपाना चाहती। छुपाना ठीक भी नहीं सो तुम्हारे भले के लिए एक बात जरूर बताना चाहती हूँ कि राजनीति में अगर आपकी जड़ें बहुत गहरी नहीं हैं, आप शक्तिहीन हैं या आपका व्यक्तित्व निष्प्रभ है तो फिर राजनीति में सुप्रीमपावर द्वारा आपको सीधे-सीधे बिस्तर पर खींच लिया जाएगा। तब यहाँ इस मोड़ तक आकर आप अपने शरीर का इस्तेमाल करना खुद-ब-खुद सीख लेते हैं यानी अपने मकसद तक पहुँचने के लिए आपके सामने दो ही रास्ते हैं— या तो आप-पास खूब सारा पैसा हो या फिर आपको अपनी सुन्दरता का इस्तेमाल करना आता हो। समझीं?' इतना बताने के बाद वे थोड़ी देर सुस्ताने के लिए रुकीं।

'तो क्या इस रास्ते चलकर आप अपने मकसद तक पहुँच पायीं?

'शुरुआत में कुछ हद तक कामयाबी जरूर मिली। तब तो ऐसा लगा था कि क्या बताऊँ? तुम्हीं सोचो, जब सबसे ताकतवर प्रदेश का मुख्यमन्त्री खुद आपके चरणों पर आकर गिरे तो कैसा लगेगा? हाँ, उसकी फ्लैटरी पर मरमिटी थी मैं। उस वक्त तो यही सोचकर मस्त रहती थी कि अरे! इतना ताकतवर सुप्रीमपावर खुद चलकर मेरे पास आया है। यस, आई वाज थ्रिल्ड। पल भर के लिए तो मैं खुद पर इतराने लगी थी। वाह! मुख्यमन्त्री निहाल है मुझ पर, दैट वाज एन अमेजिंग एक्सपीरियंस। राजनीति में अपना वजूद कायम रखने के लिए आम तौर पर पैसों की जरूरत पड़ती है और हम स्त्रियों के पास उतना पैसा तो होता नहीं।' वे धीमी आवाज में बतियाने लगी थीं।

'मतलब सत्ता हासिल करने के लिए सीधे-सीधे देह का इस्तेमाल यानी बॉलीवुड की तरह कास्टिंग काउच सिस्टम न?'

'न, पूरी तरह यह भी सही बात नहीं है। आपको राजनीति में बोल्ड होकर कुछ कड़े फैसले लेने ही पड़ते हैं जिसके लिए जरूरी है कि आप यहाँ रहकर कुछ ताकत भी अर्जित कर लें। समझ रही हो न? मेरा मतलब, केवल अपने सुन्दर चेहरे के दम पर निर्भर होकर भी नहीं जिया जा सकता। वैसे हमारे उस 70 के दशक में और आज के जमाने में चीजें तेजी से बदल रही हैं। आज की अधिकांश औरतें तो अपनी सुन्दरता और ताकत का इस्तेमाल करना सीख गयी हैं। नहीं?'

'सीखने के बजाय ये कहना ज्यादा ठीक रहेगा कि वे इस खेल में माहिर हो चुकी हैं।'

'हमारे समय की स्त्रियाँ कभी-कभार अपने पति / पिता / भाई वगैरा के दुर्गम रास्तों को सुगम बनाने के लिए खुद की बलि चढ़ा देती थीं। एक और बात, राजनीति में जो भी मेंटर के रूप में आपके साथ खड़ा होगा, उसी पर यह ठप्पा लग जाएगा कि वो फलां, फलां की...'

'सचमुच! सुन्दर होना यहाँ अभिशाप बन जाता है। पहले तो वे उसकी सुन्दरता के कसीदे काढ़ेंगे, आँखों की, रूप रंग की, चाल चुस्ती की, यहाँ तक कि उसकी काबिलियत की झूठमूठ तारीफें करेंगे मगर हस्तगत होते ही सारी की सारी काबिलियत एक कोने में धरी रह जाएगी फिर तो वह मुफ्त का माल बन जाती है।' बताते हुए मृदु को गंजू के साथ घटे तमाम प्रसंग याद आने लगे थे। एक बार एक लोकल टाइप नेता उसमें अधिकाधिक रुचि लेने के लिए कोई न कोई चाल खेलता लेकिन जब उसकी चालें कामयाब नहीं हुईं तो उसने उसे डराना-धमकाना शुरू कर दिया था।

'ऐ मृदु, अपने को रानी लक्ष्मीबाई की औलाद समझती है क्या? रास्ते में चार छह गुंडे बदमाश भेजकर... हाँ, उठवा लूँगा तुझे। समझ लेना। अभी तो सीधे-सीधे कह रहे हैं, उसे चुपचाप मान लो वरना... हाँ, समझ लेंगे हम भी। तुम्हारे साथ ऐसा कांड हो सकता है कि...' उसने गुर्राते हुए ललकारा था उसे।

उसने गुस्से में उसकी कॉलर पकड़ ली थी उसी पल—'सुनो मिस्टर, तूने क्या मुझे दिमाग से पैदल समझ रखा है? ऐं? मुझे महज कमजोर औरत समझने की भूल कतई न करना। हाँ, बताये देती हूँ।' उसकी तेज आवाज सुनकर अचानक कुछ लोग इकट्ठे हो गये तभी किसी बुजुर्ग नेता ने उसकी आँखों में आँखें डालते हुए समझाया था— 'बेटा, राजनीति में पैर रखा है सो भावुक होना बन्द कर दो। समाज में तब्दीली लाने की बड़ी-बड़ी बातें करती हो और ऐसे लोगों से डर जाओगी क्या? यहाँ रहना है सो थोड़ी मोटी खाल की बनना पड़ेगा। जिसके जो मन में आये, सोचने दो। तुम्हारा काम है, बस अपने रास्ते चलते रहो। हैं कुछ औरतें जो खुद को बेजा इस्तेमाल होने देती हैं, तो लोग भी उनसे माल की तरह बर्ताव करते हैं। ऐसा माल जो एक हाथ से दूसरे के हत्थे तक का सफर करते करते देर-सवेर बेदम पड़ जाएगा। याद है वो श्लोक— परहस्ते गतोगता।' इतना बोलकर वे थोड़ी देर के लिए सुस्ताने लगे।

तभी रत्ना जी उनसे मुखातिब होकर बोलीं—'ऐ, कुछ पूछ रही थीं तुम हमसे। क्या हुआ? कहाँ खो गयी? क्या जानना था हमारे बारे में? आज खूब समय है सो लम्बे समय तक बतिया सकते है। चलो, वहाँ अन्दर चलकर बातें करते हैं। यहाँ कोई न कोई गुजरता रहता है। दीवारों के भी कान होते हैं न?'

'हाँ, वो तो है। वैसे मैडम, आपने तो फील्ड में महीनों पसीना बहाया था। कितनी मेहनत की है आपने तो। सुना है, फील्ड में जाकर पैम्फलेट बाँटा करती थीं आप। सालों ट्रेड यूनियन की एक्टिवस्ट नेता रहीं। कितनी दफे तो धरना प्रदर्शन वगैरा...'

'देखो, सिर्फ सुन्दरता ही सब कुछ नहीं होती यहाँ। इस खेल को जीतने के लिए हुनर की भी जरूरत पड़ती है। एक बात की गाँठ बाँध लो— पहली तो ये कि यदि किसी बड़े मकसद को हासिल करना है और तुम्हारी आँखों में दिन-रात तुम्हारा लक्ष्य चकरघिन्नी की तरह घूम रहा है तो येन-केन-प्रकारेण अपने टार्गेट को हासिल करने में कोई बुराई नहीं बशर्ते कि ऐसा करते हुए तुम्हारे भीतर कोई अपराधबोध न रहा हो। यदि कहीं से भी गिल्टी फीलिंग हो तो किसी भी कीमत पर कोई समझौता कभी मत करो। समझ गयीं न?'

'आप तो सत्ता के शीर्ष पर रहीं हैं। अखिल भारतीय कमेटी लेवल पर आपने

अपने स्टेट को रिप्रेजेंट भी किया था और फिर धीरे-धीरे एमएलए तक का लम्बा सफर। तो क्या सारे समझौते अपनी मर्जी से किए थे?'

'नहीं। हमने बहुत से लोकल मुद्दे भी उठाये थे। जैसाकि मैंने तुम्हें बताया कि खुद मुख्यमन्त्री की मुझ पर विशेष मेहरबानी थी, सो उसने हमें वो सरकारी जमीन मुहैया कराई जिस पर हमने वूमेंस ट्रेनिंग सेंटर खोला था। हमें एक बार नहीं बल्कि कई बार इसकी कीमत चुकानी पड़ती है। तब हमारे पास दो ही विकल्प थे– या तो इसे पूरी तरह छोड़कर घर लौट जाऊँ या फिर यहाँ के भेड़ियों से निबटने के लिए कुछेक के साथ कंप्रोमाइज करूँ। अपने क्षेत्र के विकास की खातिर मैंने दूसरा रास्ता चुना।'

'तो फिर तो ताजिन्दगी चलते रहेंगे ये समझौते?'

'कम से कम तब तक, जब तक कि आप खुद उस पावरफुल स्टेटस तक न पहुँच जाएँ कि सामने वाले के प्रस्ताव को खुलकर रिजेक्ट कर सकें। एक बार का वाकया याद आ रहा है, तुम्हें बताती हूँ। पार्टी के बिगबॉस की तरफ से एक बड़ी सी पार्टी थी। मेरे पास भी न्यौता आया था। घर चलकर पूछने लगे वे– 'क्यों नहीं चलना चाहती?' मैंने साफ मना कर दिया कि मेरी तबियत ठीक नहीं है। दो दिन से खाना तक नहीं खा पा रही। लूज मॉशन आ रहे हैं। 'तो क्या हुआ?' कहकर उन्होंने पूरी ताकत से मुझे उठा लिया और सीधे मेरे बैडरूम तक ले गये और जबरदस्ती की। हाँ, तब मैंने खूब हो हल्ला मचाया था। वूमैनविंग से खुलकर लिखकर शिकायत की थी मगर बड़ों-बड़ों द्वारा यही नसीहत दी गयी– चुप रहो। पॉलिटिक्स में रहना है तो चुप लगा जाओ वरना कहीं की नहीं रहोगी।' कुछ दिनों तक मैंने खामोश रहकर देखा और फिर ऐसे मुँहलगे लोगों के उल्टेसीधे प्रस्तावों को खारिज करना शुरू कर दिया। मगर जानती हो इसका नतीजा क्या रहा? जिन्हें मैंने एक-एक करके रिजैक्ट करना शुरू किया, वही लोग मेरे पॉलिटिकल कैरियर को नष्ट करने में जुट गये और व्यावहारिक तौर पर ऐसी मुश्किलें पैदा करने लगे कि मेरा जीवन नरक बनाकर रख दिया। जीना हराम कर दिया उन्होंने तो।'

'फिर?'

'फिर क्या? एक दिन तैश में आकर मैंने अपनी पार्टी से ही रिजाइन कर दिया और तुरन्त दूसरी पार्टी ज्वाइन कर ली। सचमुच ऐसा साहस दिखाना पड़ता है कभी-कभी। हालाँकि वहाँ भी ऐसे लोगों की कमी नहीं थी जो मेरी जन्मकुंडली लेकर यहाँ वहाँ दुष्प्रचार करने में लग गये थे मगर मैंने हिम्मत नहीं हारी और टॉप नेता को सब कुछ साफ-साफ बताया। क्या करें? लोग तो वही रहते हैं, चेहरे भले ही बदल जाएँ मगर मर्द की लोलुपता कहाँ बदलती है? यहाँ आकर मैंने राहत की

साँस ली थी। यहाँ इतनी आजादी तो जरूर ले ली थी मैंने कि जिसे मैं कतई पसन्द नहीं करती थी, वे मेरे रास्ते कभी नहीं आये। चुनने की स्वतंत्रता तो थी कि कब किसके साथ कहाँ कितनी दूर तक जाना है? यदि मैं न चाहूँ तो कोई मेरे पास जबरदस्ती नहीं कर सकता था।'

'और जो आपके शुरू से ही गाइड रहे थे, उन्हें आपका ये कदम उठाना तो नागवार लगा होगा?'

'देखो, जब एक बार फैसला ले लो तो उस पर डटे रहने की हिम्मत तो अपने भीतर जुटानी पड़ेगी। वैसे एक का साथ पकड़े रहने से इतना इत्मीनान तो रहता है कि फिर आपको सुरक्षा कवच तो मिल जाता है यानी आप सेक्सुअली एक्सप्लायटेशन से बचे रहते हैं। फिर आप पर कोई हावी नहीं हो पाता। जैसे ख्याति केलकर को ही लो-- चेयरपर्सन मन्त्री जी का हाथ थामा तो चौतरफा गिद्धों से बची रहीं वे। हर किसी को ओवरपावर मत होने देना, बस इसका खयाल रखो।'

'जब एक बार पावरफुल मन्त्री मेहरबान रहे फिर कौन हिम्मत करेगा उसे छूने की?'

'न, ये भी बात सही नहीं। जैसे ही वो मन्त्री पद छोड़ेगा फिर क्या औकात रह जाएगी ऐसी औरत की? राजनीति तो वैसे भी आयाराम, गयाराम फार्मूले पर टिकी है। सुनन्दा लहरी की याद है? मुख्यमन्त्री की कितनी चहेती थी, फिर जब मुख्यमन्त्री सत्ता से बाहर हुए तो वे चीफ सेक्रेटरी की चहेती बन गयीं यानी ऊँचे रुतबें पर टिके रहने की खातिर उन्हें हमेशा बड़ी कीमत चुकानी पड़ी। जब तक आप टॉप पर न पहुँच जाएँ, तब तक मन मारकर ये छोटे-मोटे समझौते करने ही पड़ते हैं लेकिन क्या करें? लोगों के द्विअर्थी डायलॉग, गन्दे-गन्दे मजाक और वे अर्थभेदी मुस्कानें... मृदु, एक बात की गाँठ बाँध लो, अगर इस प्लेटफॉर्म पर टिके रहना है तो लोगों द्वारा उछाले गये गन्दे जुमले सुनने की थोड़ी बेशरमाई लादनी पड़ेगी। सबकी सुनो, मगर करो हमेशा अपने मन की। और हाँ, अपने लिए फैसलों पर अमल जरूर करो। अगर किसी खास मकसद के पीछे भागने का जज्बा तुम्हारे अन्दर है तो इस रास्ते के सुख-दुख, ताने, कटूक्तियाँ, ज्यादतियाँ या अपनों की बेरुखी वगैरा पचाने की आदत डाल लो अभी से। सोच लेना, जो भी तुम्हारे साथ हो रहा है, सबके साथ वही होता आया है। अकेली तुम्हीं नहीं हो इस कँटीली राह का सफर करने वाली। समझीं? ये साली राज़नीति है ही ऐसी कुत्ती चीज जो सबको अपनी उँगलियों के इशारे पर नचाती है। इसका चस्का यदि एक बार लग जाए तो फिर आसानी से छूटता भी तो नहीं।'

फिर तो उन्होंने बड़े से बड़े नेताओं के नाम ले लेकर उनकी सरपरस्ती में जीने वाली ऐसी-ऐसी स्त्रियों के किस्से सुनाये जिन्हें सुनकर मृदु के सामने राजनीति की असली-नकली तस्वीरें जीवन्त हो उठीं और भीतर से वैसा ही सत्यबोध जागा जैसाकि श्रीकृष्ण ने युद्ध के मैदान में अर्जुन को जीवन, जगत और ब्रह्माण्ड की नश्वरता दर्शन के साक्षात दर्शन करा दिए हों।

ओफ्फो! तो ये है राजनीति की असलियत। अब तो उसके लिए ये तय करना आसान रहेगा कि वो क्या करे, क्या न करे? अपने जीवन में किस रास्ते को पकड़े या फिर ऐसे चक्रव्यूही रास्तों को ही छोड़ दे? काफी मंथन के बाद वह ऊहापोह में रही फिर जब उसका अमुक पार्टी से काम नहीं सधा तो दूसरी में चली जाती और जब दूसरी पार्टी सत्ता में आने से रह जाती तो वे फिर से पुरानी में लौट आतीं। धीरे-धीरे उनकी समझ में राजनीति का सारा खेल आने लगा था। कौन उसे कब, कहाँ, किस इरादे से छूकर निकल जाता, इसका अहसास भी होने लगा था। तमाम अनुभवों ने उनकी समझ को बढ़ाया और खटमिट्ठे तजुर्बों से सीखा भी काफी कुछ। कुछ साल ऐसे ही चलता रहा।

'मैंने तुझसे कितनी बार मना किया, अब से तेरा बाहर आना-जाना एकदम से बन्द। कोई पार्टी फार्टी की मीटिंग वगैरा में जाने की कोई जरूरत नहीं...। समझी?'

'तो यहाँ रहकर क्या करूँ मैं? कितनी दफे आपसे कह चुकी, घर में बन्द रहकर नहीं जी सकती मैं। घुटन होती है यहाँ। इस पिंजरे में कैद होकर मैं सर्वाइव नहीं कर सकती।'

'क्यों? पिछले दस सालों तक क्या तू घर पर नहीं रही? इन पाँच सालों में तेरे इतने बड़े पर निकल आये कि अब तू इस घर को पिंजरा मानने लगी। सच-सच क्यों नहीं बताती, बाहर क्या करने जाती है? एक और बात कहनी थी, फोन पर जिस किसी गैर मर्द से लम्बी-लम्बी फ्लर्टिंग करना एकदम से नहीं चलेगा यहाँ, हमारे इस घर में।' फरमान सुनाते हुए वे गुस्से में आ गये।

'हाँ, पापा, मैंने खुद सुना है कि ये किसी अंकल से भद्दी-भद्दी सी गन्दी बातें कर रही थीं तभी तो मुझे आता देख फोन एकदम से बन्द कर दिया था।'

'क्या? क्या बक रहा है तू?' बड़े बेटे की तरफ अचानक गुर्राते हुए वे झपट्टा मारने दौड़ पड़ीं– 'वाइ द वे, बता तो सही, क्या बातें थीं वो? जरा मैं भी तो सुनूँ डिटेल में।'

'तो सबसे पहले मुझे अपना मोबाइल दीजिए, फिर बताऊँगा मैं, क्या-क्या कारगुजारियाँ हैं आपकी?' अचानक उसने झपट्टा मार शैली में उनका हाथ पकड़ लिया और मोबाइल छीनने लगा। बेटे ने भरपूर ताकत से उनका हाथ पकड़ा ही था कि मोबाइल फर्श पर गिर पड़ा।

फिर क्या था? देखते-देखते अचानक उन्होंने रणचंडी का रूप धर लिया और आपा बिसार जोर जोर से चीखने-चिल्लाने लगीं जिसे सुनकर अड़ोसी-पड़ोसी भी अपने-अपने घरों से बाहर उनके घर की तरफ झाँकने लगे।

अग्रज को मारने के लिए वे तेजी से उसकी तरफ झपटी ही थीं कि उसने भी अपने बचाव में दाहिना हाथ उठा लिया और खुद को बचाते हुए ऊँची आवाज में बोल पड़ा—'मुझे हाथ लगाने की कोशिश की तो खैर नहीं आपकी, हाँ, कहे देता हूँ।'

अचानक उन्हें जब कुछ नहीं सूझा तो वे जिस हाल में थीं, वैसे ही बाहर निकल आयीं और बाहर बने पीसीओ बूथ से सीधे पुलिस को फोन कर दिया। पाचेक मिनट बाद पुलिस के दो गुर्गे उसके घर पहुँच गये।

'क्या हो रहा है यहाँ पर? किसने किस पर हाथ उठाया?' अचानक वर्दीधारी पुलिस वालों को देखकर बच्चों के हाथ-पाँव फूल गये और फिर मृदु ने सिलसिलेवार बताना शुरू कर दिया। बाहरी लोगों के सामने अपनी और पापा की बेइज्जती से त्रस्त अग्रज एकदम रो भड़क उठा। अगले ही दिन अनुज का फिजिक्स का पेपर था यानी इस पूरी घटना से सबसे ज्यादा जिस पर असर पड़ना था, वो था अनुज जो 12वीं बोर्ड के इम्तिहान दे रहा था।

पुलिस ने अपने चिर-परिचित अन्दाज में अपनी कटखन्नी जुबान में बच्चों को जोर-जोर से डपटना डराना शुरू किया तो फिर बच्चों के बाप को भी सामने आना पड़ा।

'ऐसा है मिस्टर पुंज, आप दोनों पढ़े-लिखे और समझदार इंसान हैं तो अपने आपसी झगड़े को मिलजुलकर शान्ति से क्यों नहीं सुलझाते? ऐसे में अगर आप अपनी पत्नी से गाली-गलौज करेंगे या मारेंगे-पीटेंगे तो जेल की हवा खानी पड़ सकती है आपको, समझे? ऐसे-ऐसे कानून बन गये हैं कि आपकी सारी गर्मी और हेकड़ी उतार दी जाएगी और आपके लौंडों को भी सुधार दिया जाएगा जो अपनी माँ के लिए ऐसी गन्दी जुबान का इस्तेमाल करना सीख गये हैं, शर्म नहीं आती आपको ये सब सुनकर? रोका नहीं आपने इन्हें?'

सुनते ही वे सकते में आ गये। गर्दन नवाये उनकी बातें सुनते रहे फिर दूसरा पुलिसकर्मी बोला— 'इस बात की क्या गारंटी है कि दुबारा से ये सब नहीं होगा

यहाँ? क्या आप लिखकर ये सब दे सकते हैं कि आइन्दा से आप और आपके ये लौंडे इन मैडम से कायदे से पेश आएँगे, कोई बदसलूकी नहीं करेंगे और न ही हाथापाई वगैरा की नौबत आएगी।'

'मगर हाथापाई तो हुई ही नहीं, बिल्कुल नहीं हुई। ये सरासर झूठा इल्जाम है।' अब वे बचाव की मुद्रा में आ गये।

'गुस्सा गुस्सी में ये सब हो जाता है। आगे से हम इस बात का खास ध्यान रखेंगे और लीजिए ये रहा वो कागज जिसमें हमने आपके मुताबिक सब कुछ लिखकर गारंटी दी है।'

'साहब, हमारे खाने-पीने का बन्दोबस्त भी तो कीजिए वरना इतनी आसानी से हम कैसे चले जाएँ यहाँ से?'

न जाने क्या सोचकर उन्होंने अपनी जेब से पाँच सौ का नोट निकालकर पकड़ा दिया उन्हें। बस यही वो टर्निंग प्वाइंट था कि तभी से बच्चे पूरी तरह माँ से कटकर रह गये। सच तो ये भी था कि इस वाकयात के बाद वे तीनों सहम कर रह गये।

'कोई भी माँ अपने ही बच्चों के विरोध में क्या पुलिस में शिकायत कर सकती है? देख लिया अपनी माताश्री को? तो ये है उनका असली रूप, बेचारे बच्चों का मुँह सीने के लिए अच्छा तरीका निकाला इस औरत ने।'

बाप के बोल कितने सटीक, कितने सही लगे थे बच्चों को। बच्चों के नाजुक मन में माँ के प्रति पनप रहा जहर धीरे-धीरे गहराता गया। किसी बिगड़ैल जानवर की तरह बात-बात पर बिफर पड़ती वो। न जाने किस मिट्टी की बनी है ये? बच्चे सोचने लगते। सच तो ये था कि माँ की निःस्वार्थ केयर या ममता के कोमल अहसास का कोई भी टुकड़ा बच्चों के हिस्से नहीं आ पाया।

जब भी वे माँ-बाप के कड़ुवे बर्ताव की चीरफाड़ करने बैठते तो अक्सर माँ का गुस्सैल और रौद्र रूप याद करके अपने में ही सिमट-सिकुड़कर आत्मकेन्द्रित होते जाते। इस तरह धीरे-धीरे स्थितियाँ ऐसी बनती गयीं कि पापा का पलड़ा दिनों-दिन अपने आप भारी होता गया। पलड़े के एक तरफ रखे थे पैसों के बाट तो दूसरी तरफ रखे थे माँ की चरित्रहीनता के असंख्य सच्चे-झूठे किस्से जो दिन-ब-दिन पनपते, बढ़ते जहरीले पौधों में तब्दील होते जा रहे थे।

नाजुक बाल मन पर इन बातों का कितना गहरा असर पड़ता है, इसका जरा भी अनुमान मृदु को नहीं था। अनुज की उस समय फाइनल परीक्षा चल रही थी और ऐसे कठिन समय में घटित इस वाकयात ने उसे हिलाकर रख दिया। कहाँ तो उत्साह से भरा चंचल मन लिए वो प्रसन्नमन से यहाँ-वहाँ उछलता-कूदता रहता था और कहाँ आज रोनी सूरत और खिन्न मन लिए हताश बच्चा मुँह नीचा किए घंटों

से गुमसुम बैठा किताब पर आँखें गड़ाये एक ही बिन्दु पर नजरें गड़ाये उदास बैठा है.। एक ही पन्ने पर नजरें गड़ाये देख उसकी मनःस्थिति को ताड़ लिया अग्रज ने, सो उसे समझाने बैठ गया उसी के पास। अनुज की समझ में नहीं आ रहा था कि आखिर भैया ने ऐसा क्या गुनाह कर डाला कि माँ ने अपने ही बेटे के खिलाफ पुलिस बुला ली। अपनी ही माँ का मोबाइल लेने में आखिर बुराई ही क्या है?

अग्रज भी इस सचाई से वाकिफ हो गया कि मम्मी की माया को जान लेना आसान नहीं है। 'कितनी विचित्र और रहस्यमय महामाया है ये तो '- पापा ऐसा कहते हैं तो ठीक ही तो कहते हैं। इनसे भिड़ना यानी बर्रोंयों के छत्ते में हाथ डालना। भिनभिनाकर जब तक ये औरत तुम्हें काट नहीं लेगी, चैन से नहीं बैठेगी। तुमने सही बात की तो कितनी भड़क गयी वो। कितनी बुरी तरह बिगड़ गयी। अरे! अगर आप सचमुच सही हैं तो मोबाइल देने में हर्जा ही क्या था? आसानी से दे देती तो उसे छीनने की जरूरत ही क्या थी? ऐसा कौन सा गुनाह कर दिया था बेटे ने? मतलब साफ है, तभी तो एकदम से भड़क पड़ी थी वो... आखिर क्यों है ये ऐसी? क्यों होती जा रही है ऐसी वैसी? कितना बदलती जा रही है।

सोचते-सोचते अग्रज जितना ज्यादा उनके बर्ताव की चीरफाड़ करने की कोशिश करता मगर किसी नतीजे पर नहीं पहुँच पाया। सबसे ज्यादा चिन्ता तो माताश्री को अनुज की होनी चाहिए। बेचारा! कितना अटैच फील करता है उनसे... कितना-कितना चिपकता था उनसे और आज कितने जोर का झटका लगा है उसे कि उसके एक्जाम्स का जरा भी खयाल क्यों नहीं आया उन्हें? यही सब सोचकर वह अनुज के पास आया और पढ़ाई के बारे में बातचीत करता रहा। पापा किसी से फोन पर बतिया रहे थे—

'हाँ, सम्भावनाएँ तो हैं ही बच्चों में। वे तो अनन्त आकाश में उड़ान भरना चाहते हैं जबकि यहाँ अपने में ही सिकुड़कर सहम गये हैं बच्चे। घर के एक कोने में चुपचाप नैट पर उलझे रहते। आपको हम क्या-क्या बताएँ भाईसाब, इन बच्चों को देखकर तो कलेजा काँपने लगता मेरा। मैं ही इनकी माँ भी हूँ और बाप भी मैं ही हूँ। मैं अपनी जिम्मेदारियों से मुँह तो नहीं मोड़ सकता न? आखिर इनका पेट भरना है। सच में मेरा जीवन तो बर्बाद करके रख दिया इस औरत ने। न घर में चैन, न बाहर ही कहीं सिर उठाकर चल सकता हूँ। घर घर नहीं रहा मेरा। घर वाली से घर घर बनता है लेकिन...' बोलते बताते उनका गला रुँधने लगा तो अग्रज दौड़कर उनके लिए पानी भरा गिलास ले आया और पापा के हाथ में थमाते हुए बोला— 'रिलेक्स पापा, हम लोग ठीक हैं, प्लीज हमारी चिन्ता न करें।'

'सचमुच! ये कितने बड़े दुर्भाग्य की बात है कि यही वो सुनहरा अवसर था

जब बच्चे अपने चढ़ते कैरियर को ऊपर और ऊपर ले जाना चाहते थे और यही वो काला समय भी है जब इस औरत की काली करतूतों ने हम सबकी नाक कटाकर रख दी। ज्यादा क्या कहूँ भाईसाब, आपकी बहन हैं सो आप ही समझाइए। बाकी बातें बच्चों से पूछ लेना। वो तो खुद ही समझदार हैं, किशोरावस्था से गुजर रहे हैं सो जो भी बताएँगे, यकीन तो करेंगे न आप? बच्चे तो वैसे भी झूठ नहीं बोलते। लो बेटा, बात करो, मामा है तेरे।'

'नहीं, मुझे नहीं करनी किसी से भी बात ...

'प्लीज बेटा, मेरी खातिर, प्लीज, बस सुन लेना उनकी बातें।' बेमन से उसने फोन को कानों से लगाया और हूँ, हाँ करता रहा।

'पापा जो भी कहें, वही ठीक है। उन्हें हमारी कोई परवाह नहीं। न, कतई नहीं। कल मेरा पेपर है, सो पढ़ना है हमें।' कहकर उसने फोन पापा को पकड़ा दिया।

'माँ-बाप के झगड़े में पिसते हैं बच्चे, बेचारे बेकसूर बच्चे, कितना-कितना सहते हैं, कैसा तो मुँह उतर गया इसका।' एक पड़ोसन ने दूसरी की तरफ देखते हुए ऐसे सुनाया जिसे दफ्तर जाते अनुज के पापा ने सुन लिया लेकिन वे सुनी अनसुनी करते यथावत आगे बढ़ते गये।

किताबों में आँखें गड़ाये अनुज के भीतर पापा की आवाजें बोलने लगीं—'देख लिया अपनी माँ का असली रूप? बड़ी तरफदारी करता चिपकता फिरता था उनसे, सुन रहा है न?'

अनायास माँ की तीखी बात याद आ गयी—'अनुज, तमीज से बात करना नहीं आता तुझे? बदतमीज होता जा रहा है दिनोंदिन?'

मन में आया, कह दें—आपसे सीखी है ये बदतमीजी, मगर चुप बना रहा। इनका क्या ठिकाना, कब किस बात पर अपशब्द बकने लगें? धीरे-धीरे दोनों बच्चों ने खुद को उनसे काटना शुरू कर दिया। शायद पुलिस वाले की झड़प से बच्चों के कोमल मन पर अपनी माँ के प्रति पनपी नफरत को इतना बड़ा कर दिया कि अब उनसे बात करना तक गवारा नहीं रहा उन्हें। माँ के प्रति बड़े वाले का बर्ताव तेजी से बिगड़ता गया। कई मौके तो ऐसे भी आये जब वह बाप का रक्षक बनकर खड़ा हो गया था। माँ को नीचा दिखाने या पटखनी देने का कोई भी मौका कभी नहीं चूकता था वह।

'बेटा, आज तेरी पसन्द की सब्जी बनाई है, बता न, कैसी बनी है? खास तेरे वास्ते मटन बनाया है।' उनकी आवाज में अनायास रिरियाहट घुलमिल गयी।

'हम आपसे कितनी बार कह चुके कि आप हमारे लिए खाना न बनाया करें प्लीज मगर आप हैं कि मानती ही नहीं। लिसन, अगर आप जबरदस्ती बनाएँगी

तो हम एकदम से हाथ नहीं लगाएँगे। कतई नहीं छुएँगे वो खाना, बस।'

'माफ कर दे बेटा। कह दिया न, हो गयी गलती।' बेटे की अवज्ञा से वे अनायास भावुक हो उठीं और उसकी आँखों में याचक भरी निगाहों से देखते हुए बोलीं–

'तेरे वास्ते क्या-क्या नहीं किया बेटा? इतनी जल्दी तू सब कुछ भूल गया? सालों से अपनी माँ का बना खा रहा है, आज अचानक ऐसी वितृष्णा?'

'मैंने कह दिया न, मुझसे बात मत किया करो फिर भी आप लगातार बोले जा रही हैं।'

साफ शब्दों में उसके मना करने के बावजूद उनका मन नहीं मानता और वे रसोई में जाकर कुछ न कुछ बनाने लगतीं। जैसे ही वे खाने का मनुहार करतीं, वह तुनककर बोलता– 'क्यों बनाती हो ये सब? किसके लिए? कह दिया न, हम तीनों को नहीं खाना है, सुनाई नहीं देता क्या? क्यों रोज-रोज बनाकर रख देती हो? फेंकना पड़ता है हमें आपका बना खाना।'

'क्या?' आँसू भरीं आँखों में ममता के सोते फूट पड़े अनायास। फिर से बोलने लगीं– 'क्यों अनुज, तू भी उनके रंग में रँग गया? अपनी ममा के लिए जरा भी प्यार नहीं बचा तेरे दिल में? इतना बेरहम?'

'जाइए, पुलिस में रिपोर्ट लिखा आइए। हमारी शिकायत कर आइए....' तेज-तेज आवाज में बोलता पैर पटकता वह अपने कमरे में चला गया तो वे भी पीछे-पीछे चली आयीं फिर मीठी आवाज में पूछने लगीं–'कैसे हो रहे हैं तेरे पेपर?'

'आपको इससे क्या लेना-देना? प्लीज डॉण्ट डिस्टर्ब मी...' कहकर वह दरवाजा बन्द करने के लिए उठा तो उन्हें बाहर निकलना पड़ा।

बच्चों के मन में माँ के प्रति बेरुखी उपजे–यही तो चाहते थे उनके पति और यही सब होते देख वे राहत की साँस लेने लगे। मृदु से पीछा छुड़ाने के लिए सबसे बड़ी बाधा यही बच्चे बनते थे। इन्हीं की खातिर वे किसी दोटूक नतीजे पर नहीं पहुँच पाते थे, चाहकर भी कठोर फैसला नहीं ले पा रहे थे। अब उनके लिए मृदु को बाहर का रास्ता दिखाना आसान होता जा रहा था। बच्चे यदि माँ के प्रति तिरस्कार जताते तो वे कभी नहीं रोकते टोकते बल्कि एक तरह का सैडिस्टिक प्लैजर महसूसते।

'अनुज, आखिरी पेपर के बाद हम तीनों रेव पार्टी चलेंगे।'

'मैं भी चलूँगी...' मृदु ने उनकी बातें सुन ली थीं।

'चलो, ठीक है, तू भी चलना। हम बच्चे की खुशियाँ सैलिब्रेट करेंगे।'

अरसे बाद तीनों रेव पार्टी में शामिल हुए। गहनों से लदी फदी मृदु अपनी आभा बिखेर रही थीं। बच्चों के चेहरे पर आज सचमुच प्रसन्नता के दीए जगमगाने लगे।

घर में वे तीनों केन्द्र में हर समय एक साथ जीते लेकिन मृदु धीरे-धीरे हाशिये पर अलग-थलग खिसकती गयीं। अपने किसी भी किस्म के आचार विहार में वे तीनों मृदु को जानबूझकर शामिल नहीं करते। मृदु इस तरह धीरे-धीरे बच्चों के सान्निध्य सुख से वंचित होती गयी। एक माँ के लिए ये कितनी बड़ी सजा थी कि उसके जाए, उसके हाथों पले-पुसे बच्चे उससे इस तरह विलग हो जाएँ मगर वे करें भी क्या? क्या कर सकती थीं वे? बच्चों की उपेक्षा और अपमान से मर्माहत होतीं। हताशा के चरम पर पहुँची मृदु का मनोबल धीरे-धीरे टूटने लगा। सबसे ज्यादा तकलीफदेह अहसास तो यह था कि अनुज को भी उससे परे किया जा रहा था। एक दिन अकेले में उन्होंने अनुज के सामने अपना पक्ष रखने की कोशिश की थी मगर पल भर में ही उन्हें ऐसा लगा जैसे जमी बर्फ धीरे-धीरे पिघलने लगी हो। खुशी से भरी मृदु उसे लेकर तुरन्त बाजार निकल गयीं और झटपट उसे जींस-टीशर्ट खरीदवाये। अभी वे लोग बाजार में पहुँचे ही थे कि अचानक से अग्रज का फोन अनुज के पास आ गया और वो किनारे पर अलग जगह खड़ा होकर भाई से फोन पर बतियाने लगा। ये क्या? वो तो फोन पर ही उसे गरियाने लगा।

'क्या जरूरत थी उनके साथ बाजार जाकर उनसे सामान खरीदने की? तुझे मना किया था न? तू मानता क्यों नहीं? भूल गया उस दिन कितनी बेइज्जती हुई थी हमारी? पुलिस को लाकर खड़ा कर दिया था उन्होंने? याद है न? सुन रहा है न?'

'हाँ, हाँ...'

'बस, अब जो कह रहा हूँ, उसे चुपचाप मान ले और तुरन्त घर लौट आ। कितना मनमर्जी चलाने लगा तू? जाने से पहले पूछ नहीं सकता था?'

'हाँ, सो तो है, बस भूल गया था।'

'पता है, हम सबको कौन पाल रहा है? बोल?'

'...उनकी बातों में आ गया, बस।'

'सुन, ऐसी औरत को माँ मानेगा तू? दुनिया क्या कहेगी? उनके दिल में हमारे लिए कुछ नहीं बचा। बड़ी मतलबी और मौकापरस्त हैं वो। पापा कह रहे थे कि किसी दिन किसी और के संग कहीं भाग भूग गयीं तो क्या करेगा तू? बस टापता रह जाएगा?'

'क्या, क्या? ओ माई गॉड! क्या वो वाकई ऐसा कर सकती हैं? आई कांट विलीव।'

'न कर बिलीव। तो पापा क्या झूठ बोलेंगे?'

'क्या सच्ची में वो ऐसा कर सकती हैं?'

'और नहीं तो क्या? शी इज वैरी डेंजरस लेडी। और तू है निपट बुद्धू। पागल

कहीं का। बेशर्म और बेगैरत होता जा रहा है तू तो। पापा की तकलीफ का जरा भी अन्दाजा है तुझे? कुछ तो खयाल कर पापा का। तू अगर उनके साथ घूमेगा-फिरेगा तो इससे पापा को बेहद तकलीफ पहुँचेगी। समझ रहा है न?'

'भैया, प्लीज पापा को इस बारे में कुछ मत बताना। मैं उन्हें कतई हर्ट नहीं करना चाहता।'

'हाँ, मैं पापा को कभी नहीं बताऊँगा। तू भी मत बताना। समझ गया?'

'गॉड प्रॉमिस? मैं नहीं बताऊँगा उन्हें।'

'चल अब, ध्यान से मेरी बात सुन। उनसे कहना कि वे तुझे लोहिया पार्क तक छोड़ दें। वहीं मिलूँगा तुझसे।'

'ओके।'

'ममा, मुझे जल्दी से लोहिया पार्क में छोड़ देना। मेरा एक दोस्त वहीं पहुँच रहा है। कुछ जरूरी काम है।'

'ठीक है...' अनमने मन से उन्होंने जबाव दिया लेकिन उसकी फोन पर हो रही लम्बी बातचीत से उन्होंने अन्दाज लगा लिया कि उसे अग्रज ही भड़का रहा है मगर चाहकर भी कुछ कहते नहीं बना उनसे। ये उनकी विवशता थी या मजबूरी, पता नहीं मगर वे चाहकर भी बच्चों का विश्वास नहीं जीत पायीं। शायद ये उनके जीवन की सबसे बड़ी शिकस्त थी।

इधर राजनैतिक गलियारों में प्रदेश अध्यक्ष के साथ उनकी बढ़ती नजदीकियों की इन दिनों खूब चर्चा होने लगी। उनका वो पुराना साथी गंजू जब कभी उनसे टकराता और उनका शुभचिन्तक बनने की होड़ में शुमार होता मगर उनका ये विश्वास उस दिन डिगा जब एक दिन उन्होंने अपने पति की उससे होने वाली बातचीत सुन ली।

'क्या बात है गजेन्द्र, आजकल घर नहीं आ रहे?'

सुनते ही उनके तन-बदन में आग लग गयी। क्या ये वही इंसान है जो गंजू का नाम सुनते ही गुस्से से बिफरने लगता था। एक बार तो उबलती आवाज में मृदु से साफ-साफ कहा था—

'उस गंजू से बात की तो ठीक नहीं होगा। न, उससे कोई सम्पर्क मत रखना। कमीना कहीं का। गजेन्द्र से गँजू छँटकर रह गया उसका नाम, ठीक ही तो है। साला, इसी लायक है।' उसके खिलाफ जहर उगलने वाला वही इंसान गंजू से खुद बात करने लगा? मगर क्यों? जरूर कोई चाल होगी तभी। एक दिन उसके हितैषी सुनील परमार ने उसके कानों में धीरे से कहा था— 'मैडम, इस गंजू से सावधान रहना। ये केवल मतलब का यार है। कभी भी पलटी मार किसी भी पारी में

खिसक सकता है। इसका कोई ठिकाना नही। किसी भी ईमान धर्म से कोई नाता नहीं रह गया इसका। होशियार रहना, कहीं वो आपके बारे में उल्टा-सीधा न बक दे आपके पति सें।'

सुनकर वे अवाक् रह गयी थीं। चौंककर अविश्वसनीय निगाहों से सुनील की तरफ देखती रहीं फिर आहिस्ते से बोली–' ठीक है, मीटिंग के बाद बात करूँगी तुमसे।'

और फिर बात आयी गयी हो गयी। तो उसका शक सही निकला। जब इसकी दाल नहीं गली तो इसने पतिदेव के पास जाकर उसके बारे में अनर्गल बातें की होंगी। उफ! किस पर भरोसा करे वह? जिसे देखो, वही मुँह में राम बगल में छुरी दाबे बैठा है यहाँ। राजनीति का अखाड़ा सचमुच मायावी है जिसके अन्दर चक्कर पै चक्कर लगाते रहो लेकिन गन्तव्य का अता-पता दूर-दूर तक नजर नहीं आता। कहाँ जाए अब वह? किससे क्या कहे? उसने इस गंजू की शिकायत प्रदेश अध्यक्ष से की तो थी लेकिन नतीजा क्या रहा? सिफर, साला आरक्षण कोटे का स्वयंभू नेता है, इसे हटाने की बात तो कोई सोच ही नहीं सकता तभी तो बड़े गुरूर से कहा था उसने मृदु से–

'ऐसा है मैडम, कि मेरा तो कुछ नहीं बिगड़ेगा। सोचना आपको है, कि क्या करना है? आपका बना-बनाया खेल बिगड़ गया तो आप तो कहीं की नहीं रहेंगी। आपका अंजाम क्या होगा? पहले से सोचना पड़ेगा। अब आपकी बेहतरी इसी में है कि जैसा हमारे बीच जैसा चल रहा है, चलने दें वरना आपके लिए नयी मुसीबतें खड़ी हो जाएँगी।'

'अरे! आप तो ब्लैकमेल करने लगे। आपको क्या लगता है कि मैं आपकी गीदड़ भभकियों में आ जाऊँगी। कतई नहीं। समझ लेना। सोच-विचार कर बोला करो। मैं बेहद दबंग, मुँहफट और निडर औरत हूँ, हाँ।'

'ठीक है, आपको चेताना था, सो चेता दिया। बाकी बातें आप जानें। हाँ, प्रदेश अध्यक्ष नेता जी के पास अगर आप पहुँच गयीं तो फिर मुझसे कभी कोई उम्मीद मत पालना, साफ बात है। आपके पति पुंज साहब वैसे भी हमारे पुराने दोस्त हैं सो उनका भला सोचना मेरा नैतिक फर्ज है।' बड़े बेशर्म तरीके से जर्दे की पुड़िया को मुँह में उँड़ेलते हुए लापरवाही से फेंके गये थे चंद शब्द।

'हू केयर्स?' उड़ती नजरों से आसपास देखते हुए एक फिकरा कस दिया मृदु ने और अपनी गाड़ी की तरफ बढ़ने लगी तभी नेताजी का चमचा उनके पास दौड़ा-दौड़ा आया- 'मैडम, बड़े साब ने बुलाया है अपने फार्महाउस पर, तो चलें?'

और वे चाहकर भी न नहीं कर पायीं। मृदु को आज अपने उस फैसले पर दुख भी होता और पछतावा भी। आखिर ऐसा क्यूँकर होता गया उनसे जबकि वे

ऐसा-वैसा तो कतई नहीं चाहती थीं वे। सच तो ये है कि इस दलदल में फँसना ही नहीं चाहती वह मगर शुरुआत में यही गंजू उन्हें राजनीति का ककहरा सिखलाने खींच लाया था यहाँ, इस कचरेघर में। कितने सब्जबाग दिखाये थे तब इसने?

'मैडम, एक दिन आप भी नक्षत्रों से भरे आसमान में चमकेंगी। देखा नहीं, अला फला औरत कितनी तेजी से कहाँ से कहाँ पहुँच गयी? और आप तो कितने पावरफुल तरीके से बोलती हैं? इतने बिन्दास और धाकड़ तरीके से कैसी भी सिचुएशन को बोल्डली हैंडिल करने में माहिर हैं आप तो। यू मस्ट बी हियर ओनली, यू, यू, एंड यू ओनली। बोल्ड एंड ब्यूटीफुल, व्हाट ए प्लेजेंट कंबीनेशन यू हैव।'

कहते हुए खींच लाया था उसे यही बन्दा। तब तो पतिदेव ने कुछ भी ऐतराज नहीं किया बल्कि जब कभी वे देर-सवेर मीटिंग से लौटतीं तो वे खाना तैयार करके रखते। फिर अचानक ऐसी क्या आफत आन पड़ी कि... ऐसी क्या घुट्टी पिलाई गयी उन्हें कि मृदु का जीना ही दूभर कर दिया उन्होंने। शायद इसी गंजू के चलते हुआ होगा ये राब या किसी और आशिकमिजाज नेता ने, या नेताजी की किसी दिलजली प्रेमिका ने या... या... किसी और ने नहीं बल्कि खुद पति ने तो जासूसी नहीं करवाई? पता नहीं, क्या-क्या ऊलजलूल बातें सोच-सोचकर उनका जी हलकान होता रहा। क्या हश्र होगा? सोचकर दुश्चिन्ताओं से घिरती गयीं वे और निश्चित भविष्य के बारे में सोच-सोचकर आँसू भर-भर आते। जैसे बर्फ में किसी ने जबरन उनका मुँह दबा दिया हो बेरहमी से और फिर बाहर निकालने की सुधि किसी को न रहे, सो वे भी दबी रहीं महीनों, अपनी ही अन्दरुनी दुनिया में फँसी फड़फड़ाती रहीं। रह-रहकर गत जीवन के पन्ने उलटती-पलटती रहीं। तमाम तरह की चित्रावलियाँ बनतीं, मिटतीं, धुँधलातीं रहीं। वेग से उमड़ आते आँसुओं को थामने की जद्दोज़हद करतीं मगर आँसू थे कि झर-झर झरते रहते गोया वर्षों बाद रुके झरने का मुँह अनायास किसी ने पूरी ताकत से खोल दिया हो।

चार भाई-बहनों के बीच वे घर में दूसरे नम्बर पर थीं। एक बड़ा भाई उनसे बड़ा और एक बहन भाई उनसे छोटे। बड़ा भाई शुरू से ही पढ़ने में जहीन था लेकिन न जाने क्यों उसने मृदु पर शुरू से ही पहरे बिठाना शुरू कर दिए थे। बचपन से ही वे बोलने में चटरपटर थीं और अपने दबंग स्वभाव के चलते किसी से जरा भी नहीं डरती थीं सो सभी उसकी तेजी के कायल थे। घर बाहर के न जाने कितने सारे ऐसे काम थे जिन्हें वह पूरी कुशलता से निबटा देतीं। बड़ा भाई तो दिन-रात अपने को कमरे में बन्द करके पढ़ता रहता। ले-देकर एक मृदु ही थी जो घर बाहर को सँभालती सहेजती और नौकरों को एकदम टाइट करके रखतीं और हर काम अनुशासित तरीके से करवाती।

भाई को जिस बात का सबसे ज्यादा खौफ रहता, वह थी मृदु की कमनीय काया, चमकता उजला रंग, बड़ी-बड़ी बोलती आँखें और रोबदार ऊँची आवाज। जब कभी उसे किसी काम से बाहर निकलना पड़ता, मुहल्ले के तमाम लड़के उसके भाई को घेरकर शिकायत करने लगते–‘ सुना है, मृदु आज सर्वेश से उलझ पड़ी। ऐन मौके पर दोनों गुँथ गये थे। उसने मृदु के बाल खींचे तो मृदु ने ताबड़तोड़ झापड़ जड़ दिए। कैसी है ये तुम्हारी बहन? जिस किसी से झगड़ पड़ती।’

‘हाँ, और अपने से बड़े उम्र के लड़कों से दोस्ती करने का शौक है उसे। नवीन से पटरी खाती है, उसके साथ स्कूटर पर आते-जाते देखा है हमने, आपकी कसम। सच कह रहा हूँ। चाहो तो रामेन्द्र से पूछ लो।’

‘कब? कहाँ? कैसे?’ वे सवालियाँ निगाहों से उन्हें घूरने लगे फिर घर पर आते ही मृदु को तरेरकर देखा।

‘इधर आओ, सुनो, ये सब क्या-क्या सुन रहे हैं हम तुम्हारे बारे में? कहाँ-कहाँ किस-किसके संग मटरगश्ती हो रही है तुम्हारी? बताओ।’

‘अरे! कहीं नहीं भैया, मुझे सब पता है, ये बातें किसने की होंगी आपसे? उस साले नकुल और पिद्दी से रामेन्द्र ने? हैं न? उसकी तो वो गत बनाऊँगी कि... कल उसके कान न उखाड़े तो मेरा नाम भी मृदु नहीं.... बदजात साला, जलनखोर।’

‘ऐ, गाली नहीं, लड़की हो। तमीज से बात करना नहीं आता तुम्हें? पापा आयकर अधिकारी हैं, कुछ तो उनकी इज्जत की परवा करो मृदु। लोग सुनेंगे तो क्या सोचेंगे हमारे बारे में? और ये नवीन कौन है?’

‘नवीन, अरे वही आपके दोस्त शिवालिक का छोटा भाई, कल हमारे कॉलेज का स्पोर्ट डे था न सो बाहर की वॉलीबाल टीम खेलने आ रही थी हमारे कॉलेज में। वो भी वहीं जा रहा था सो हमने सोचा, हम भी चले चलें साथ में। अच्छा बताओ, इसमें क्या हर्जा? क्या गलत बात हो गयी इसमें?’

‘पापा सुनेंगे ये सब तो गुस्साएँगे। वैसे भी आजकल वे तुम्हारे वास्ते खूब सारे लड़के देख रहे हैं, तेरी शादी की खातिर। ऐ मृदु, कोई तुझे पसन्द तो नहीं?’

‘धत! अभी नहीं करानी हमें शादी फादी। नहीं पड़ना किसी लफड़े में, हाँ...’ कहते हुए वह सर्र से वहाँ से बाहर उछलती-कूदती निकल भागी।

मगर तब वह लिहाज के मारे मुँह खोलकर शादी का विरोध नहीं जता पाई थी, न वैसा चलन था तब। बी.ए. करते-करते शादी हो गयी और वे बन गयीं श्रीमती जी एक ऐसे शख्स की जिसका अपना कोई मजबूत वजूद ही नहीं। जो नाटे कद का दब्बू किस्म का अफसर था, कहने भर को डिप्टी डायरेक्टर के ओहदे पर मगर हैसियत में शून्य और बोलने में तो एकदम हकलाने लगता। क्लब हो,

या पार्टी फंक्शन या फेमिली गेटटुगेदर, पति नाम का वह बन्दा दो लफ्ज भी दमदार तरीके से नहीं बोल पाता। न जाने किस मिट्टी का बना है ये। मृदु के रूप सौन्दर्य पर अपनी निगाहें जरूर जमाये रखता। शुरू-शुरू में मृदु को कई जगह नये नये लोगों से मिलाने भी ले जाता। बाहरी लोग उसकी खूब तारीफ करते तो वो मन ही मन गद्‌गद होता। यहाँ तक कि उसके बॉस तो मृदु पर इतने लट्टू थे कि उन्होंने फटाफट मिस्टर पुंज को पहला प्रमोशन भी दे डाला।

'अब मैडम, आप कहें और हम न मानें, ऐसा कैसे हो सकता है भला? चलिए, आपके पति बन गये डायरेक्टर, अब कहाँ हैं मेरा इनाम किताब?' पूरी बेशर्मी से कहा था उन्होंने।

'क्या मतलब? आप हमारे घर आएँ या हम सब मिलकर कहीं बाहर डिनर पर चलें? बस्स और क्या?' उन्होंने अचकचाकर कहा था।

शुरू-शुरू में वे पुरुषों को अपनी सतर्क निगाहों से नाप-तौलकर एक निश्चित रखकर बात करते-करते हँसने लगतीं मगर बाद में वे उनकी मंशा ताड़ जातीं और फिर जानबूझकर उनसे एक दूरी बना लेतीं। इसी दौरान अचानक एक दिन उनका सामना हुआ अविनाश चन्द्रा से जिनके पास वे अपने मकान का एलॉटमेंट लेटर लेकर गयी थीं मगर जल्दी ही वे उनके रसासिक्त बोलों की चाशनी में डूबती उतराती-तैरती गयीं।

'हाँ तो मैडम, क्या परेशानी है आपको?' उन्होंने झटपट अपने चपरासी को आवाज लगाई और पल भर में समस्या की तह में पहुँच गये।

'आप जैसी लड़कियों को तो पुलिस में होना चाहिए। वाह! अरसे बाद किसी दबंग और खुद्दार लड़की से वास्ता पड़ा है। व्हाट ए प्लेजेंट सरप्राइज फॉर मी।' विकास प्राधिकरण के सचिव ने उनके लिए एक कॉफी मँगवाई और मधुर वाणी में उन्हें मोहाविष्ट करने में कोई कसर नहीं छोड़ीं।

'देखिए, सर, मैं कोई लड़की वड़की नहीं हूँ। मैं तो दो बच्चों की माँ हूँ।'

'क्या कहा? यकीन नहीं हो रहा। आपका ये लड़कियों की तरह का पहनावा आई मीन ये जींस और कुर्ती...। आप मुझे सर क्यों बुला रही हैं? आप तो बाकायदा मेरा नाम लेकर बुला सकती हैं, अविनाश नाम है मेरा।'

'जी सर, मैं कह रही थी कि मेरी छत से लीकेज हो रहा है, दस दिन हो गये। मैं कई बार फोन पर शिकायत नोट करा चुकी मगर कोई सुनता ही नहीं। क्या अन्धेरगर्दी मचा रखी है यहाँ विभागीय लोगों ने...'।

'इसकी शिकायत यहाँ नहीं, वहाँ दूसरे विभाग में कीजिए मगर आप बैठिए तो सही। मैं खुद आपकी समस्या को अभी यूँ चुटकियों में सॉल्व करता हूँ,

ऐसे... कहते हुए उसने घंटी बजाई और तत्काल चपरासी हाजिर।

उन्होंने तुरन्त कॉफी और काजू की नमकीन भरी प्लेटें मँगवायीं और शुरू हो गया मीठी बातों का सिलसिला

'भई वाह! मान गये मैडम, आपको भी। क्या रोबदार आवाज और अन्दाज है आपका? क्या पर्सनैल्टी है, आप क्या हैं, शायद आपको खुद भी नहीं पता ठीक से कि आप क्या चीज हैं! कहीं जरूर काम करती होंगी।'

'अरे नहीं अविनाश जी, फिलहाल तो कहीं नहीं करती मगर करती थी एक जमाने में। फिर ग्रेजुएशन के बाद शादी हो गयी और फिर बच्चे और फिर...।'

'फिर सब खत्म, होता है, यही होता है, ज्यादातर महिलाओं के साथ यही होता आया है यानी उनकी भावनाओं की कद्र नहीं की जाती। पहले कहाँ थीं आप?'

'दिल्ली में सुपरवाइजर की जॉब थी मेरी। फिर...' कहते हुए वे चुप हो गयीं और अपने खुले बालों को पीछे करते हुए बोलने लगी– 'हाँ, एम.ए.,बी.एड. करना चाहती थी मैं लेकिन पढ़ने की इच्छा पूरी नहीं होने दी, किसी ने भी सहयोग नहीं किया, न पति ने, न ससुर ने और न मेरे मायके वालों ने।'

'ओके, ओके, पर मैडम, एक बात तो तय है, आपको देखकर कोई कह नहीं सकता कि आप किसी की पत्नी हैं या दो बच्चों की माँ तो कतई नहीं लगतीं आप। आपका ड्रेस सेंस तो सचमुच लाजबाव है।'

'क्या होता है अविनाश जी, इस पर्सनैल्टी का भी, पैसे तो कमाती नही। आजकल तो पैसेवालियों की पूछ होती है। हम सरीखियों को कौन पूछता है? खाली पीली निठल्ली टाइप मान लिया जाता है हमें। हमारी क्या कद्र? मनी, इज एवरीथिंग, यस मनी।'

'पैसों से ज्यादा बड़ी चीज है आपमें। पैसा क्या चीज है आपके सामने। नथिंग। संसार में हर चीज पैसे से नहीं खरीदी जा सकती। आपके जैसी सुघड़, हुनरमंद और बोल्ड लेडीज कितनी होंगी हमारे आसपास? एक भी नहीं।'

न जाने क्या जादू था उनकी बातों में कि वो मोम सी पिघलती गयीं। उन्होंने मृदु के सारे काम चटपट निबटाये और अपना कार्ड देते हुए बोले– 'बन्दे को जब भी, जहाँ भी, याद करेंगी, हाजिर हो जाएगा।' मुस्कराते हुए मृदु बाहर निकली जहाँ साफ खुले आसमान में बादलों के गोले कई सारी रजाइयाँ तैयार करने में लगे थे। हवाएँ पूरी मस्ती के मूड में पेड़ों को झकझोरने में जुटी पड़ी थीं। कितना प्यारा और नेक इंसान है ये। ऐसे लोग भी हैं दुनिया में जो चेहरा देखते ही मन की बातें ताड़ जाते हैं। कैसे उसे देखते ही बोल पड़ा था वह–

'इफ यू डॉण्ट माइंड, मैं एक बात पूछ सकता हूँ?'

'हाँ, कहिए।'

'आपके पति के अन्दर आपकी पर्सनैल्टी को लेकर जरूर इन्फीरियटी कॉम्पलैक्स होगा जिसके चलते वे आपके टेलेंट से खूब जलते होंगे। मैंने गलत तो नहीं कहा न?' मृदु पर आँखें गड़ाये वे एकटक ताकते रहे वे।

'हूँ, क्या पता?' वे सोचते-सोचते बोलीं।

'मेरा वश चलता तो आप जैसियों के कदम गाड़ी से बाहर न रखने देता। खैर छोड़ो, वैसे आपकी रुचि राजनीति में है क्या?'

'हाँ, है न, अभी-अभी तो मैंने पार्टी ज्वाइन की है, मीटिंग में भी जाती हूँ, कभी-कभार क्षेत्र का दौरा करना पड़ता है तो कभी कभार लोगों की समस्याएँ सुलझानी हूँ। सब चलता है यहाँ।' हँसते हुए वे अचानक उठने लगीं तो उन्होंने इशारे से रोकते हुए कहा—'प्लीज, फिर कभी आइएगा। मैं आपका इन्तजार करूँगा। आएँगी न, मेरी खातिर, प्लीज।'

'यस, यस, श्योर श्योर।' कहते हुए वे उठने लगीं।

अविनाश जी ने बाहर निकल अपनी गाड़ी तक ऑफर की।

'क्यों नहीं, इससे चली जातीं।'

'नहीं, अभी मुझे बहुत से काम हैं...कहकर वे तेजी से सड़क लाँघने लगीं।

इनसे जरूर कभी न कभी मिलूँगी। कितनी मिठास है इनकी आवाज में और कितनी नजाकत से मुस्कराते हैं वो। सो स्वीट एंड क्यूट टाइप बन्दा है ये तो... इंटरेस्टिंग बातें करना खूब आता है इन्हें। सोचते हुए वे मुस्कराने लगीं।

उस दिन प्रदेशाध्यक्ष के यहाँ से लौटते हुए सचमुच बहुत देर हो गयी थी। वे बार-बार फोन करके पुंजसाब को बताना चाहती थीं लेकिन हर बार वही टोन सुनाई पड़ती—'कवरेज क्षेत्र से बाहर है' सुनते हुए वे मन मसोसकर रह गयीं। रात 12 बजे तक घर पहुँचकर बैल बजाई तो देर तक किसी ने दरवाजा नहीं खोला। पाँचेक मिनट तक वे वहीं खड़े-खड़े सोचती रहीं फिर वापस मुड़कर जाने लगीं तभी खटाक से दरवाजा खुल गया।

'इतनी रात गये लौटने की क्या जरूरत थी? वहीं रह जातीं। उन्हीं के संग सो जातीं। क्या जाता है कहीं भी रात गुजार दो?'

व्यंग्यबाण से मर्माहत मृदु ऐसे मौकों पर अक्सर चुप्पी साध लेतीं। जानती थीं, बोलेंगी तो आधी रात को मुहल्ले वाले जाग जाएँगे। पति की भिनभिनाहट पर पानी ढालने का एकमात्र यही रास्ता सूझता कि चादर ओढ़कर सो जाओ लेकिन वह भरी बन्दूक लेकर वहाँ भी चले आये और बकने लगे। वे सुनते हुए चुपचाप लेटी रहीं तो वह अपने पर काबू नहीं पा सके और जोर-जोर से दहाड़ते हुए चीख

पड़े- 'जिस कुत्ते के यहाँ से लौट रही हो, चली जाओ यहाँ से और वहीं दफन हो जाओ। जाओ, जाती क्यों नहीं?'

पता नहीं कैसे प्रतिरोध करने की ताकत जग गयी उनके अन्दर सो पूरी ताकत से बोलीं–

'ऐसे कहीं नहीं जाऊँगी, जाना होगा तो सुबह जाऊँगी फिर कभी न आने के लिए। साफ-साफ सुन लो।' कहकर उसने जोर से दरवाजा बन्द कर लिया। आवाजें अभी भी पिछिया रही थीं– 'इस औरत ने मेरी जिन्दगी तबाह करके रख दी। मुझे नफरत हो गयी है इस कुतिया से। घर पर रुकती नहीं। वक्त-बेवक्त कभी सहेलियों के संग कहकर यारों के संग जाती है, न जाने कहाँ-कहाँ किस-किसके साथ मुँह काला करके लौटती है यहाँ। मैं मर जाऊँगा, एक न एक दिन जरूर आत्महत्या कर लूँगा। ये साली हमेशा मौजमस्ती करती रहती। मन करता, गले में फन्दा डालकर मरूँगा किसी रोज। बड़ी बेहया और गन्दी औरत है ये तो। बहुत दुखी होकर बिना किसी कों बताये कहीं भी निकल जाऊँगा... तभी इसको चैन मिल पाएगा।'

न जाने क्या सोचकर मृदु ने अपने कमरे का दरवाजा खोल दिया और रोते हुए बोली–'चलिएं, आप चैन से रहिए यहाँ, प्लीज, मेरी खातिर मरने जीने की बातें मत सोचिए। सुबह होते ही मैं चली जाऊँगी।' भीतर से डरी हुई आवाज निकली।

'कहाँ, कहाँ जाएगी तू? महिला होकर अकेली जाएगी उन गुंडों के संग? किसके संग ऐश करने जाना है तुझे?'

कड़क आवाज सुनकर वह भी चिल्ला पड़ी–'भाड़ में जाए तू और जो दिखे सो कर।' कहते हुए वह वापस अपने कमरे की तरफ भागी। आँसू थे कि आँखों की कोरों से लगातार बह रहे थे। लेटे-लेटे मृदु को याद आया, अब तक के जीवन में तीन बार वह सादे कागज पर लिखकर दे चुका है– मैं तुम्हें तलाक देता हूँ। अब से न तुम मेरी पत्नी, न मैं तुम्हारा पति। हमारा तुम्हारा कोई वास्ता नहीं, सिर्फ बच्चों की खातिर फिलहाल हम एक छत के नीचे रहेंगे, वो भी सिर्फ पाँच साल तक।

लेकिन साल भर बाद एक बार फिर वह सौ रुपये के स्टैम्प पेपर पर लिखवाकर ले आया था–बड़ा बेटा 18 साल का हो चुका है, बालिग है सो वो जहाँ चाहेगा, रहेगा। छोटे वाले के 18 साल के होने तक तुम यहाँ उससे मिलने आ जा सकती हो, बस्स, इससे ज्यादा और कुछ नहीं मिलेगा तुम्हें, साफ बात है।

कितनी बार वह पति की धमकियों से डरी है, कितनी बार उसने डरा-धमकाकर उससे अपनी मर्जी से काम कराये हैं जबकि ईश्वर गवाह है कि उसने हमेशा अपने पति की खुशियाँ चाही हैं। उसकी मंशा खराब होती तो उसकी ऐसी हालत कतई

नहीं होती। मगर इसकी नीयत तो शुरू से ही साफ नहीं थी।

आज की तारीख में मृदु के नाम न तो कोई बैंक खाता है, न कोई रिकरिंग डिपॉजिट या एफडीआर, न ही जमीन-जायदाद वगैरा। यह कितनी कड़ुवी सचाई है कि यदि आज उसके पति उसका हाथ पकड़ इस घर से बाहर निकाल दें, तो कहाँ जाएगी वो? अगर यही होना बदा है, तो यही सही।

जब भी उसे ये सब सोचकर घबराहट होती, वह बच्चों के बारे में सोच-सोचकर खुद को तसल्ली दे लेती—ये सब जब कमाने लगेंगे तो इन्हीं के यहाँ पड़ी रहूँगी। कुछ ज्यादा नहीं, बस इनकी दाल-रोटी खाकर गुजारा कर लूँगी। मगर किसी भी सूरत में तलाक लेने की बात उसने कभी नहीं सोची। मगर विधि के विधान को कौन टाल सकता है? उसके शुभचिन्तक उसे बार बार समझाते—गुजारा भत्ता जरूर माँगना। वकील कर लो, कितने तो रास्ते हैं जहाँ से तुम्हें भरपूर पैसा मिलेगा मगर अन्दर से जैसे किसी ने आरी लेकर काट डाला उसके जिस्म और जान को। बगल में पड़े स्टूल को देखकर सोचने लगीं— हमारी औकात ही क्या है? बस एक स्टूल ही तो बन गये हम जिस पर चढ़कर सामान उतार लो या पैर टेककर सामान ऊपर रख दो या फिर बैठ जाओ यानी हम आएँगे चरणों पर ही। कुल मिलाकर हमने अपने को स्टूल ही समझ रखा है। कल्पना करो, यदि उसकी हैसियत चार पैसा कमाने की होती तो, तो जिन्दगी भर किसी की बैसाखियों के सहारे तो नहीं जीना पड़ता।

कितनी दफे पुंज साब अपने दफ्तर की पार्टियों में ले गया। मृदु को याद आया—एक बार बदरपुर पावर प्लांट में न्यूईअर पार्टी में जाना था जो उसने पूछा-

'कौन-कौन लोग होंगे वहाँ?'

'तुझे जाने से मतलब, ये सब पूछने से क्या मतलब?'

'पुंज साब, याद करो, पिछली बार आप सी.जी.एम. संग डिनर पार्टी में ले गये थे, वहाँ वो कितने ऊँचे पद पर था न! तुम्हारा एम.डी. था न वो? तब तुम्ही ने कहा था न, इससे मेरी खातिर बात कर लो जिससे शिफ्ट ड्यूटी न करनी पड़े मुझे।'

'ये गड़े मुर्दे क्यों उखाड़ रही है तू?'

'याद करो, ये वही एम.डी. था जिसने मेरी जाँघ पर हाथ मारा था और जिसे तुम अपने घर डिनर पर बुलाना चाह रहे थे जबकि मैंने साफ-साफ मना किया था।'

'तो, तो, वैसा किया तो नहीं था न उसने?'

'तुम खुद ही उसके यहाँ दारू पार्टी में चले गये थे। याद करो, याद है न?'

'कैसे आदमी हो, अपनी बीवी की रक्षा तक नहीं कर सकते?' जवाब देने के बजाय उन्होंने खींचकर ऐसा थप्पड़ मारा कि मृदु के कान सुन्न पड़ गये और वह

ऐन रात के 11 बजे घर छोड़कर पड़ोसन नीता के यहाँ चली आयी थीं। सुबह होते ही नीता के पति ने पुंज को आड़े हाथों लिया था—'साले, ऐसी बदतमीजियाँ करोगे तो सस्पेंड हो जाओगे। जानते नहीं, मगर इसने उसी हालत में एफ.आई.आर. करा दी होती तो कहीं के नहीं रहते? बोंलो, क्यों करते हो ऐसा?'

इन्हीं कलेजे के टुकड़ों की खातिर वह समझौते करती रही मगर पुंज के पैसों की भूख दिनोंदिन बढ़ती जा रही थी। एक बार का वाकया याद आ गया। एक बार पुंज की तबियत खराब थी और उसका दोस्त पुंज के पास आया था। पुंज का कहना था—'ये एक शरीफ बन्दा है। हम एक ही कॉलेज में पढ़े थे।'

कुछ अच्छा-सा बनाओ। वह उसी समय बाहर जाकर चिकन ले आयी और पकाकर परोसा ही था कि उसने मृदु का हाथ पकड़ लिया था—'इन हाथों में इतना-इतना स्वाद भरा है और कहाँ-कहाँ है इतना जायका?'

सुनते ही धक्का लगा था उसे। सो उसने उसी वक्त पुंज से कहा तो पुंज ने उल्टा उसी को दोषी ठहराया था—'क्या बात करती हो? तुम्हें जरूर गलतफहमी हुई है, वो ऐसा कर ही नहीं सकता। मैं तुझसे ज्यादा उस पर भरोसा करता हूँ। झूठी औरत है तू तो, तेरा क्या भरोसा?' मन मसोसकर खून का घूँट पीकर रह गयी थी वो।

बात-बात पर वह उसकी सुन्दरता को दबाने की कोशिश करते। उससे जुड़ी हर बात पर झल्लाते या फिर बात-बेबात चिड़चिड़ाते। कोई भी प्रसाधन सामग्री देखकर खौल पड़ते—

'इतनी सारी लिपिस्टिकें क्यों खरीदती हो? और सुनो, हर वक्त ये बाल क्यों खोले रहती हो? जब मैंने तुमसे कहा था कि दिल्ली जाकर मन्त्री से मिल लो, मेरी खातिर मेरी अच्छी पोस्टिग के लिए कुछ क्यों नहीं करती, तब तो साली करेगी नहीं, अब अचार डालूँ क्या तेरी सुन्दरता का? किसके वास्ते इतनी सजती है तू? बोल न?'

यानी अगर वह रूप वैभव से उसे फायदा पहुंचाये, वहाँ तक तो ठीक है। दो साल पहले पुंज ने कहा था— 'मृदु, तुझे कुछ नहीं होगा। बस, प्लेन से दिल्ली चली जा। गाड़ी आएगी तुझे लेने एअरपोर्ट पर, कोई नेता हैं। देख, यदि उन्हें खुश कर पाई तो मुझे कितनी अच्छी पोस्टिंग मिलेगी जिसका असली फायदा तो तुम्हीं लोग उठाओगे, नहीं? ऐ, प्लीज, गलत मत समझना मुझे। ये सारा पैसा तुम्हीं लोगों की बेहतरी के लिए, फिर हम तुरन्त इंडिका खरीद लेंगे।'

गुस्से में दहकती आग का गोला बन गयी थी वह उस दिन। फिर बाद में अपनी गलती के लिए वे माफी भी माँग लेते।

'क्या करूँ? मृदु, खूब सारा पैसा कमाना चाहता हूँ मगर कैसे कमाऊँ, नौकरी

देती ही क्या है? सिर्फ पेट भरने लायक पैसे से होता क्या है? मेरा मन है कि तू अपना भविष्य सँवार। राजनीति करे और हमारे वो रिलेटिव हैं न?'

वह थोड़ी देर गर्दन नवाये सोचती रहा फिर बोली–'आपको भरोसा है न उन पर? पूरा, पक्का, सौ पर्सेंट।'

'हाँ, हाँ, बिल्कुल हैं।'

'कही ये शक्तिसिंह की तरह तो नहीं निकलेगा जिसके साथ आप मुझे छोड़कर चले आये थे।' उसने अपना जहरीला सवाल पूरी ताकत से उनकी तरफ फेंका।

'कौन शक्तिसिंह? कब? कहाँ? मुझे तो कुछ भी याद नहीं।'

'क्यों भूल जाते हैं आप उस वाकये को जब आप किसी काम से बाहर निकल गये थे और आपका वो सीनियर था शक्तिसिंह जिसने आँख दबाकर पूछा था मुझसे– मैडम, साड़ी में खूब जमती हैं आप। कुछ वक्त मेरे साथ भी बिताएँगी? प्लीज, गलत मत समझना मुझे, आपको देखकर जीने के अरमान फिर से जगने लगे मेरे। तब मैंने कितनी बुरी तरह फटकारा था उसे। याद करो, मैंने क्या कहा था? याद नहीं तो चलिए मैं ही बताये देती हूँ। मैंने कितनी ऊँची आवाज में फटकारा था उसे–

कितने नीच इंसान हैं आप? मेरे पति आपको शरीफ समझते हैं और आप इतने गिरे हुए इंसान हैं कि अपने दोस्त से छल करते हुए जरा भी शर्म नहीं आती आपको? ऐसी वैसी बात करने की हिम्मत कैसे पड़ी आपकी?'

'नहीं, नहीं, ये सब झूठी बातें हैं, मुझे एकदम से याद नहीं।' इस बार उन्होंने साफ शब्दों में मना कर दिया।

'याद करो तो सब कुछ याद आ जाएगा। मैं तो आपको एक-एक बात खुलकर बताती थी। पुंजसाब, मैं इतनी गिरी हुई औरत नहीं कि जीते जी खुद का सौदा करूँ।'

'क्या बकवास कर रही हो तुम? बहरहाल यदि तुम साफ-सुथरी राजनीति करना चाहो तो इसमें गजेन्द्र सिंह उर्फ गंजू तुम्हारी पूरी-पूरी मदद करेगा। भला आदमी है वो, जाँचा परखा है। बाकी बातें तुम जानो।' पति के सुझाव पर सोचती रही वो फिर थोड़ी देर बाद बोली–

'हूँ, देखा जाएगा। सोचती हूँ।'

एक लम्बी हामी भरकर काफी सोच-समझकर मिली थी वो गंजू से। बेशक वो ठीक-ठाक लगा था जो बड़े कायदे से सबसे मिलवाता था मृदु को लेकिन धीरे-धीरे उसकी समझ में आता गया कि गजेन्द्र खुद राजनीति में बेहद महत्वाकांक्षी है जो मतलब निकालने के लिए सबकी गुडबुक्स में बना रहता।

अपने-अपने वर्चस्व और निजी स्वार्थ का ऐसा घिनौना खेल और ऐसी गन्दी सौदेबाजी देखकर वह दुखी होती मगर खिलाफत करे भी तो कैसे? एक को पीछे धकेल आगे बढ़ने की छल बल की कूटनीति देखकर मन घिना जाता। सच तो ये था कि पार्टी अनुशासन के नाम पर अक्सर गलत सलत बातों के लिए पार्टी की नीतियों के मुताबिक साथ देते विधायकों की हालत देखकर वह सोच में पड़ जाती—ये कैसा जनतंत्र है? सबका हित साधने का दिखावा करने वाला सबसे पहले अपने हित की खातिर सोचता है—यह बात उसने जल्दी ही ताड़ ली थी लेकिन गंजू...का साथ, सबसे लम्बा साथ उसी का रहा। वो न तो पुंज को नाराज करना चाहता था और न मृदु का बुरा चाहता था लेकिन फायदा दोनों से उठाने से कोई गुरेज नहीं था उसे। पुंज के दफ्तर जाकर पुंज की बेहतर पोस्टिंग के लिए कई लोगों से कह-सुनकर काम कराया जो मृदु के अन्दर पड़े महत्वाकांक्षा के बीजों को बड़े आहिस्ते से वटवृक्ष में तब्दील करवाने में जुटा रहता। उस रोपे पौधे को संवारता, खाद पानी डालता और पनपने का धैर्यपूर्वक इन्तजार भी करता। मृदु को जब भी चुनाव प्रचार करने कार्यकर्ताओं के साथ गाँव-गाँव पैदल जाना पड़ता तो वह सबसे बड़े प्यार से मिलती, खास तौर पर औरतों से। उनके सुख-दुख के बारे में पूछती। गाँव में गर्ल्स इंटर कॉलेज खोलने की मुहिम उसी ने छेड़ी थी, यह अलग बात है कि उसे इसका श्रेय नहीं लेने दिया। वह तो औरतों की रसोई तक जाकर उनसे किसी खास तरकारी बनाने की तरकीब पूछ आती और फिर उनके बीच बैठकर खाती-पीती। एक बार तो उसे वहाँ एक रात रुकना पड़ा था। तभी मौका पाकर उसने मृदु के सामने अपने प्रेम का इजहार किया। नीम के पेड़ के नीचे खुले प्रांगण में सोयी थी वह उस दिन। कितनी अच्छी हवा चल रही थी उस दिन।

ये सच है कि मृदु जिस किसी के हाथ पड़ने वाली चीज कतई नहीं थी और न ही वह बिकने वाली औरतों में से थी लेकिन गजेन्द्र उसे धीरे-धीरे अपने पक्ष में लेने की तरकीबें भिड़ाता रहता। जैसे ही वह बाल लहराते हुए साड़ी पहन हाई हील की चप्पल पहन ठक-ठक करके चलती, उसके सीने की आग धधकने लगती। वह बेकाबू हो उठता। उसकी साँसें धौंकनी सी चलनी शुरू हो जातीं। बेचैनी के बगूले उसे चैन से साँस नहीं लेने देते तो वह मृदु को बरगलाने की चालें चलने लगता। एक से बढ़कर एक तरकीबें खोजकर लाता—

'ऐ मृदु, केन्द्र में बैठी कैबिनेट मिनिस्टर मीरा सिंह को जानती हो न? अरे वही? जानती हो, वो किसकी बदौलत यहाँ तक आ पायी है? राजनीति में बिना गॉडफादर के एक कदम भी नहीं चल जा सकता, ये जान लो। अच्छा ये बताओ,

आप मुझे कितना समझती हैं? क्या हूँ मैं आपका?' वह कुरेद-कुरेद कर पूछता।

'सब कुछ, ऑफकोर्स, आप ही की बदौलत यहाँ की विधानसभा का ये सत्र देख पा रही हूँ। मगर जनतंत्र का ये कैसा मजाक है? विधायक होने के बावजूद उन्हें अपनी सीमा में बँधे रहना पड़ता है? ऐं, क्यों नहीं वे गलत बातों का विरोध कर पाते? अजीब पार्टी अनुशासन है ये तो।'

'अरे! तुम तो राजनीति के फील्ड में इतनी जल्दी इतना कुछ समझने लगी हो मृदु?'

'हाँ, सो तो है। सब कुछ आपकी बदौलत। तमाम नेताओं से आपने ही तो मिलवाया है।'

'लिसन, कल तुम्हें थाली लेकर आरती उतारनी होगी कुँवर सा की।'

'कौन से कुँवर सा?'

'अरे वही, राशिदजी, भई वाह! क्या बात है! फिर तो अखबार में खूब शानदार कवरेज होगा, पूरी तस्वीर भी आएगी।'

'मीडिया वाले तो होंगे ही, साथ में तमाम चैनलों के चमचमाते कैमरों के बीच चमकोगी तुम। माई स्वीटहार्ट, अगर उनकी नजरें इनायत हो गयीं तो क्या कहने? तुम्हें क्या से क्या बना दें वे? कौन जानता है? ऐ मृदु, कुछ बन गयीं तो हमें भूल तो नहीं जाओगी?'

'ऐ, कैसी बातें बना लेते हैं आप भी? आप तो मेरे फ्रेंड, फिलॉस्फर और गाइड भी हैं। आपके बताये रास्ते पर चलकर ही तो यहाँ तक आ पायी हूँ वरना कौन जानता था मुझे? घर पर रोटियाँ पका रही होती और क्या करती?'

'न, ऐसा मत सोचा करो। आप अपनी काबिलियत के दम-खम पर यहाँ तक आ पायी हैं, अपने को कभी किसी से कम मत आँका करो और प्लीज, क्रेडिट का भूखा नहीं हूँ मैं, हाँ, बस आपके प्यार का भूखा जरूर है ये बन्दा। सिवाय इसके, और कुछ नहीं चाहिए मुझे आपसे।'

वे ये जल्दी ही ताड़ गया कि उसे सिर्फ प्यार से ही मोड़ा या ज़ीता जा सकता है। ये जोर जबरदस्ती से काबू आने वाली औरतों में से नहीं। वो ये भी समझ गया कि ये बोल्ड है, कान्फिडेंट है, मजबूत है और चतुर सयानी भी सो सिर्फ और सिर्फ प्यार का जादू चलाकर ही इसे अपनी जद में लिया जा सकता है।

सोचकर वह गाहे-ब-गाहे अपने प्यार भरे बोल जब तब उसके इर्द-गिर्द बिखेरता रहता। कभी कुछ खरीदकर लाता तो कभी कुछ। एकाध मौके पर तो वह अपनी पत्नी संग मृदु के घर भी गया और दोनों परिवार साथ-साथ मूवी देखने भी गये। वह बड़ी चालाकी से पुंज को साथ लेकर चलता था जिससे घर से लेकर

बाहर तक किसी के मन में सन्देह शक वगैरा न होने पाये।

वह उसे कभी अकेला नहीं होने देता। उसके गुस्से, क्रोध, नफरत और अपमान को भी खुशी-खुशी झेल लेता और लम्बे-लम्बे दौरों पर ले जाता फिर लौटते हुए गाड़ी में हवाखोरी करते हुए वे साथ-साथ लौटते। ऐसे मनोरम माहौल में गाड़ी में प्यार भरे गाने बजते, एसी ऑन रहता और मदहोशी के आलम में प्यार का समाँ खुद-ब-खुद बँध जाता। कभी-कभार जब उसकी अपने पति पुंज से लड़ाई होती तब तो गजेन्द्र उसके पहलू में घुसकर उस पर ढेर सारा प्यार उँड़ेलता रहता। धीरे-धीरे प्यार का जादू चल गया शायद। मृदु को भी गजेन्द्र का साथ सुहाता सो वे साथ-साथ खूब घूमते फिरते मस्ती करते और लम्बी-लम्बी ड्राइविंग भी करते। लुत्फ़ ही लुत्फ था सब तरफ, बेतरतीबी से मस्ती के टुकड़े बिखरे रहते।

अचानक एक दिन किसी अनजान नम्बर से मृदु के पास फोन आया–

'मैडम, आप इस वक्त कहाँ हैं? बताइए प्लीज, मैं जनखबर अखबार से बोल रहा हूँ।'

'घर से, और कहाँ से?'

'लिसन, कल आप कहाँ थीं? कल आप 5 बजे शाम से लेकर पूरी रात घर नहीं लौटीं, बताइए, आप थीं कहाँ? प्लीज, हमें बेवकूफ मत बनाइए, साफ साफ बताइए, कहाँ रही आप रात भर? इस तरह तो आप अपने पति की जान ही ले लेंगी, मैडम, बताइए, आखिर आपके पति ने आपका क्या बिगाड़ा है? क्या आप सचमुच अपने पति की जान लेना चाहती हैं? बताइए, आप कहाँ थीं कल?' उसने किसी पुलिसमैन की तरह कड़ाई से पूछा।

'मैं तो घर पर ही थी, आप चाहें तो मेरे बच्चों से तहकीकात कर सकते हैं मगर पहले पूरी बात तो बताइए न तभी तो हम आपको कोआपरेट कर पाएँगे। कौन हैं आप? और क्या जानना चाहते हैं?'

'मैडम, पहले अपने बच्चों से हमारी बात कराइए, अभी और इसी वक्त।'

बच्चों से हामी सुनने के बाद वह बोला–'ऐसा है मैडम, कल रात के दो बजे मेरे अखबार के दफ्तर में आपके पति का फोन आया था कि फलां पार्टी की मेम्बर अभी तक घर नहीं लौटीं। जाड़े की कड़ाके की ठंड में वे न जाने कहाँ गुम हो गयीं? आप पत्रकार लोग हैं, प्लीज पता कीजिए। उनका फोन नहीं मिल पा रहा है। मैं बेहद परेशान हूँ। बहुत देर से नींद नहीं आ रही थी, इसलिए आपको परेशान किया...' कहते हुए वे फोन पर ही जोर-जोर से रोने लगे फिर बोले– 'मन करता है, मैं फाँसी लगाकर आत्महत्या कर लूँ। मर जाऊँगा मैं तो, आप ही पता लगाओ, वह रात भर से नहीं आयी। मान लो, सुबह 4 बजे के

आसपास लौटीं भी तो हमारे कॉलोनी वाले क्या सोचेंगे उनके बारे में? जब वह गाड़ी से उतरेंगी तो क्या किसी को गाड़ी की आवाज सुनाई नहीं देगी? न जाने कहाँ गायब कर दिया गया मेरी बीवी को? यू नो वैल, ये नेता लोग कुछ भी कर सकते हैं?'

सुनते ही सन्न रह गयीं। फिर सँभलकर बोलीं—'अब तो पता चल गया आपको कि वह कितने झूठे हैं? मैं तो यहीं हूँ रात भर से।'

'मैडम, अब आपको क्या-क्या बताऊँ उनके बारे में? न जाने क्या क्या ऊटपटाँग बातें कर रहे थे आपके बारे में? रात भर आवारा औरतों की तरह बेलगाम घोड़ी की तरह इधर-उधर भटकती रहती है वह तो। इतना सज-धजकर पार्टी दफ्तर जाती है कि क्या बताएँ आपको? न जाने किस-किसके संग क्या-क्या नहीं करती होगी वह? बड़ी बदचलन औरत है वह तो।'

'मैंने पलटकर जवाब दिया—तो इसमें मैं क्या कर सकता हूँ? ये तो आपका आपसी मामला है। अगर आपने उन्हें राजनीति में भेजा है तो ये सब तो कॉमन बातें हैं वहाँ पर।'

'वे बोले—पत्रकारों के पास तो बड़ी पावर होती है। ऊँची पहुँच होती है उनकी तो। सो प्लीज पता करवाइए उनका। आजकल पत्रकारिता के जरिए क्या-क्या नहीं हो सकता?'

'मैडम, ये सब सुनकर तो सचमुच मुझे आप पर बहुत तेज गुस्सा आया था मगर आपके बच्चे तो झूठ नहीं बोल सकते। इसलिए मेरा तो माथा ही चकरा गया। थोड़ी देर बाद आपके किसी रिश्तेदार का भी फोन आया था कि आपने अपने पति को मरवाने के लिए गुंडे लगा दिए हैं। बहरहाल, सारी बातों की सच्चाई जानने के लिए मैं खुद आपके घर आ रहा हूँ।'

घंटे भर बाद वह पत्रकार घर आया और बेटे से बात करके जैसे ही उसने पुंज को फोन मिलाया तो छूटते ही साफ मुकर गये वह तो— 'न, मैंने तो कभी किसी पत्रकार से कोई बात ही नहीं की। मैं तो किसी को भी नहीं जानता, न, मुझे किसी पत्रकार से नहीं मिलना।' कहकर उन्होंने एकदम से फोन काट दिया। अब वह पत्रकार अवाक् और हतप्रभ।

'बड़ा नौटंकीबाज है साला, बदतमीज आदमी है ये तो। कल तो फोन पर ऐसे रो रहा था जैसे किसी की मौत हो गयी हो। अब कैसे क्या बताऊँ आपको? मुझे लगा, अमूमन राजनीति में काम करने वाली औरतों को लेकर आम आदमी के मन में अच्छे खयाल नहीं आते। मैं तो वाकई डर ही गया था। लगा था कि आप तो भाईसाब की जान ही ले लेंगी क्या? ऐसा-वैसा सोचने लगा था मैं तो... कि न जाने

कहाँ निकल गयीं आप? कहीं आपकी जान को खतरा तो नहीं?'

'देखिए मिस्टर, मैं जैसी भी हूँ, अच्छी या बुरी, जिसे जो भी कहना-सुनना हो, खुलकर कहे न मेरे सामने, तब मैं बताऊँगी, मैं कैसी हूँ? साफ बात है, मैं कोई टाइमपास औरत नहीं हूँ कि कोई यूँ ही हिलगकर अपना मतलब निकाल चल देगा। किसी को भी मैं ये अधिकार नहीं देती कि वो आकर पूछे कि क्या चल रहा है मेरी जिन्दगी में? दूसरों की जिन्दगी में बेवजह झाँकने की इजाजत मैं किसी को नहीं देती। मैं अपना अच्छा-बुरा खुद समझती हूँ। यूँ कोई भी कैसे घसीट लेगा मुझे अपने साथ? कोई क्यों नसीहत देगा मुझे? मुझे ये ताकाझाँकी कतई पसन्द नहीं...समझे आप?' बोलते-बोलते अचानक वे तैश में आ गयीं।

'जी, जी, आप ठीक कहती हैं, सब समझ गया मैं, सब समझ गया, अब चलूँगा मैं... सॉरी मैडम, आप हर्ट हुईं, वैसे तो मैं खुद भी इन पचड़ों में नहीं पड़ना चाहता कभी।'

'देखिए मिस्टर, कान खोलकर सुन लीजिए, नेतागिरी में ये सब खूब चलता है, खूब देख चुकी हूँ मीडिया वालों को भी। ये लोग एक खबर को नमक-मिर्च लगाकर किस कदर बेचने के लिए उतावले रहते हैं, ये बात हम भी बखूबी जानते है और आप भी। मीडिया वाले किस हद तक नीचे गिर सकते हैं, कौन नहीं जानता इस सचाई को? एक कप चाय और तोहफा पाने के वास्ते ये कुछ भी कर सकते है? नेताओं के एक-एक इंटरव्यू के लिए किस कदर मरे जाते हैं, सब जानती हूँ। किसकी जिन्दगी में अन्दर क्या-क्या हो रहा है और बाहर क्या क्या दिख रहा है और आप लोग किन बातों की रिपोर्टिंग करते हैं, क्या आप खुद नहीं जानते ये सब? चले आये तहकीकात करने, हुँह! आइन्दा से खबर की हकीकत जाने बगैर सचाई जानने के लिए मेरे घर तक आने की कोई जरूरत नहीं, समझे आप?' ज्यादा बोलते-बोलते वे हाँफने लगीं।

उसके जाते ही भीतर से गुस्से का भभूका फूट पड़ा और जोर की रुलाई फूट पड़ी। ये पति है या दुश्मन? ऊपर से कितना ही कड़े बने रहें मगर भीतर से कितना टूट चुकी है वह। राजनीति में है सो न जाने कितने-कितने लोगों से मिलना जुलना हो ही जाता है। इधर-उधर आना-जाना तो लगा ही रहता है। कई बार अनजान लोगों से भी नमस्ते करनी पड़ती है, इसका मतलब ये तो नहीं कि वह कोई चलती-फिरती दुकान हो। न, ऐसा तो कभी सोच ही नहीं सकती वह। सच तो ये भी है कि वह एक अच्छी पत्नी और माँ बनकर रहना चाहती थी, बल्कि रह ही रही थी सालों से। पति ने ही इस्तेमाल करना चाहा, बार-बार अपने कामों के लिए यहाँ-वहाँ के लोगों से मिलवाता रहा।

कभी उसका काम बना तो कभी नहीं बना। इसी चक्कर में उसने राजनीति में भेज दिया। मृदु सोचती कि इसी ने, हाँ पति नामक इसी जीव ने उसे उसके बच्चों से अलग करवा दिया। न जाने क्या-क्या बातें बता-बताकर उन्हें मृदु के खिलाफ खड़ा कर दिया। आज वह कितनी बेबस और अकेली पड़ती गयी। अलग-थलग कैसे जिए वह? किसके सहारे? कब तक इस तरह सहती रहे ये सब बेहूदगियाँ?

मृदु को याद आया, बड़े बेटे ने एक बार उसके एसएमएस पढ़कर कितनी नफरत से कहा था—'क्या हैं ये सब? कौन भेजता है? आई लव यू... आपको साड़ी में देखकर जी मचलने लगता है, कौन है ये महाशय? क्यों नहीं पुलिस में शिकायत करतीं इसकी?'

उस नम्बर को पुलिस में दिया भी था मगर कोई कार्रवाई नहीं हुई बल्कि वह नम्बर ही रद्द हो गया। उसी बात को लेकर दोनों बेटों ने मुँह फेर लिया। एक बार किसी से उसने फोन पर गुस्से में गाली बकनी शुरू की थी जिसे सुनकर मुँह फुला लिया था बेटे ने और ऐतराज करते हुए बोला था—'ऐसी चीप भाषा का इस्तेमाल क्यों करती हो? ये सब घटिया और गन्दी-गन्दी गालियाँ देते हुए आपको जरा भी शर्म नहीं आती? कैसी हो गयी हैं आप?'

'क्या करूँ? गुस्से में खुद पर कंट्रोल नहीं हो पाता। सिर भन्नाने लगता सो जो भी अनर्गल बातें करता है, उसी को चार गालियाँ देने का मन करता है। सो खूब खबर लेती हूँ ऐसों की।'

वह देखती, बच्चों को हजारों के मोबाइल दिलाते पुंज मसलन—ब्रांडेड जूते, ब्रांडेड कपड़े और भी न जाने क्या-क्या? इसीलिए तो वे उनके पास खिचे चले आते जबकि मृदु के पास है ही क्या? वह सोचती— वह तो एक गरीब माँ हैं, बच्चे तो पैसे वाले के पास जाएँगे। उसके पास भला क्यों आएँगे? क्या दे पाएगी वह उन्हें?

बच्चे जब-तब उससे पूछते—आपको क्या चाहिए? अपने काम से काम रखा करो। जो भी जरूरत हो, बता दिया करिए।

न, उसे कुछ भी तो नहीं चाहिए। न तो वह हवा हवाई बातों में जीना चाहतीं, न बाहर वालों की अनाप-शनाप माँगों के सामने झुकेगी। वह तो कम से कम में भी गुजारा कर लेगी। फिर भी, फिर भी बच्चों के प्रति ममता का सोता भलभल करके बहने लगता। जब तब पति उस पर लांछन लगाते-वह झूठी है, मक्कार है, फरेबी है, बहुत ही घाघ है।

वह पलटकर कहतीं—' आज तक मैं अपनी मर्जी से कहीं भी बाहर नहीं गयी। आपको बिना बताये कभी घर नहीं छोड़ा। बहन भाइयों के यहाँ जाती हूँ या फिर सहेलियों के यहाँ मगर सब जगह बदनामी करता रहता। ये तो किसी से भी

कुछ भी कह सकते। अगर एक औरत कहीं किसी काम से अकेली चली भी जाए तो उसे इसलिए गलत समझा जाता है। ये कहाँ का न्याय है? इतना पाक साफ क्यों समझते हैं खुद को?'

मन में भरे इस गुबार को बाहर फेंकना चाहतीं मगर क्या फायदा कहने सुनने से? हाँ, ये जरूर है कि मृदु के अन्दर ऐसी शक्तियाँ जरूर घुस गयी हैं कि वह विरोध करना सीखती गयीं पहले की तरह पुंजसाब की खुशामद नहीं करतीं। उसे बखूबी इस सचाई का अहसास है कि पति ने कभी उसकी भावनाओं को समझा नहीं, न ही कभी उसकी प्रतिभा की कद्र की सो वह भी क्यूँकर उनके पीछे पीछे चाकरी करती फिरे?

जब वे झूठे लांछन लगाते कि ये औरत ठीक से खाना नहीं पकाती या कपड़े नहीं धोती और घर पर नहीं रहती इसलिए बच्चे अनाथों की तरह पल-पुस रहे हैं इसलिए अब ये जरूरी हो गया है कि हम अलग-अलग हो जाएँ।

सुनते ही उसे ऐसा लगा कि वह पलटकर पूछे कि कितनी बार, कितनी कितनी बार उसने पति के पैरों पर गिरकर माफी माँगी है, कितनी बार बिस्तर पर पहुँचकर साथ सोना चाहा है मगर इसने, हाँ इसी ने लात मारकर उसे बेरहमी से जलील कर भगा दिया था तो क्या वह इतनी गिरी हुई है कि अपमान सहकर भी दुबारा से इस आदमी के पास जाए। प्यार कोई भीख में मिलने वाली चीज तो नहीं होती। जीते जी, सधवा होकर भी वह पूरे सात सालों से विधवाओं जैसा एकान्त जीवन ही तो जीती आ रही है।

कितना बड़ा झूठा इल्जाम लगाता रहा ये इंसान कि ये तो हाथ लगाते ही या तो लड़ने लगती या चीखने लगती जबकि सचाई इसके विपरीत थी। जब कभी वह अच्छे मूड में होती और पति के पास जाने का मन बनाती तो वह अक्सर झिड़क देता या बेइज्जत करके भगा देता– अब इतने सालों से ये सब बन्द है तो ठीक ही तो है। क्या फायदा इससे? तुम तो वैसे भी अपनी मर्जी से जिन्दगी जीने की आदी हो गयी हो सो अब छोड़ो ये सब। कहा था कि दिल्ली जाकर अमुक नेता से मिल लो। ये साले दो कौड़ी के नेता औरतों से तो कायदे से बातचीत कर लेते मगर हमसे सीधे मुँह बोलते तक नहीं। तब उस वक्त तो तूने मना कर दिया था, बड़ी सती सावित्तरी बनने की ऊँची-ऊँची बातें करती थीं और अब? न, तेरे मुँह से ये पति के प्रति प्यार व्यार के चोंचले जँचते नहीं जरा भी। इसके बावजूद उसने मनुहार करते हुए कहा था–चलो छोड़ो ये सब गिले-शिकवे, हो गयीं बहुत शिकायतें-फिकायतें। आखिर हमारी भी कुछ इच्छाएँ हो सकती हैं, नहीं?

सुनते ही गुस्से से बिफर पड़ा था–'क्या कहा? तो अब तेरी भी इच्छाएँ सिर

उठाने लगीं? वेश्या है क्या? हट साली, नीचता की ओछी बातें करना सीख गयी। कुतिया है क्या?' कहते हुए उसने बिस्तर से लात मारकर पैर झटक दिया था तभी से मृदु ने भी भीष्म प्रतिज्ञा कर डाली- ऐसा है, तो आइन्दा से इस शरीर को कभी हाथ भी लगाया तो ठीक नहीं होगा। हाँ, कहे देती हूँ।' उसी वक्त इस सचाई का शिद्दत से अहसास हुआ कि कोई भी स्त्री सिर्फ अपनी मर्जी से किसी भी पुरुष के साथ नहीं सो सकती, फिर चाहे वह उसका पति ही क्यों न हो।

उसी दिन से जिस दिन उसने गुस्से में चीखकर पति से ये सब कहा, उसके बाद से उसकी कभी हिम्मत ही नहीं पड़ी बीवी के पास जाने की और दूरियाँ थीं दिनोंदिन बढ़ती ही चली गयीं। ये कितनी कठोर सचाई है कि जिसे कोई औरत किसी और से शेयर भी नहीं कर सकती। कोई स्त्री सिर्फ अपनी इच्छा से क्यूँकर अपने पति पर हक नहीं जमा सकती? आखिर क्यों? सवालों के गुँजलक में फँसी फड़फड़ाती रहीं वह लेकिन ऐसे सवालों का जवाब कौन देगा? किसके पास वह अपनी व्यथा कथा लेकर जाए? कौन सुनेगा ये सब? समय तो अपने हिसाब से अपनी यात्रा करके आगे बढ़ता रहता लेकिन समय के मुताबिक कभी इंसान पीछे छूट जाए तो फिर पीछे ही खचुरता रहता। इस पीछे छूटी जिन्दगी की तरफ न तो अहम के मारे पुंज साब देखने की कोशिश करते, और न ही मृदु ने इस छूट गये सिरे को नये सिरे से पकड़ने हेतु कोई पहल की। इस दौरान रिश्ते की खाई दिन ब दिन चौड़ी होती गयी। वजहें जो भी रही हों, लेकिन दोनों के अपने-अपने अहं, डर, संकोच या दुविधा की गाँठें दिनोंदिन मजबूत होती गयीं कि वे चाहकर भी फिर कभी एकाकार नहीं हो सके। शायद रिश्तों के टूटने, दरकने या खत्म होने के पीछे ये भी एक बड़ा कारण रहा हो। तभी तो बुजुर्ग और अनुभवी लोग कहा करते कि पति-पत्नी के बीच दैहिक नजदीकियाँ टूटते-बिखरते दाम्पत्य में मजबूत सीमेंट का काम करती हैं। हो सकता है, आंशिक रूप से ही ये बात सही हो मगर उसके साथ तो विधाता को कुछ और ही खेल खेलना था।

धीरे-धीरे अपनी अपनी जगह दोनों ही अकेले पड़ते गये। अपनी-अपनी गुफाओं में कैद रहते वे और कभी-कभार बाहर छूटते ही आजादी की साँस भरते लेकिन फिर लौटकर रैनबसेरा करने जरूर लौट आते फिर उसी मीठी जेल में। कोई ऐसा सूत्र था जिससे वे हिलगे हुए थे और वही दोनों के बीच सबसे मजबूत कड़ी थी यानी बच्चे। मगर ये कड़ी भी दोनों को देर तक जोड़े नहीं रख सकी।

अगर आपस में जरा भी एक-दूसरे के प्रति कद्र, सहज स्नेह या लगाव न बचा हो तो ऐसे में सिर्फ साथ के लिए साथ रहना दोनों के लिए भारी पड़ने लगा। शायद यही वजह थी कि जैसे-जैसे मृदु भीतरी गुफा से उकताकर बाहर की दुनियाँ

में सैर-सपाटा करने निकलतीं, तो ज्यादा से ज्यादा खुश रहने का दिखावा करतीं। भीतर से जो जितना ज्यादा खोखला होता है, बाहर से हँसते हुए वो अपने को पूरी तरह बाहरी दुनिया में खपाने फेंक देता।

क्रमशः मृदु का राजनीति में दखल तेजी से बढ़ता जा रहा था। वह दिनोंदिन व्यस्त होती गयी और उसी मात्रा में उसके मित्रों एवं शत्रुओं की संख्या में भी इजाफा होता गया। विशेष रूप से महिलाओं से उसकी दोस्ती होती तो दुश्मनी भी कम नहीं। अपने मुँहफट स्वभाव के चलते जब वे साफ-साफ बात कह देतीं तो सामने वाला भी उन्हें पटखनी देने में कोई कसर नहीं छोड़ता। राजनीति सचमुच एक ऐसा ही अखाड़ा है जिसमें कभी भी किसी की भी हार जीत मुमकिन है। कोई भी दोस्त कभी भी दुश्मन हो सकता है और कोई भी घोषित दुश्मन अचानक से दोस्त बन सकता है। ऐसी-ऐसी चालें, चालाकियाँ, नीतियाँ और कूटनीतियों के दाँवपेंच चले जाते कि वह सब देखती-सुनती और भौचक्की बनी चुपचाप ताकती रहती। बड़ी-बड़ी बातें बनाने वाले, ऊँचे ऊँचे भाषण देने वाले राजनेताओं का अँदरूनी जीवन कितना खोखला और नीरस होता और वे कितनी ओछी और छोटी सोच वाले होते— इसका अहसास जल्दी ही हो गया। बाहरी औरतों के प्रति कितनी उदार सोच वाले नेता उनके साथ कितना खुला बर्ताव करते लेकिन अपने निजी जीवन में वे कितने लंपट और घटिया हरकतें करते, देखते ही मन वितृष्णा से भर उठता। सबके सब कीचड़ में लोटने वाले भ्रष्टाचार में डूबे और कदाचार में लिप्त पाये जाते। कई बार बाहरी चकाचौंध बिखेरने वाली राजनेत्रियों से वह प्रभावित होती लेकिन भीतर से वे भी कुटिल चालें चलकर एक-दूसरे को पटखनी देने में जुटी रहतीं। किस-किसका नाम गिनाये वह? किस-किसका कॉलर पकड़कर पिटाई करती फिरे वह? न, ऐसा करना तो मुमकिन ही नहीं था, न ऐसा करके वह राजनीति की दुनिया की कालिमा को साफ कर सकती थी। सो उसे चुपचाप हाशिये पर खिसका दिया गया और शायद यही वह मोड़ था जहाँ से उसे अपने लिए दो रास्ते साफ-साफ दिखाई देते थे—

या तो जैसा गजेन्द्र कहे, वह वैसा ही करती रहे और तन-मन मारकर समझौते दर समझौते करते-करते बूढ़ी हो जाए या फिर दो-चार बड़े-बड़े नेताओं की हमबिस्तर बनकर एकाध छोटे-मोटे पद हथिया ले और फिर पेट भरने लायक रोटी का जुगाड़ कर ले। मगर इसकी पक्के तौर पर कोई गारंटी नहीं थी और इससे भविष्य में कुछ खास बनने-बिगड़ने वाला नहीं था। ये तो एक लगातार चलने वाली ऐसी यात्रा थी जिसमें एकाध बार अकस्मात लॉटरी खुल जाने जैसा बड़ा लाभ मिल भी सकता था और नहीं भी मिल सकता था क्योंकि इस लाइन में पहले

से ही कई औरतें लगी हुई थीं, वे सालों से मेहनत कर रही थीं, इसी एक मौके के इन्तजार में कि टिकट वगैरा का जुगाड़ हो जाए और वह चुनाव में खड़ी हो जाए। चूंकि मृदु पिछड़े वर्ग की महिला थीं, इस नाते टिकट मिल भी सकता था मगर इस तक पहुँचने के रास्ते इतने बीहड़ और दुर्गम होते जा रहे थे कि आसान तो कुछ भी नहीं था। आजकल वैसे भी छोटे से लेकर बड़े नेता तक सभी अपने-अपने नाते-रिश्तेदारों का भला करने में प्राणपण से सचेष्ट थे सो ये राह भी उसके लिए खासी मुश्किल होती जा रही थी।

इधर उनके लड़कों की नयी दुनिया खुलती जा रही थीं। अग्रज ने पाँच साल वाला एमसीए कोर्स में एडमिशन ले लिया तो अनुज प्राइवेट इंजीनियरिंग कॉलेज से बीटेक करने लगा। उनके जीवन में अब नये-नये दोस्त बन रहे थे। नये नये माहौल में खुद को ढालने की प्रक्रिया से गुजरते हुए अनुज को कभी कभार माँ की याद आती लेकिन ऐन उसी टाइम पुलिस की डाँट भी याद आ जाती और मन खिन्न हो जाता। कैसे बदतमीजी से बोला था उस पुलिसवाले ने–

'क्या तू अपने को बहुत स्मार्ट समझता है? ऐ, हीरो बना फिरता है। अपनी माँ से कैसे बात करनी चाहिए, जरा भी तमीज नहीं सीखी तूने? साले को अभी बन्द कर दूँ तो सारी हेकड़ी उतर जाएगी।'

कहते हुए उस पुलिस वाले ने उसकी कॉलर पकड़ ली थी। अगर ऐन मौके पर भैया नहीं आते तब तो चाँटा वगैरा भी जड़ देता वह और यह सब हुआ माताश्री की वजह से। अरे, कौन सा पहाड़ टूट पड़ा जो भैया ने मोबाइल छीन लिया। ठीक ही तो छीना था, इसमें इतना लड़ने-झगड़ने या चीखने-चिल्लाने की क्या जरूरत थी? भैया तो आज भी अपनी बात पर अड़ा है–अगर गलत किया नहीं तो डर कैसा? जरूर दाल में कुछ काला है तभी तो डर गयी थीं वह और घबराकर पुलिस बुला लायी वरना किसी भी माँ का मोबाइल उठाकर देख लो, अपने बच्चों से कोई कुछ छिपाता है भला? न जाने किस-किसको गालियाँ बकती रहती हैं वे फोन पर? अगर राजनीति में गन्दे और जाहिल लोग भरे पड़े हैं तो क्यों नहीं वे उस दलदल से बाहर निकल आतीं? किसने कहा था, उस कीचड़ में लोटने के लिए? कोयले की खदान में हाथ डालेंगी तो हाथ तो काला होगा ही।

कभी-कभार अपने कमरे में अकेलापन काटने दौड़ता तो भैया या पापा से बतिया लेता। भैया तो एकदम से माँ के खिलाफ हो गया। बात-बात पर जहरीले बोल फेंकता रहता। मन करता कि माँ से बात करूँ। उनकी लाड़-प्यार भरी बातें याद करते हुए उसने उन्हें फोन लगाया। अनुज की आवाज सुनकर कितनी-कितनी खुश हुई थीं वे–

'मेरा बच्चा, मेरा लाड़ेसर, मेरा गुड्डू, आज का दिन तो तूने मेरा अच्छा बना दिया। तेरी आवाज सुनने के लिए तो कान तरस गये थे मेरे। अनुज, तुझे जुकाम हो गया क्या? आवाज से लग रहा है, जरूर बुखार होगा।' वे चिन्तातुर होकर पूछंने लगी।

'हाँ, ममा, थोड़ा सा भीग गया था, कल रात में छींकें भी आयी थीं और इस वक्त ठंड भी लग रही हैं...आक छीः।'

'तो डॉक्टर को दिखाया क्यों नहीं? तेरे कॉलेज में जरूर हैल्थ सेंटर होगा। पता करना बेटा वरना कहो तो अपने किसी परिचित को फोन लगाकर तेरे पास भेजने का बन्दोबस्त करूँ। कोई न कोई जरूर होगा वहाँ मेरी जानपहचान का जो तुझे डॉक्टर के पास ले जाएगा। मेरा राजा बेटा, अपना खयाल रखना।' माँ की भावुक आवाज सुनकर उसकी सारी कठोरता पिघल गयी थी पल भर में।

थोड़ी देर बाद जैसे ही भैया का फोन आया, उसने उत्साह और खुशी के मारे फटाफट उसे सब कुछ बता दिया। सुनते ही वो डाँटने लगा—

'अभी किससे देर तक बात कर रहा था? कब से फोन इंगेज था तेरा?'

'माँ से बात हो रही थी?'

'मगर क्यों किया तूने फोन उन्हें? तुझसे मना किया था न, उस औरत से बात करने की कोई जरूरत नहीं। क्यों किया था फोन तूने? बोल न, खबरदार जो फिर कभी बात करने की कोशिश की? क्या कह रही थी वह?'

'कह रही थीं कि वह किसी को मेरे पास भेजेंगी जो डॉक्टर को दिखाने ले जाएगा...।' उसने सहमते हुए रुक-रुककर बताना शुरू किया।

'साफ-साफ मना कर देना कि वे किसी को न भेजें वरना मुझसे बुरा कोई और नहीं होगा समझ गया न? वो कितनी चालाक हैं, तू जानता नहीं उन्हें ठीक से। कुछ पता भी है उनके बारे में? पापा का जीवन तबाह करके रख दिया उन्होंने। हाँ, और नहीं तो क्या? वे हमेशा परेशानी और तनाव में रहते। बात-बात में आँसू निकल आते उनके। एक दिन बता रहे थे कि तेरी माँ ने मुझसे मुक्त होने के लिए शायद कोर्ट केस करने की बात सोची है और इसके लिए मेरे पास तुम लोगों की पढ़ाई की खातिर जो भी बचेखुचे पैसे पड़े हैं, वो सब देने पड़ सकते हैं। शायद पाँच-सात लाख देने पड़ें।'

'तो क्या तलाक के वास्ते अर्जी देने की सोच रही हैं वे?' उसने हैरानी से पूछा।

'और नहीं तो क्या? अब रास्ता ही क्या बचा है? माताश्री उस गंजू का साथ छोड़ने को तैयार ही नहीं और पापा ने भी जिद पकड़ ली है कि या तो वे सब कुछ छोड़छाड़ कर घर पर शान्ति से बैठें या फिर हमारा साथ छोड़ें। वे हमारा साथ

छोड़ने को तैयार हो गयीं। बेवकूफ कहीं की, चला था उनसे बतियाने। खाक मदद करेंगी वह तेरी?'

'अच्छा! चलो ठीक है भैया, अब जब भी फोन आएगा तो साफ-साफ मना कर दूँगा मैं, ओके, बाय।'

इसके बाद जैसे ही मृदु का फोन गया कि उसने रटा रटाया दो टके का जवाब दे दिया– 'न, किसी को भेजने की कोई जरूरत नहीं। मैं ठीक हूँ, बस।' कहकर उसने तड़ से फोन काट दिया।

सन्तप्त मन पर कैसे ठंडा लेप रखेंगी वह? सारा खेल उसी पुंज का है, वह जो न कराये। बच्चों को उसके खिलाफ भड़काकर उसने न जाने किस जन्म की दुश्मनी निकाली है। इस तरह बच्चे धीरे-धीरे माँ के खिलाफ होते गये। उनके साम्ने लगातार माँ की ऐसी विकृत तस्वीरें परोसी गयीं कि बाल मन उसी नकारात्मक छवि में कैद होता गया। क्या कर पाएगी मृदु अब?

जिस दिन उस पत्रकार ने मृदु से पूछताछ की और उसके घर चला आया, उसी से संयोगवश फिर से उसका आमना-सामना हो गया पार्टी की हालिया प्रेस कॉन्फ्रेंस में लेकिन उस दिन दैनिक सुप्रभात की तेज-तर्रार पत्रकार अनीता से भी मिलने का मौका उसके हाथ लगा। रिपोर्टिंग के बाद एक-एक क़प चाय हो जाए, ऐसे दुर्लभ मौके को क्यों गँवाये वह?

'कैसी चल रही है आपकी ये राजनैतिक यात्रा? यू नो, आजकल की राजनीति कितनी ओछी और टुच्ची होती जा रही है?'

'आपसे ज्यादा इस सचाई को और कौन जान सकता है? प्रसंगवश मैं आपको एक राज की बात बता दूँ, किसी के भी घर ताँक झाँक करके खबरें बटोरना तो उतना बुरा शायद न हो लेकिन उन खबरों को नमक-मिर्च लगाकर सच-झूठ की ज़ाँच किए बगैर छापना। कितनी गलत और गैर-जिम्मेदाराना हरकत है? कैन यू इमेजिन? इससे किसी की पूरी जिन्दगी दाँव पर लग सकती है? क्या क्या नहीं हो सकता उसके संग जिसके बारे में ये लोग ऐसी खबरें गढ़ते हैं,' फिर मृदु ने अपने साथ घटा वाकया अनीता को सुनाया तो वह भी यह सुनकर सकते में आ गयीं।

'क्या सचमुच कोई पति अपनी ही पत्नी को नीचा दिखाने के लिए ऐसी ओछी हरकत कर सकता है? बाप रे बाप! फिर तो सोचना पड़ेगा कि शादी के जंजाल में पड़ूं या तौबा कर लूँ?'

इसके बाद से दोनों की दोस्ती की नींव पड़ी गयी और वे अपने हर सुख-दुख बाँटा करतीं। खास तौर पर मृदु ने उसमें अपना एक सच्चा साथी तलाशना शुरू कर दिया, ऐसा साथी, ऐसा मनमीत जिससे वह सब कुछ कहकर अपना बोझ

हलका कर ले। अनीता बड़ी प्रेक्टिकल तरीके से सोचती थी और जो भी सोचती, फटाफट उसे कह डालती।

'ऐ मृदु, तेरा वो गंजू आजकल कहीं दिखता नहीं। पार्टी के और नेता तो यहाँ-वहाँ दिखते रहते हैं मगर वो कहाँ गायब हो गया?'

'पतिदेव की आज्ञा है कि मैं उसका साथ छोड़ दूँ सो कोशिश कर रही हूँ। चल देख, फोन लगाती हूँ।'

'ऐ मृदु, सच-सच बताना, गंजू से तेरा कैसा रिश्ता है? कहाँ तक? कितना?' इशारे से हँसते हुए कुरेद-कुरेदकर पूछने लगी वह।

'देख अनीता, अब तक का मेरा अनुभव बंहुत अच्छा तो रहा नही। पुरुष तो किसी भी औरत को देखकर लार टपकाने लगते हैं। यहीं गंजू किस तरीके से कैसे कैसे मेरे आगे-पीछे घूमता था उस दौरान लेकिन ये भी वैसा ही निकला यानी सब मर्द एक ही थैली के चट्टे-बट्टे टाइप। हाँ, एक समय था जब मैं सचमुच इसे पसन्द करने लगी थी। कितनी तो केयर करता था ये। अपने हाथों से खाना खिलाया करता था, एक ही गिलास में पानी पीता और भी न जाने क्या क्या?

हम लोग लांग ड्राइव पर भी जाते थे। कार में इश्किया गाने सुनते-सुनाते दूर कहीं एकान्त में निकल जाते और वह गुनगुनाते हुए कहने लगता—'तुम्हें पाके हमने जहाँ पा लिया है।'

'फिर?'

'फिर क्या? हरे-भरे खेतों के बीच चलते-चलते कभी किस कर लेता तो कभी सीने से चिपटा लेता। सच बताऊँ, वह दौर था ही इतना खूबसूरत और रंगीन कि कुछ भी करो लेकिन होश ही कहाँ रहता था?'

'सुना है, खूब ड्रिंक करता था वह तो?'

'हाँ, करता था और कराता भी था मुझे। ड्रिंक के बाद वह सब कुछ सच सच उगलने लगता था। एकदम से सोयी चेतना जग जाती उसकी। मुझे भी दो पेग पिलाये थे उसने लेकिन मैं तो कभी नहीं बहकी। मुझे तो पूरा होश रहता। हाँ, एक बार शुरुआती दौर में उल्टी जरूर हुई थी जिसे उसने अपनी हथेलियों में भर लिया था। ही वाज सो केयरिंग, आई से, कितनी देखभाल करता था मेरी छोटे बच्चे की तरह। अपने घर से नाश्ता पैक करवाकर लाता था। जानता था कि मैंने तो सुबह से कुछ खाया नहीं होगा इसलिए दो पराँठे ज्यादा लाता था नियम से...' कहीं खोते हुए बोल रही थी वह।

'लेकिन आपके पॉलिटिकल कैरियर के वास्ते तो कुछ भी नहीं किया उसने? है न सच?'

'हाँ, यही तो, यही वह नाजुक मुद्दा था जिससे हमारे बीच तकरार बढ़नी शुरू हो गयी। हर बार वह मुझे झूठा दिलासा दिलाता, नकली कागज-पत्तर भी दिखाता, दिल्ली में कोठी हो जाएगी तेरे नाम से, ऐसे-ऐसे सुनहरे सपने दिखाता मगर हुआ तो कुछ भी नहीं। शायद किसी खोजी पत्रकार ने हमारे बारे में झूठे सच्चे किस्से गढ़कर अफवाहें फैला दी थीं जबकि मुझे पता था कि ये सच नहीं है। वह तो अपने दोनों हाथों में लड्डू रखे मजे ले रहा था।'

'जब तुझे ये सब पता था फिर भी तू उसके इतने नजदीक गयी ही क्यों? सब साले फ्राड होते हैं, हरामी कहीं के। इनके इरादे और कारनामे बेहद खतरनाक अंजाम वाले भी होते हैं, आये दिन पढ़ती होगी तू भी। कमीने साले, मर्दजात है ही ऐसी। पाखंडी और धूर्त।'

'जानती हूँ मगर घर बाहर सब जगह एकदम से अकेली पड़ गयी थी, ऐसे में जिससे जैसा भी जो भी सहारा मिलता, उसी के कन्धे पर सिर टिकाकर रो लेती। हाँ, इतना जरूर कह सकती हूँ कि कभी भी, कहीं भी, कैसे भी हालातों में अपना इस्तेमाल नहीं होने दिया मैंने। मेरी मर्जी के बगैर कोई मुझे छू भी नहीं सकता। किसी से शिकायत भी क्यों करूँ? अब तो किसी से भी कोई उम्मीद ही नहीं बची।'... बोलते-बोलते वे दूर कहीं दूर उड़ते पंछियों को देखने लगीं और सड़कों पर आते जाते वाहनों को भी बीच-बीच में देख लेती। उसे याद आया, महीनों पहले मिली उन बुजुर्ग राजनेत्री ने कितनी जरूरी सीख दी थी– अगर इस रास्ते कुछ ऐसा वैसा सोकाल्ड अनैतिक सो तुम्हारे साथ घट जाए तो उसे लेकर अपने भीतर कोई गिल्ट वगैरा मत पालना। एक से रिश्ता पनपा नहीं कि तमाम जलनखोरों की फौज खड़ी हो जाएगी जो तुम्हें चालू समझने लगेंगे। सो ऐसे लोगों से सावधान रहकर जमकर मुकाबला करो। गलत बातों का विरोध करो और खुद को कभी किसी का मोहताज मत बनने देना। लम्बी और ऊँची छलांग लगाने वाले रास्ते में आये छोटे मोटे गड्ढों को हँसकर लाँघने की कुव्वत रखते हैं। सो अपने पर भरोसा रखो।

उस वक्त उनके बीच कुछ नहीं था सिवाय तेज हवाओं और घर लौटते पंछियों के। चारों ओर सिर्फ आवाजें ही आवाजें थीं। आसपास बिखरे हुए थे सूखे हुए पत्ते और सूनी सड़क के इर्दगिर्द इक्का-दुक्का लोगबाग आ-जा रहे थे। कुछ भूलीं बातें याद करते हुए वह बोली–'ऐसा है मृदु, कल मैं तुमसे रात को फोन पर बात करूँगी। तब तक उस पत्रकार से भी डिटेल में पूछकर रखूँगी। ठीक है?'

दूसरे दिन फोन पर बोल रही थी अनीता– 'ध्यान से सुनना, अजीब तरह की शिकायतें सुनने में आ रही हैं तुम्हारे बारे में। कल मैंने जब उस पत्रकार दीपंकर

से पूछा तुम्हारे पति की बावत तो जानती हो, क्या बक रहा था वह? उससे तुम्हारे पति ने ऐसा बोला है...'

'क्या?'

'यही कि उसने मुझे कभी ठीक से खाना बनाकर नहीं दिया, कपड़े नहीं धोती। मैं तो बीस-बाईस सालों से झेल रहा हूँ उसे। अब बर्दाश्त से बाहर हो गया उसका बर्ताव। मैं तो सालों से बच्चों की परवरिश कर रहा हूँ। उन्हें मैं ही रोज सवेरे उठाकर स्कूल भेजा करता था, होमवर्क वगैरा मैं ही देखता था, ट्यूशन भेजता था, इस औरत ने तो हमेशा तफरीह में ही जिन्दगी निकाल दी। तब मैंने पलटकर पूछा था– आज के जमाने में औरतों से पुराने जमाने वाली औरतों जैसे काम कराने की उम्मीद नहीं पाल सकते आप।

हमारे आसपास तो ऐसे-ऐसे आदमी हैं जो कपड़े भी धोते हैं, खाना भी बनाते हैं और फिर बीवी की सौ बातें सुनकर दफ्तर आते हैं तो क्या उन सबको तलाक का केस दायर कर देना चाहिए? कह रहा था– अगर वे नामर्द हैं तो मैं क्या कर सकता हूँ? मैं तो अच्छा खासा मर्द हूँ। मन में तो बहुत कुछ आया था फिर कुछ सोचकर चुप लगा गयी कि ये पत्रकार भी तो आखिरकार मर्द ही है न सो इसे किस मुँह से क्या बताती कि अगर वह सचमुच मर्द बच्चा था फिर सालों से क्यों बीवी से मुँह छिपाए रडुओं जैसा जीवन बिताता फिर रहा है इधर-उधर...।'

'अनीता, अब तो इन बातों से मन भर गया। इन सबके बारे में सोचते-सोचते इतना पक गयी हूँ कि मेरा तन-मन छलनी हो गया कि अब और क्या-क्या बताऊँ? शायद मुझे किसी से कुछ नहीं चाहिए, कुछ भी नहीं लेना-देना अब। आई वांट ओनली पीस।'

'क्या गजेन्द्र से भी नहीं?'

'न, किसी से भी कोई अपेक्षा नहीं। न मैं हवा में उड़ सकती हूँ, न किसी से उम्मीदें पालकर जी सकती हूँ। सबके सब स्त्री को छलने बैठे हैं। अब देखो न, गंजू भी तो मुझे औरों के सामने परोसना चाहता था जिससे उसके कैरियर का ग्राफ थोड़ा और ऊपर उठ जाए। साफ बात है, मेरे वास्ते तो उसने कुछ भी नहीं किया। कहता जरूर फिरता है—मैंने तो उसके लिए ये किया, वो किया, खाक किया उसने, सिवाय इस्तेमाल करने... हुँह! साला हरामी कहीं का।'

'ऐ, एक जरूरी बात याद आ गयी, कल मैंने उसे तेरे पति के ऑफिस जाते देखा। क्या पता दोनों मिले हों। इन ससुरों का क्या भरोसा?'

'कुछ भी हो सकता है, कहीं भी कुछ भी मुमकिन है। अब तो मैं बस यही चाहती हूँ कि मुझे हर महीने पैसा देते रहें वो, बस्स ताकि मैं चैन से दो रोटियाँ खा

सकूँ और इज्जत से पैर फैलाकर चैन की मीठी नींद सो सकूँ। इनफ इज इनफ...।'

'मृदु, चल तुझे एक शानदार हैण्डसम पर्सनैल्टी से मिलाती हूँ। सच्ची में, तू देखेगी तो देखते ही प्यार हो जाएगा तुझे उससे। कसम से यार।'

'ऐ अनीता, प्यार कोई भीख में मिलने वाली चीज है क्या? नथिंग लाइक दैट। एंड लिसन, अब इस दुनिया से भी जी भर गया मेरा। सुन्दरता वैसे भी सबसे बुरी, सबसे जानलेवा और सबसे कुत्ती चीज है। आदमी इस चक्कर में खिंचा चला आता है और औरत को पहली मुलाकात में ही ढेर सारे सब्जबाग दिखाने लगेगा मगर हकीकत का चेहरा इतना कुरूप है कि तुम सोच भी नहीं सकतीं। मैंने खामख्वाह का कष्ट इसी झमेले के कुचक्र में भुगता है।'

'समझी नहीं, खुलकर बताओ न।'

'ज्यादा नजदीक आकर ही ज्यादा दूरियाँ पनपनी शुरू हो जाती हैं। जब तक गजेन्द्र से दूरियाँ थीं, सब कुछ ठीक-ठाक चल ही रहा था। जैसे ही मैं उस पर भावनात्मक रूप से निर्भर होती गयी, उसका असली रूप खुलकर सामने आने लगा। अपनी बीवी बच्चों के लिए जान देने वाले बन्दें को मेरी कितनी फिक्र सचमुच थी? सोचो जरा, सब कुछ दिखावा करता था साला। पक्का ड्रामेबाज... खूब पहचानने लगी उसकी नीयत।'

'यानी उसका साथ मजेदार नहीं रहा, आई मीन यू नैवर लाइक हिम।'

'न, ये भी पूरा सच नहीं है न? वी हैड ऐ लॉट ऑफ फन। हर मजेदार अहसास हमेशा अच्छा बना रहे, यह जरूरी तो नहीं होता। समझ गयी मैडम?'

'जाने कहाँ से कितनी फिलॉस्फी बघारना सीख गयी तू तो। मेरी मोटी बुद्धि में नहीं घुस रहीं तेरी ये बड़ी-बड़ी बातें। मेरे लिए तो मजेदार अहसास तो हमेशा मजेदार और यादगार ही रहेगा।'

'वैसे मुझे अपनी जिन्दगी को दिशा देना आता है। कोई भी अपने साथ कतई नहीं घसीट सकता मेरा नाम। फिर चाहे वह मेरा पति ही क्यों न हो। गंजू की खातिर पति की गालियाँ सहीं फिर एक दिन हालात इतने बिगड़े कि खुद गंजू ही मेरा हाथ छोड़कर भाग खड़ा हुआ। ये सबके सब मर्द सब साले घनचक्कर हैं, रोज ही कोई न कोई बन्दा टकरा जाएगा। टकटकी बाँधकर मेरी तरफ घूरेगा, सुन्दरता की तारीफें करेगा फिर छूटते ही अगला सवाल दाग देगा—'आपसे मिलकर खुशी हुई। कैन वी एक्सचेंज अवर मोबाइल नम्बर। प्लीज, सो दैट वी कैन कांटेक्ट ईच अदर। यू नो अनीता, सुन्दर स्त्री के चेहरे पर खिंचने वाले कीड़े-मकोड़े तो बहुतेरे हैं जो दिन-रात भिनभिनाकर मँडराते रहेंगे मगर है कोई ऐसा बन्दा जो सबके सामने हाथ थामकर कहे—यस, आज से तुम हमेशा-हमेशा के लिए मेरी हो, सिर्फ

और सिर्फ मेरी। सच्ची में यार, मर मिटूँगी ऐसे बन्दे पै। जान हाजिर है उसकी खातिर मगर ऐसे नसीब कहाँ?'

'कैसा चल रहा है घर पर सब कुछ?'

'घर तो एक शरणस्थली है जहाँ हमारे बीच कोई संवाद नहीं होता। एक-दूसरे की आँखों में आँखें डालकर नहीं देखते हम। खाना जो भी मिल जाए। सब कुछ ध्वस्त हो चुका है। अनीता डियर, फिर भी देखो, कितने चैन से जी तो रही हूँ। नहीं?'

'अच्छा अब रहने दो ये सब बातें। बच्चों से तो थोड़ी बहुत बातें होती होंगी।'

'उनसे बातें होना, न होना बराबर है। चल, फिर बतियाते हैं कभी। अरे अनीता, सुन तो। एक बात कहनी थी, अगर कभी मुझे तेरी जरूरत पड़ी तो मेरा साथ तो देगी न?'

'ये भी कोई पूछने की बात है। आप तो मेरे लिए बहुत अजीज हैं। हमारी दोस्ती बहुत स्वस्थ सहज गति से बढ़ रही है। डॉण्ट वरी, ओके। सब ठीक हो जाएगा।'

अनीता की बातें सोचते-सोचते मृदु को अपने बड़े बेटे द्वारा कहे अपशब्द याद आने लगे। इनका दुर्व्यवहार उन्हें अन्दर तक चीरकर लहूलुहान कर देता। ये वही अग्रज है जिसके एडमिशन के लिए वह सेंट फ्रांसिस कॉलेज के प्रिंसिपल से भिड़ गयी थीं। शहर के सबसे शानदार कॉलेज में ही अपने बच्चे को पढ़ाऊँगी, यह मिशन था उनका सो खूब बढ़िया अंग्रेजी बोलकर उन्होंने अपना रोब जमाया वहाँ कि आखिरकार प्रिंसिपल को उनका तर्क वजनदार लगा और वे एडमिशन देने को राजी हो गये। आज उसी बच्चे के अन्दर माँ के प्रति इतनी गहरी नफरत रच बस गयी कि वह दो टूक लहजे में सीधे वार करने लगा–

'कह दिया न, जाओ यहाँ से, जहाँ भी जाना हो, चली जाओ। चली क्यों नहीं जातीं?'

बोलने में कोई लिहाज वगैरा नहीं रह गया इसके अन्दर। कितने दुष्ट होते जा रहे हैं ये खुदगर्ज बच्चे? इन्हें मृदु के मरने-जीने से सचमुच कोई फर्क नहीं पड़ने वाला फिर भी क्यों जिए जा रही है वह। इनकी खातिर इतना क्यों सोचती है वह?

अनुज भी तो फोन नहीं उठाता और उठाएगा भी तो चिढ़कर बोलेगा– 'हाँ, बोलो, क्या बात है? कोई खास बात?' सुनते ही पैरों तले की जमीन खिसकने लगती। ये सब उसके रक्षक नहीं, बल्कि भक्षक बनकर खा जाएँगे उसके वजूद को। न जाने कितने दृश्य भरभराकर याद आने लगे और रिक्शे पर बैठे बैठे वे आँसू पौंछने लगीं तभी रिक्शे वाले ने पूछा– 'बहनजी, क्या बात है? क्या कोई अनहोनी घट गयी घर पर?'

'हाँ...' कहकर उसने चुप्पी साध ली। उसे लगा कि उसकी हैसियत भी तो

इसी रिक्शे वाले जैसी ही है जिसके पास से गुजरते वीआईपी वाहन उसे बीच रास्ते में पाकर बड़बड़ाते हुए उपेक्षित निगाहें डाल निकल जाते। हाँ, सही कहा इसने। अनहोनी ही तो घट रही है उसके साथ। जब बेटा माँ से पलटकर कहे—आपके हाथों का बनाया खाना एकदम नहीं खाऊँगा मैं, आखिर क्यों बनाती हो ये सब? किसने कहा ये सब करने को? प्लीज स्टॉप इट... सुनकर सकते में आ गयी थी वह। अपमान से सर्वांग जलने लगा।

सभी कहते—कैसे बच्चे हैं तुम्हारे? अपनी माँ की ही परवाह नहीं करते, ऐसा कैसे हो गया मृदु? बोलो, कुछ तो कमी रही होगी तुम्हारी तरफ से भी, जरूर तुमने माँ जैसा निश्छल प्यार नहीं दिया वरना वे एकदम से कैसे कट गये तुमसे? कैसे इतने खिलाफ हो गये तुम्हारे? कहीं नहीं देखे हमने ऐसे निर्मोही बच्चे।

सच में, यही तो उसकी समझ में भी नहीं आता कि वे अचानक इतने कठोर और रूखे क्यों होते गये? क्या गलती हुई है उससे? वह तो कइयों बार माफी भी माँग चुकी है लेकिन ये तीनों के तीनों उसकी कोई भी बात सुनने को तैयार ही नहीं। उसकी आवाज तेज है, गुस्से में कभी-कभार गाली-गलौज भी कर देतीं लेकिन बच्चों की खातिर कितना-कितना करती भी तो थी। अभी साल भर पहले ही सब कहते थे— मृदु के बच्चे कितने मैनर्स वाले हैं, सबको विश करते हैं, कितने कायदे से सब सिखाया है मृदु ने उन्हें। तहजीब वाले हैं ये। सिर्फ और सिर्फ उस नामुराद मोबाइल को लेकर ऐसी हायतोबा मची कि उसका भरोसा ही दरक गया या फिर बाप ने ऐसा, ऐसा जहर उनके अन्दर इंजैक्ट किया कि वो गहराई तक समाता चला गया। वह आजकल टूटी है तो बच्चों की उपेक्षा और तिरस्कार से वरना क्या बला थी वह भी। कितनी धाक थी उसकी उस कॉलोनी में! कितने तो चर्चे रहते उसके। कभी उसकी ड्रेस सेंस को लेकर तो कभी मौजमस्ती की बातों को लेकर तो कभी घर की साज सज्जा पर तो कभी उसकी सुरुचिपूर्ण जीवन शैली को लेकर। किसी न किसी मौके पर उसे जरूर याद किया जाता और उसकी उपस्थिति को नोटिस किया जाता।

मैडम को बुलवाइए। लेडीज क्लब में उसके आते ही रौनक बिछ जाती। गजब की साड़ियाँ और गजब के ड्रेसेज हैं मृदु के। क्या तो स्टाइलिश कपड़े खरीदती हैं वो। भई वाह! मान गये हम तो। अगर किसी के घर में कोई नयी चीज आती तो जरूर उसे बुलवाकर जाँच करवाई जाती कि वह ठगा तो नहीं गया। खाने की चीजों का भी यही हाल था। अगर किसी ने कुछ नया बनाया तो उससे टेस्ट कराकर पूछा जाता। खाते ही वह चटपट बता देती कि इसमें क्या-क्या मिला है और कितनी मात्रा में।

मृदु के घर में इतनी सुन्दर सजावट और ऐसी साफ-सफाई रहती कि आने वाला जरूर उसकी चमक-दमक की तारीफ किए बिना न रहता। ये सच था कि सुघड़ गृहस्थन वाले सारे गुण थे उसमें फिर भी उस पर ऐसे लांछन, ऐसे-ऐसे घात प्रतिघात कि जो भी सुनता, ताज्जुब से भर उठता। उसने पर्दे कहाँ से खरीदे? सभी के बीच चर्चा होती तो कभी—मृदु अपने कपड़े कहाँ से खरीदती है? प्लीज, हमें भी ले चलो न अपने साथ। अड़ोसी-पड़ोसी मनुहार करते। आज उसी के लिए ऐसा कहा जाए कि वह घर पर रुकती नहीं या घर के लिए कुछ नहीं किया उसने या वह घर का कोई काम नहीं करती— पचती नहीं ये बातें। घर पर रुकती नहीं तो इतना सुन्दर घर मेंटेन कैसे करती है? नौकर तो सबके घर में झाड़ू पोंछा वाली तो सबके यहाँ लेकिन उनका घर वैसा सुसज्जित क्यों नहीं? मृदु का घर ही कैसे हरदम चमचमाता रहता? कोई जवाब नहीं दे पाता इसका?

मृदु को आजकल कुछ भी अच्छा नहीं लगता। जितनी बार कोशिश करती कि ये सब बातें न सोचे वह और अपने जीवन को नये सिरे से नये तरीके से विस्तार दे लेकिन ऐसा जो भी चाहती है वैसा किसी न किसी वजह से हो नहीं पाता। सोच सोचकर जी दुखता। जोरदार कसक उठती है और रह-रहकर पिछले बीस-बाईस सालों का जीवन याद आने लगता। सोचते ही कचोट उठती रहतीं।

तब वह घर पर कितने सारे सामान लाने की सूची बनाती रहतीं। कभी दर्जनों दुकानों पर जा-जाकर सोफा देखती रहतीं फिर लाने के विचार को मूर्त रूप देतीं तो कभी कालीन देखने के वास्ते गलियों, पिछवाड़ों और कार्पेट बनाने वालों के घरों तक का चक्कर लगा आतीं। सामान अच्छे से अच्छा भी हो और सस्ते से सस्ता भी और सबसे ज्यादा यूनीक पीस। शायद यह उसकी चुनिंदा नजरों का ही जादू था कि उसके घर आये मेहमान तहेदिल से उसके घर की खूबसूरत चीजों की तारीफ करते नहीं अघाते।

'मैडम की पसन्द कमाल की है, कहाँ से उठा लायीं आप ये एंटीक पीस, जरूर हजारों का होगा।'

'अरे नहीं, महज पाँच सौ की है ये काँच की ऐशट्रे। हम लोग जब घूमने गये थे, वही किसी दुकानदार ने अपनी दुकान की खूबसूरती को बढ़ाने के लिए लगा रखा था इसे। हमने कीमत पूछी तो बोला—साब, ये बेचने के लिए नहीं है। ये तो हमारी है। फिर तो हम उसके पीछे ही पड़ गये—कहाँ से लाये थे, कितने की थी? हमें तो ये बहुत पसन्द आ रही है, बढ़िया पीस है, इसका अक्स तो आँखों में उतर गया है, इसे तो हम खूब प्यार से रखते यदि ये हमारे पास होता। आई लव दिस...।'

अचानक बीच में ही बोल पड़ा वह—'ले लीजिए मैमसाब, ले जाइए इसे, आप

भी क्या याद रखेंगी लालवाणी बन्धुओं को?' पैसा लेने से मना कर दिया था उसने फिर भी हमने उसे ज़ाते वक्त पाँच सौ रुपये उसकी जेब में ठूँस दिए थे।

ऐसी अनगिनत चीजें भरी पड़ी हैं घर पर जिन्हें उसने चुन-चुनकर खरीदा था। एक-एक चीज लाने के लिए न जाने कितनी बार माथापच्ची की थी उसने। बेटा बड़ा होने लगा तो बल्व के संग ट्यूबलाइट एवं अलार्मघड़ी लगा टेबल लैम्प खरीद लायी थीं वे भड़भूजा बाजार से, महज दो सौ रुपये में। अपने जीवन के बेशकीमती बीस साल तो उन्होंने तिनके-तिनके जोड़कर घर सजाने-सँवारने में लगा दिए। आज इन चीजों को देखते हुए लगता है—सचमुच कोई भी चीज कभी नहीं भूल पाएँगी वह तो। बच्चों के लिए लाये गये अनगिनत खिलौने, गेम्स और वीडियोसैट और अनगिनत स्टाइलिश कपड़े भी। रंगीन वूल देखते ही ढेरों स्वेटर बुनकर तो वे स्वेटरों का ढेर लगा देतीं। सचमुच! ये तो उनका पैशन था। सब कहते—ये तो जुनून है मगर जो भी कह लो मगर हर सर्दी के मौसम में कम-से-कम दर्जन भर स्वेटर तो वह जरूर बुनती।

तो ये सब बातें आज कितनी खोखली, खाली और बेजान लगतीं। लगता है जैसे वह जीवन कितनी जल्दी सर्र से बह गया। तो क्या खाली कनस्तर का डिब्बा भर था वह जीवन जिसके अन्दर कंकड़-पत्थर फेंको तो बजने लगेंगे वे। उसके जीवन के अन्दर तो कंकड़-पत्थर ही भरते गये, इसीलिए तो इतना खाली जीवन अचानक से बजने लगा। सचमुच! इस कनस्तर के भीतर की खाली दीवारें थी, ढोल की तरह कोरी अँधेरी दीवारों जैसा जीवन काटा है अब तक उसने। उसे याद आता जब कभी वह कोई सामान लेने बाहर जाती तो खूब चौकस होकर बिल को जरूर चैक करती और मोल-तोल करके ही सामान लाती। पति के दिए कम-से-कम पैसों से ही घर चलाती। कभी भी नाहक पैसा कहीं भी बर्बाद नहीं होने दिया उसने। आज की तारीख में उसके जीवन की क्या कीमत रह गयी है? महज यही चंद रुपये तो जो उसे मान्य अदालत से हर महीने मिलेंगे।

मृदु को लगता, उसका जो बचा-खुचा मान-सम्मान है, उसे पाना तो बाजिब हक है उसका। सो उसे वह लेकर ही रहेगी। अपना हक तो हरेक को लड़कर लेना चाहिए। शुरू से ही वह एक स्वाभिमानी स्त्री है, इसलिए कभी किसी की गैर-वाजिब माँगें नहीं मानीं फिर चाहे माँ-बाप हों, चाहे सास-ससुर या पति हों या बच्चे हों या बाहरी लोग। जैसे करारे खरखरे नोट होते हैं, उसी तरह सँभालती सहेजती रही वह हर अहसास लेकिन इस पुंज ने तो चिल्ला-चिल्लाकर सारी दुनिया को अपने बारे में जता दिया यानी अपना सब कुछ जग जाहिर कर दिया, अपनी नीचता के किस्से और उसके चरित्र के खिलाफ पुरुषों द्वारा पत्थर उठाकर फेंकना,

शायद इससे आसान काम कोई और हो ही नहीं सकता। अगर औरत सुन्दर है तो सबसे पहले हमला तो उसके रूप को लेकर ही होता है। सबके सब उसे हथियाने के लिए तरकीबें निकालते रहेंगे और अगर वह हत्थे नहीं चढ़ी तो गूँगी गुड़िया का खिताब देकर चरित्रहनन करने से नहीं हिचकेंगे। स्त्री अगर सुन्दर नहीं लेकिन कामयाब है तो वे यहीं चाहेंगे कि उसके हित में उसका बेहतर इस्तेमाल किस तरह किया जा सकता है, लेकिन सबसे ज्यादा मुसीबतें तो उन स्त्रियों की हैं जो सुन्दर भी है और सफल भी और जिनके गले में प्रतिरोध की अकूत क्षमता भी हैं तब तो वह बारूद के ढेर पर खड़ी ऐसी स्त्री है जिसे हर कोई हस्तगत करने के लिए लपकेगा और हस्तगत करके मसल देगा उसका वजूद।

वह सोचती, उसकी असली सूरत कहाँ खो गयी? पत्नी? तो वह बेहतर पत्नी का दर्जा पा नहीं पायी। माँ? इन बदतमीज बच्चों की अच्छी माँ बनने की भरसक कोशिशें करती रही मगर यहाँ भी सफल नहीं हो पायी वह तो अब बचा ही क्या है उसके पास? कहाँ खो गया उसका वजूद? उसका अस्तित्व कहाँ हिरा गया?

आसमान में उड़ती चिड़ियों को देखते हुए वह सोचने लगतीं—बिल्कुल यही तो चाहती थी वह लेकिन उड़ान भरते ही जैसे किसी घात लगाये शिकारी ने उसे जमीन पर बेरहमी से पंख कतर पटक दिया। हर सफल स्त्री की सफलता का श्रेय उसके तेज दिमाग को नहीं बल्कि वह शरीर से कैसी है, दिखती कैसी हैं? युवा है या अधेड़? तो इसी वजह से कामयाब हुई होगी कि वह किसकी हमबिस्तर बनी? अगर उसकी बैकग्राउंड अच्छी हो तो—आई सी, मैडम रीमा के यहाँ तो दादा, परदादा, परपरदादाओं के जमाने से पॉलिटिक्स चली आ रही है, उनके यहाँ तो सालों से राज होता आया है, कांग्रेसी नीतियों को ऐसे खाया, चबाया, घोंटकर पिया जाता है जैसे नाश्ता, लंच या डिनर। मैडम रीमा न तो युवा हैं, और न ही बूढ़ी, वे बीच की हैं लेकिन हैं तो बेहद कामयाब। आज तो वे जहाँ कहीं भी निकल जाएँ, सभी उनको सलाम ठोकते हैं लेकिन पीठ पीछे यही चमचे कहेंगे—चरित्र की ढीली हैं ये मोहतरमा, कितना कम जानती हो तुम इनके बारे में? बताने बैठूँगा तो घंटों लग जाएँगे। हाँ, एक बेटा है सो विदेश से एम.बी.ए.कर रहा है। पति बेचारे रिटायर्ड अफसर। बीवी के तलुवे चाटने में ही खैर है उनकी तो।

मृदु के लिए बाहर की दुनिया कभी आसान नहीं रही। शुरू-शुरू में वह रीमा चौधरी के ही पास गयी थी। उन्होंने सबसे पहले यही गुरुमन्त्र उनके कानों में फूँका था—काजल की कोठरी है ये राजनीति। यहाँ आयी हो तो मानकर चलो कि पीठ पीछे चार बातें बनाने वाले खड़े हो जाएँगे। सबसे पहले वे यही तोहमत मढ़ देंगे—बड़ी आवारा टाइप औरत है ये तो। न जाने कितनों से सम्बन्ध जोड़

दंगे वह तुम्हारा, यहाँ तक कि तुम शायद उसे जानती भी न हो तब भी वे कुछ भी मनगढ़ंत किस्से गढ़ देंगे। इस कला में माहिर है वह सो धीरे-धीरे ये सब सुनने की आदी होना पड़ेगा तुम्हें यानी मोटी खाल की बनना पड़ेगा। ये लोग तो केन्द्र में बैठी सुषमा जी या शीलाजी को भी नहीं बख्शते फिर तुम तो अभी नयी-नयी आयी हो।

साल भर के दौरान मृदु ने पार्टी के काम खूब मन लगाकर किए। उससे कहा जाता—लोगों को अपने पास खींचकर लाओ, बस्ती में नल लगवाने हैं, कच्चे मकान की छतें डलवानी हैं, बजबजाती नालियों को दुरुस्त कराना है, गाँवों के स्कूलों की दिशा देखो, कैसी इमारत कहाँ से टूट रही हैं, वहाँ बच्चे किस हालत में बैठकर पढ़ने आते हैं, आते भी हैं या नहीं। गरीबों की स्वास्थ्य सुविधाओं के लिए अच्छे डॉक्टर्स भेजने पड़ेंगे गाँवों में, तुम वहाँ जाकर वहाँ के लोगों से घुलोमिलो। ऐसे अनगिनत कामों के लिए विधायक निधि से पैसा मिलता है लेकिन यहाँ भी ऐसी छीनाझपटी कि...

हाँ, उसने खूब मेहनत से लोगों के बीच जा-जाकर उनकी समस्याएँ सुनीं। अपने स्तर पर वहीं निबटाने की कोशिशें भी कीं लेकिन सच तो ये है कि राजनीति में पैसा भी लगाना होता है शुरुआत में तो कई हजार फेंकने पड़ सकते हैं। पहले वह कार्यकर्ता बनीं फिर काम करते-करते थोड़ी सी पहचान बनी। वह पढ़ी-लिखी, तेजतर्रार और हुनरमंद थी, ऊपर से स्त्री भी यानी सोने पर सुहागा, इस नाते उसे जल्दी ही कमेटी सचिव बना दिया गया। फिर धीरे-धीरे उसके कैरियर का ग्राफ बढ़ता गया। नरेगा में लोगों के कार्ड बनवाने के वास्ते खूब दौड़धूप की। जगह-जगह जाकर लोगों से मिली, उनके साथ मीटिंगें कीं। निचले तबके के लोगों को अपनी पार्टी से जोड़ा, खास तौर पर महिलाओं को। वह सबसे पहले महिलाओं से ही मिलती। उनके बच्चों की खातिर दर्जनों बिस्किट के पैकेट ले जाती फिर उनके स्वास्थ्य से जुड़ी समस्याओं पर उनके बीच बैठकर चर्चा करती। उनके घर जाकर उनकी चारपाई पर बैठकर चाय पीते हुए बतियाती। उसका नियम था कि वह देखते ही उनके गले जरूर मिलती।

धीरे-धीरे उन औरतों में यह विश्वास गहराता गया कि मृदु दीदी उनकी अपनी दीदी हैं। हम सबकी आवाज हैं वो। चलो, हमें दीदी से मिलना चाहिए। बड़ी अच्छी हैं वो, हमारा भला चाहती हैं। धीरे-धीरे ऐसा कहने वाले लोग बढ़ते गये। उसकी लोकप्रियता जिस तेजी से बढ़ रही थी, उतनी ही तेजी से उनके दुश्मनों की संख्या में भी इजाफा होता जा रहा था। कभी कोई रीमा चौधरी के कान भड़काने पहुँच जाता—

'इनका क्या है? ये तो कहीं भी किसी के भी साथ सोने को तैयार बैठी हैं।

हमें भी तो मिली थीं ये, हमने कोई लिफ्ट ही नहीं दी वरना हमारे गले पड़ जातीं। मैडम, ये पीठ पीछे आपकी बुराई भी करती हैं। 15 सालों का राजनैतिक अनुभव था उन्हें सो हंसते हुए जवाब देतीं—'ठीक है जो भी है। मगर काम तो कर रही है वह। फील्ड में तो जा रही हैं लोगों से मिलती-जुलती तो हैं, उनके घरों में जाकर खाना भी खाती हैं, उनके गन्दे बच्चों को नहलाना सिखलाती हैं, स्कूल में किताबें कॉपी भेजती हैं, इससे ज्यादा और क्या चाहिए हमें? हमारे पास तो उसकी खातिर सिफारिश आयी है। उसे जल्दी ही शायद ओबीसी विभाग का बाइस प्रेसिडेंट बना दिया जाए। ऐसे संकेत मिल रहे हैं।'

'महिला होने के अपने फायदे हैं...' बेचैन दिखा था कहने वाला। फिर पूँछ दबाकर खिसक गया कहीं।

फिर वे उसी बात का सिरा आगे बढ़ाते हुए अपने बगल में बैठे लोगों से बोलीं—'पिछड़े वर्ग की महिला हैं, पढ़ी-लिखी हैं, बोल्ड हैं, दबंग हैं सो नेतागिरी के लिए इससे ज्यादा और क्या चाहिए हमें? क्या पता, कल के दिन यही बन्दा मृदु के आगे-पीछे घूमने लगे और अपने लिए कुछ और चाहने लगे तो कोई ठिकाना नहीं। इस औरत का भविष्य ब्राइट नजर आता है हमें। क्यों मिस्टर अश्विनी, गलत तो नहीं कह रही?'

'राजनीति में आने वाले सभी तो सफल नहीं हो पाते। पता नहीं, इसका मोटिव क्या है? कौन सा फैक्टर स्ट्रांग है? चुनाव लड़ना या पति की अच्छी पोस्टिंग या बच्चों की खातिर चंद एक्सट्रा पैसे जोड़ लेना...पता नहीं, मकसद क्या है इसका? पॉलिटिक्स ज्वाइन करने की वजह? समझ नहीं पा रहा।' बाल खुजलाते हुए कुछ-कुछ सोचते हुए बोल रहे थे वे।

'तुम इस औरत के घनचक्कर में मत पड़ो। अपनी सुनाओ, तुम्हारे बेटे का एडमिशन कही हो पाया? तुम्हारे वास्ते फोन किया था हमने?'

'मैडम, हम तो पार्टी के समर्पित नेता हैं, तो क्या हमारे बच्चे भी ऐसे ही पढ़ेंगे? अभी तक तो कुछ नहीं हो पाया। प्रिंसिपल पूरे दो लाख घूस के माँग रहा है। कहाँ से लाएँ इतनी मोटी रकम?'

'अरे! अश्विनी, कैसी बातें करते हो? पुश्तैनी जमीन-जायदाद के मालिक हो तुम तो। करोड़ों का कारोबार चल रहा है फिर भी ऐसी बातें करते हो? सपा में थे तब भी तो कमाऊ विभाग से जुड़े थे। सुना है, खूब पैसा पीटा तुमने वहाँ भी।'

'आप भी, मैडम, न जाने किसके गढ़े-गढ़ाए झूठे-सच्चे किस्से सुनती रहतीं। पुश्तैनी सम्पत्ति पर मेरा अकेला तो कोई हक बनता नहीं। इतने भाई-बहनों में बराबर-बराबर बँटेगा तो कितना आ पाएगा मेरे हिस्से?'

'हूँ, सो तो है...' खामोशी का बाना पहन लिया रीमा चौधरी ने फिर किसी से फोन पर बतियाने लगीं।

आये दिन मृदु के कान में ऐसी बातें पड़ती रहतीं। कोई उसे सलाह देता—समतावादी महिला समिति ज्वाइन कर लो तो कोई कुछ और सुझाव दे डालता लेकिन वह अभी तक तय नहीं कर पायी। उसे लगता कि तमाम औरतें जो समतावादी महिला समिति से जुड़ी हैं, न जाने किस अन्धी दौड़ में शुमार हैं। कोई कहता—इनमें से फलाँ-फलाँ दिल्ली गयी थीं, अध्यक्ष जी को खुश करके लौटी हैं। देखना, ये जल्दी ही किसी बड़े पद पर पहुँचेंगी। शायद पार्टी प्रवक्ता बन जाएँ। बहुत तेज और धुआँधार बोलती है। बड़ी धाकड़ औरत हैं ये तो। कैंची जैसी धारदार जुबान से हर किसी को काटती रहतीं। राजनीति में आयी औरतों को लेकर पुरुषों का दोगला रवैया याद करके मन खिन्न हो जाता। एक बार किसी नेता के कुत्सित प्रस्ताव को नकार दो, कालांतर में वही नेता अपने साथी से इधर-उधर की हाँकते हुए बड़ी लम्बी-चौड़ी फेंकने लगता— 'अरे वो! क्या बताएँ यार, अलाँ फलाँ से फँसी थी। एक बार मेरे पास चली आयी। अब मैं कैसे बताऊँ आपको, किस तरह मैंने उससे अपना पिंड छुड़ाया— मेरा दिल ही जानता है। हाथ धोकर मेरे पीछे पड़ गयी थी वह तो। दिन भर फोन पर फोन, मैसेज पर मैसेज...यार घर पर डांट पड़ने लगी थी। कितनी तो चालू चीज है वह।'

'फिर? फिर क्या हुआ?'

'फिर, एक दिन मुझे उससे साफ-साफ मना करना पड़ा और क्या करता?'

'सुना है, फिर वह किसी और ताकतवर के हत्थे चढ़ गयी।'

'अरे, वही तो। मैंने खुद ही मिलवाया था उससे जिससे मेरा पिंड तो किसी तरह छूटे।'

ये बातें उसने अपने कानों से सुनी, औरों को लेकर। मन में आया कि एक-एक को ठोक पीटकर ठीक कर दूँ मगर कीचड़ में खड़े होकर पत्थर फेंकने से क्या फायदा? वह उसी पर तो गिरेगा न?

ये सच था कि राज़नीति में जिसका पर्स जितना भारी, उसी हिसाब से उसकी पोजिशन भी ऊँची-नीची होती रहती। कोई पति से पैसे बटोर राजनीति में झोंक देती, इस उम्मीद में कि देर-सवेर उन्हें कुछ न कुछ जरूर हासिल होगा।

ज्यादातर को मिल भी जाता लेकिन अपने अस्तित्व की लड़ाई में ही उनकी ऊर्जा और समय नष्ट होता गया। कहीं न कहीं उसे यह भी लगता जैसे अपने उसूलों की लड़ाई अकेले दम पर लड़ना कितना मुश्किल होता जा रहा है मगर फिर भी उसने अपने लिए एक छोटी-सी जगह तो बनाई है। कुछ लोग उसे जानने लगे

हैं। वे मानते भी हैं मगर इधर जितनी तेजी से उसकी साख पर पति ने बट्टा लगाना शुरू किया है, जिसके चलते उसका मनोबल टूटता जा रहा। कभी कोई सहकर्मी कुरेद-कुरेदकर रास्ता रोककर पूछने लगता—'ऐ, तुम वहाँ अपने ऐसे तानाशाह पति के साथ कैसे रह लेती हो जो जगह-जगह तुम्हारे बारे में ऊलजलूल बातें फैलाता रहता?

'क्या करूँ? मजबूरी जो है...' कहते हुए किनारा कर लेती। इसने कितनी बड़ी विषम परिस्थिति में डाल दिया है मुझे। पति जिसे कहते हैं, वैसा कभी नहीं रहा उसका साथ। हाँ, साथ में टैग जरूर लगा है। हमसे नीचे वाले तो पता नहीं कैसे विपरीत हालातों में रह लेते हैं, हम तो फिर भी बेहतर हैं। उन झोपड़पट्टी वालों से पूछो। बेचारे कैसे कितनी मुश्किलों में जी लेते हैं, नहीं? बहरहाल तो बच्चे ही भविष्य हैं, बस।

'सुना है, आपके बच्चे भी आपकी इज्जत नहीं करते?'

'अरे! आजकल के टीनेजर्स किसकी कितनी इज्जत करते है भाईसाब? अपने घर जाकर पूछ आइए। हर घर के बच्चे बदतमीज और बदमाश होते जा रहे हैं। शायद मतलबी भी...' बोलते-बोलते वे हँस पड़ी थीं, एक सूखी नदी जैसी खोखली हँसी।

सुना था, दीवारों के भी कान होते हैं, आज देख भी लिया, दीवारों के भी कान, नाक, आँख और मुँह भी होते हैं। बेशक परिवार में कोई मृदु की राजनैतिक यात्रा में साथ देने वाला नहीं। जिन बच्चों को नौ महीने कोख में रखकर जन्म दिया, दूध पिला-पिलाकर पाला-पोसा, उनकी कमाई का एक धेला भी नहीं चाहती वह फिर भी ये सब अफवाहें कहाँ से कौन फैला रहा है। सोचते हुए वे बेहद निर्जन सुनसान जंगल में बैठा पातीं खुद को, जिनके चारों तरफ बड़े पैने सींगों वाले, गुर्राने दहाड़ने वाले राक्षस भरे पड़े हैं—इन सबसे कैसे बचाव हो पाएगा? सोचते हुए लम्बी साँस खींचतीं और सोचती रहतीं।

चालीस साल की इस उम्र में मृदु को ऐसे लगता जैसे उसने पूरे सौ साल का जीवन जी लिया हो, किसी बूढ़ी औरत की तरह जिसे किसी का कोई आसरा नहीं रहता। जिसे दो घूँट पानी पीने के लिए पूछने वाला कोई न बचा हो बल्कि जिसके बारे में हर शख्स यही कहता—बुढ़िया ने बड़ी लम्बी उम्र पायी है, भगवान अब जल्दी उठा ले इसे।'

धीरे-धीरे सब तरफ से उसका मोह भंग होता जा रहा था। किस-किसका मोह करेगी वह? बुरे समय में ही आदमी की परख होती है, शायद ऐसा बुरा वक्त पूरे जीवन में एक बार आना बहुत जरूरी है तभी उस दिन गजेन्द्र फोन पर कह रहा था— 'आप तलाक मत लीजिए। पुंज साब तो मूरख हैं, आप ही समझदार बन

जाइए। प्लीज मृदु, कभी भी कोई दिक्कत हो तो खुलकर बताइए न, मैं अभी भी आपका भला चाहता हूँ। चाहता रहूँगा हमेशा हमेशा।'

'मैं सब कुछ मैनेज कर लूँगी। हालातों से निबटना आता है मुझे। मैं आसानी से टूटने वाली नहीं। हाँ, न तो वह टूटेगी, न ही झुकेगी और न ही झुकाएगी किसी को भी।'

'मुझे तुम्हारी क्षमताओं पर पूरा भरोसा है मृदु, आई नो यू वैल।'

सच तो ये था कि मृदु ने खुद को सबसे काट लिया था। वह अब किसी से कुछ भी नहीं चाहतीं, न घर से, न बाहर से, न ससुरालवालों से और न ही मायके वालों से।

तलाक की सुनते ही भैया बिगड़ पड़े थे—'शादी के 22 साल बाद कोई तलाक की बातें सोचता है भला? इसमें तेरी और हमारी कितनी बेइज्जती होगी, कुछ अन्दाजा भी है तुझे? खामहखां का बवाल मचा रही है। क्यों नहीं राजनीति का लफड़ा ही छोड़ देती तू? जैसा वह कह रहे हैं, वैसा क्यों नहीं जी सकती तू, बोल?'

'आप नहीं समझेंगे इसे भैया। क्या आपको एक अधिकारी जमाई खोने का डर सता रहा है? साफ-साफ क्यों नहीं बताते, कि आपकी बेइज्जती और आपकी बदनामी ज्यादा बड़ी चीज है, मेरा जीवन कोई मायने नहीं रखता क्या?'

'तेरा अपना जीवन, परिवार के बिना कैसा जीवन, कौन से जीवन की बात कर रही है तू? बोल, चार जने सुनेंगे तो क्या-क्या बातें बनाएँगे। इतने बड़े बड़े बेटे नहीं दिख रहे तुझे? अकेली औरत जात कैसे जी पाएगी इतनी बड़ी दुनियाँ में? बाहरी लोग कितने रोज तेरा साथ निभा पाएँगे? यही बाहर वाले कितनी-कितनी अफवाहें नहीं फैलाएँगे तेरे बारे में? कुछ सोचा है? अभी तो तेरी तमाम कमियाँ फिर भी परिवार नामक पेड़ तले ढक मुँद जाती हैं फिर खुले आसमाँ तले अकेली औरत जात कैसे रह पाएगी अपने बूते? मान जा मृदु, अभी भी मान जा वरना बर्बाद हो जाएगी तू।'

'भैया, अकेला जीवन तो मैं सालों से जी ही रही हूँ, आपको कितना पता है मेरे बारे में? मैंने आपको कभी भीतरी सच बताया नहीं और आपने कभी पूछा नहीं कि वर्षों से मैं निर्जन एकान्त के सन्नाटों में ही जीती रही हूँ। कोई नहीं पूछता यहाँ मुझे। भैया, मैंने तो हमेशा सबके सुख-दुख में मदद की है जिसके लिए जो भी बन पड़ा, किया भी मगर आज कोई नहीं है मेरे साथ। आप भी नहीं।'

'तू चाहती क्या है, बस इतना बता दे।'

'बस, चंद पैसे। रहने की जगह और तन ढकने के लिए कपड़े। न, शादी वगैरा के झमेले में कतई नहीं पड़ूंगी मैं, साफ बात है। बस एक साधारण इंसान की तरह कम से

कम जरूरतों में ही गुजर बसर कर लूँगी।... बताते-बताते वह सुबकने लगी।

'मृदु, मेरा कहा मान और यहीं चुपचाप पड़ी रह। बाहरी आदमी कितनी दूर तक तेरे साथ चल पाएँगे? सबका अपना-अपना घर-परिवार, बाल-बच्चे हैं। तुझे क्या परेशानी है वहाँ? क्या दुनिया भर की औरतें घर पर नहीं रहतीं? एक तू ही है अनहोनी जिसे घर में घुटन होती है, जेलखाना लगता है जिसे ये घर। आगे क्या करेगी तू? आगे का कुछ सोचा है?'

'भैया, मेरे को राजनीतिक फील्ड का तजुर्बा हो गया है सो मैं वहीं जाऊँगी। कोई चने-मुरमुरे तो बेचूँगी नहीं, न ही कोई ऐसा साथी तैयार किया जिसके संग ब्याह रचा लूँ। बस एक बार टिकट मिल जाए फिर तो ये सब के सब मेरे आगे-पीछे घूमेंगे। देख लेना।'

'दिवास्वप्नों में जीना बन्द कर, समझी? आऊँगा तो ढंग से समझाऊँगा।' कहकर उन्होंने फोन काट दिया।

घर में घुसते ही मृदु को तीन बन्द दरवाजे मिलते जहाँ तीन पुरुष उसकी रखवाली कर रहे होते। पहले दरवाजे पर पतिनुमा पुरुष खड़ा है तो दूसरे-तीसरे पर उसके दोनों बेटे। इनमें से किसी भी दरवाजे से वह बाहर निकल सकती, चाहकर भी। पति अपने हितसाधन के लिए उसका इस्तेमाल करना चाहता सो वह अपनी मर्जी से उसे जहाँ तहाँ भेजने के लिए उकसाता रहता। दोनों दरवाजों पर तैनात बेटे उसे पूरी ताकत से पकड़कर घर के एक खूँटे से बाँध देना चाहते। ऐसी बंदिशों के बीच कैसे जी पाएगी वह? तो फिर कहाँ जाए? क्या करे? कैसे सुकून से लम्बी-लम्बी साँसें लेकर अपनी मर्जी से जीने की राह तलाशे?

लेकिन हारना नहीं सीखा उसने जिन्दगी से। हारेगी तो कतई नहीं वह, भले ही इस युद्ध में जीत न पाये वह। बेशक जीतने का जज्बा उसके अन्दर कूट कूटकर भरा है, इसी जज्बे की बदौलत तो वह विपरीत हालातों से लड़ने की हिम्मत अपने अन्दर जुटा पाती।

सपने देखने कभी बन्द नहीं किए उसने। ये सपने ही तो हैं जो उसे जिन्दा रहने की ताकत देते वरना घर बाहर के लोगों द्वारा बार-बार छल बल द्वारा शिकस्त खाने के बावजूद उसकी जिजीविषा मरी नहीं है। न, अपनी जीवटता को नष्ट नहीं होने देगी वह, हालात चाहे कैसे भी हों, टकराएगी पूरे दम-खम से, लड़ेगी, एक बार नहीं, बार-बार लड़ेगी, सारी चुनौतियों को स्वीकार करते हुए जिएगी वह, हारने की आशंकाओं के बावजूद युद्ध का मैदान नहीं छोड़ते वीर या वीरांगनाएँ।

वह सही मायने में वीरांगना बनना चाहेगी, सो सुरक्षा कवच कुंडल पहन वह जब तब पार्टी दफ्तर पहुँच जाती जहाँ रीमा चौधरी का भाषण चल रहा होता—

प्रदेश में महिलाओं की हिस्सेदारी सुनिश्चित करने का दबाव दिनोंदिन बढ़ता ही जा रहा है। पिछले चुनाव में महिलाओं की भागीदारी के चलते इस बार हमारी महिला कार्यकर्ताओं को फील्ड में जाना होगा। पंचायतों में महिलाओं के लिए 50 प्रतिशत आरक्षण के साथ-साथ उनकी सक्रियता भी देखनी होगी। आप लोग जानते हैं, हमारे विरोधी दल दलितों के बीच भी फूट डालने की कोशिशें करते रहते और हमें इस तरफ विशेष ध्यान देना होगा तभी दलितों में भी महादलित और मुसलमानों में भी सबसे पिछड़े तबकों को पार्टी के साथ जोड़ा जा सकेगा। आप सबको जोश और उत्साह से पूरी लगन से फील्ड में उतरना होगा।...

उनके ऊर्जस्वित बोलों ने मृदु के भीतर दुगुना जोश भर दिया। उनके तेजस्वी भाषण के बाद वहाँ मौजूद महिला पदाधिकारी जीप में भरकर बाराबंकी जिले के गाँवों में चली गयीं। वहाँ भी ऐसी ही जनसभाएँ आयोजित की जानी थी। ये तो उसे बाद में पता चला कि महिला समिति की जुझारू कार्यकर्ताओं को इटौंजा गाँव के आगे यौन उत्पीड़न की शिकार एक बच्ची की मदद के लिए जाना है। पता चला कि गाँव की एक चौदह साल की बच्ची बुखार और सिरदर्द से परेशान होकर किसी तांत्रिक ओझा के पास इलाज कराने गयी थी। वहीं वो बाबा उसे अँधेरे बन्द कमरे में ले गया और लड़की के साथ जोर-जबरदस्ती करने लगा। उसकी चीख पुकार को आस-पास से गुजरते लोगों ने सुना और किसी तरह लड़की की जान बचायी। तब से वह तांत्रिक जेल की हवा खा रहा है। सब पार्टियों ने उस लड़की से मुलाकात की और मदद का आश्वासन दिया।

मृदु ने उसके चेहरे को देखा—गहरे सदमे से उसका चेहरा पीला पड़ गया था। भीड़ देखकर उसकी कुछ समझ में नहीं आया। कैमरों की फ्लश लाइट्स से वह बेचैन होने लगी। उसका कोई दूर-दूर तक रिश्तेदार झटपट उस बच्ची की शादी करवाने पर तुला था तो महिला कार्यकर्ताओं ने बच्ची को अलग ले जाकर बात की और फिर घर के बुजुर्ग को समझाने लगीं। समिति की कर्मठ और जुझारू कार्यकर्ताओं ने उस पीड़ित परिवार की मदद के वास्ते पूरे पाँच लाख का चेक दे दिया।

सच तो ये है कि इन तथाकथित ओझाओं या बाबाओं का जादू-टोना मरीज को चंगा करने में विफल रहता तब उसे अपनी साख बचाने के लिए कोई न कोई बहाना ढूँढ़ना पड़ता और ऐसे में सबसे असहाय होती हैं गाँव की भोली-भाली लड़कियाँ जिन्हें बलि का बकरा बनाने में ये कामयाब हो जाते हैं।

दूरदराज और दुर्गम क्षेत्रों में रह रही औरतों से मिलकर मृदु को अच्छा लगता। उनकी बीमारी के इलाज के लिए शहरी डॉक्टरों का अता पता देतीं और अपनी ग्रुप लीडर से कहतीं कि जल्दी ही गाँवों में डॉक्टर भेजने की व्यवस्था की

जाए। उनके उपचार पर बार बार आने वाले खर्चों के लिए उधार लेना पड़ता और फिर सारी जिन्दगी वे उधारी चुकाने में ही लगी रहतीं। इस तरह के-अन्ध विश्वासों के खिलाफ सबने खूब अच्छी तरह उन्हें समझाया। अपने हकों की खातिर औरतों की आवाज का तेज से तेजतर होना जरूरी हैं। गाँव में रहती दो महिलाओं का नाम उन्होंने अपनी नोटबुक में लिखा जो जीवटता से गाँव में फैलते अन्ध विश्वास के खिलाफ मुहिम छेड़े हुए हैं। महिला आन्दोलन की बागडोर सँभालने वाली इन स्त्रियों ने महिलाओं पर होने वाली ज्यादतियों, बलात्कार, दहेजहत्या, जबरन विवाह, बाल विवाह, कन्याभ्रूण हत्या जैसे मुद्दों पर खुल कर चर्चा की। लौटते हुए रात के पूरे 11 बज चुके थे।

घर जिसे सही मायनों में घर नहीं कहा जा सकता, वहीं रैनबसेरा करने आती थी मृदु। पिछले 5 सालों से यह सिर्फ शरणस्थली होकर रह गया है। उसके पैर घर के भीतर पड़े नहीं कि घर की देहरी पर टँगे तीन प्रश्नाकुल चेहरे उसे घेर लेते। उसकी आँखों के सामने तीन चक्रव्यूह वाले घेरे तन जाते—कँटीले सवालों की बाड़ से घिर जाती वह।

'आपसे कहा था न, पॉलिटिक्सबाजी करनी हो तो इस घर से बाहर रहकर करो। यहाँ रहकर प्लीज इस माहौल को खराब मत करो। संसार में ऐसी माँ किसी की नहीं होगी जिसे अपने बेटे की पढ़ाई से ज्यादा अपनी पॉलिटिक्स प्रिय हो।'

'चुप कर अनुज, तुझसे मना किया था न, उनसे कुछ भी सवाल जवाब करने की कोई जरूरत नहीं। उन्हें जैसा ठीक लगे, करने दे। तेरे मेरे रोकने से उन्हें रुकना नहीं फिर क्यों अपनी जुबान खराब करता है।'

ऐन मौके पर बच्चों के बाप भी नमूदार हो गये—'चलो, तुम लोग अपनी अपनी पढ़ाई करो। डोंट बेस्ट योर टाइम एंड इनर्जी।'

उस सीन को देखकर उसे हँसी आ गयी। उसे वह श्लोक याद आ गया कि बचपन में लड़की को पिता के अधीन रहना चाहिए, जवानी में पति के और बुढ़ापे में पुत्र के अधीन। कुल निचोड़ ये कि वह हमेशा अधीनता में ही जिए मरे। अधीनता यानी गुलामी के दुष्चक्र से बाहर निकलने का दुस्साहस करेगी तो गति-कुगति और कुपथगामिनी ठहरा दी जाएगी।

'हमारे रोकने-टोकने पर आपको हँसी आ रही है... इट्स नॉट एनी फनी जोक...' अनुज गम्भीर मुद्रा में बोल पड़ा।

'बेटा, अभी मैं सोच रही थी, अभी तो मैं उतनी बूढ़ी नहीं हुई कि तुम्हारी अधीनता में आ जाऊँ मगर हालातों को देखते हुए लगता तो यही है कि लड़की बचपन में पिता, जवानी में पति और बुढ़ापे में बेटे की अधीनता में जिए तभी

उसका उद्धार हो सकता है और मेरा कोई वजूद तो है नहीं। असली सूरत क्या है मेरी? कहाँ है मेरी जगह? सिर्फ किसी न किसी के कन्धे पर सिर टेककर जीने और जीते न बने तो मरने के बाद किसी न किसी के कन्धे पर चढ़कर श्मशान घाट पहुँचा दी जाएगी ये देह।'

'क्या फिजूल की फिलॉस्फी बघार रही हो? किसी की नसीहत न सुनने की ठान ली है आपने तो, करो अपनी मर्जी। जिओ खूब आजादी से, लुत्फ उठाओ जिन्दगी का। हू केयर्स?' कन्धे उचकाता व्यंग्य वाण फेंकता अग्रज भीतर अपने कमरे में घुस गया।

उसके भीतर रीमा चौधरी का भाषण गूंजने लगा—औरत यदि सुन्द्रर है, बुद्धिमान है, तेजतर्रार है, मजबूत इरादों की है और उसके गले में प्रतिरोध की आवाज भी है फिर तो आगे बढ़ने के लिए उसकी राह में मुसीबतें ही मुसीबतें बिछा दी जाएँगी। अगर अपने दमखम पर जीना है तो जीने के लिए लड़ना ही होगा, पहले खुद से फिर अन्दर बाहर की शक्तियों से। खुदी को कर बुलन्द इतना...

सुबह उठते ही सबसे पहले उसकी निगाहें अखबार की सुर्खियों पर चली गयीं—पार्टी के प्रदेश अध्यक्ष ने संगठन विस्तार करते हुए अनुशासन समिति का गठन किया है जिसमें 9 अलग-अलग प्रकोष्ठों का गठन किया गया है। समिति के चेयरपर्सन होंगे श्री नरेंद्र कुमार मौर्य, विधि प्रकोष्ठ की संयोजक होंगी सुश्री नीता साहनी, दूरसंचार प्रकोष्ठ में होंगे श्री गजेन्द्र सिंह और स्त्री सहयोग प्रकोष्ठ में होंगी सुश्री मृदु। अभी विस्तार से खबर पढ़ ही नहीं पायी थी कि फोन पर फोन आने शुरू हो गये। वे सबको चहक-चहककर अपनी इस उपलब्धि के बारे में बताने लगीं।

'देखा, मैं न कहती थी, मैंने फील्ड में जा-जाकर लोगों के बीच अपना जनाधार विकसित किया है। मेरे काम को देखते हुए ही मुझे यह विभाग मिला है। अनुज, अग्रज, सुनो तो, देखो न, आज के इस अखबार में क्या लिखा है, पढ़ो न।' उत्साह से भरी मृदु बच्चों के पास अखबार ले जाकर उन्हें अपनी इस उपलब्धि के बारे में बढ़-चढ़कर बताने लगीं। बगल में खड़े पुंजसाब ने उनकी तरफ घूरा फिर होंठ टेढ़े करते हुए बोले—'उस साले गंजू का करा धरा है ये खेल। खुद तो कुछ कभी हासिल कर नहीं सकता, अब जाकर मनोनीत हुआ है सो उसी में बन्दरबाँट कर रहा है साला।'

अपनी ही खुशी से दुहरी होती मृदु ने उनके सुने को अनसुना कर दिया। आज उनकी कटूक्तियाँ बुरी नहीं लगीं उन्हें, न ही अंतस में कुछ चुभा बल्कि वे तो अपनी ही रौ में लगातार बोलती जा रही थीं—अब प्रदेश में स्त्री शक्ति के सबलीकरण के लिए किए गये वादों को पूरी तरह लागू कराना होगा हमें जिससे हमारे क्षेत्र की बेटियाँ

ज्यादा से ज्यादा साक्षर और सबल बन सकें। यादव मुस्लिम गठजोड़ से पैदा समीकरण के चलते कुर्मी, भूमिहार और स्त्री मोर्चे को हाशिये पर धकिया दिया गया है। सचमुच! इस जातीय संरचना के अपने-अपने कंट्राडिक्शंस भी कम नहीं। इसी वजह से हमारी डैमोक्रेसी सही मायने में अपनी दिशा तय करके आगे नहीं बढ़ पा रही मगर अब महिलाओं की हिस्सेदारी सुनिश्चित करने का दबाव दिनोंदिन बढ़ता ही जा रहा है।'

'ये भाषणबाजी फील्ड में दिया करो मम्मी, यहाँ नहीं। मुझे पढ़ने जाना है, कहकर अग्रज बाहर निकल गया जिसके पीछे-पीछे अनुज भी चला गया।

इधर मृदु के पास दनादन फोन आने शुरू हो गये। खुशी की अतिशयता में वे फोन पर ही लम्बी-चौड़ी बातें हाँकने लगतीं—

'सचमुच! महिला शक्ति ने पार्टी के बड़े-बड़े नेताओं की आँखें खोल दीं। अब देखो, पंचायतों में भी महिलाओं के लिए पचास प्रतिशत आरक्षण के चलते वे पहले से ज्यादा ताकतवर होकर मैदान में आ डटी हैं। वर्षों से दबी कुचली औरतों की आधी दुनिया के भीतर अब सही मायने में जागरूकता आयी है। उनके तेवर बदले हैं लेकिन महिला आरक्षण मुद्दे पर अभी भी नेताओं में मतैक्य नजर नहीं आता। वैसे, हमारे नेताजी का तीर सही निशाने पर लगा। महिलाओं की भारी भागीदारी देखते हुए उनके वोट की कीमत को जीत का आधार माना गया था तभी तो चुनावी गुणा भाग में भारी उलटफेर किया गया है।'

'अच्छा, आज शाम को हम सब पार्टी मीटिंग में इकट्ठे हो रहे हैं। हाँ, वहीं मिलते हैं, ओके...।' बात को विराम देते हुए वे सोचने लगीं कि आज क्या पहनकर जाना ठीक रहेगा।

अरसे बाद वे सचमुच प्रसन्नता से खिल उठीं। उन्होंने मैरून रंग की प्योर सिल्क की साड़ी निकाली और सैट वगैरा निकालकर बाल खोले और होठों पर मैचिंग लिपिस्टिक लगाते हुए जैसे ही हाई हील के सैण्डिलों में पैर डाले कि बगल से निकलते हुए पुंज साब ने उनकी तरफ तरेरते हुए देखा और दोटूक लहजे में बोल पड़े—' राजनीतिक बैठक में जा रही हो या किसी फैशन परेड में? सोनिया गांधी तक तो कितने सोबर तरीके से रहती हैं, तमाम राजनेत्रियाँ ऐसे भड़काऊ कपड़े तो कभी नहीं पहनतीं फिर तुम्हीं क्यों ऐसे चमकीले तड़क भड़क वाले कपड़े पहनकर जाती हो? जरूर गंजू के साथ कहीं होटलबाजी करने का...।'

'ऐसा है मिस्टर पुंज, आपको जो सोचना हो, सोचते रहिए। मेरे कुछ भी करने से आपका मूड क्यों बिगड़ने लगता है? बताइए न, मैं जैसा चाहूँ, वैसे रहूँ, आपने तो खुद यही फैसला सुनाया था मुझे। याद करो, क्या कहा था? कि तुझे जैसी

जिन्दगी जीनी है, जीने के लिए आजाद है फिर अगर पार्टी ने कुछ जिम्मेदारी का काम सौंपा है तो कुछ सोच समझकर ही सौंपा होगा न? जरूर कुछ न कुछ योग्यता तो जाँची परखी होगी मेरी, तभी तो।'

'हुँह! पॉलिटिक्स में सबके सब अँगूठाछाप भरे पड़े हैं। योग्यता क्या खाक देखेंगे वह? बीए एमए पास हजारों चप्पलें चटकाते यहाँ-वहाँ हजार-हजार रुपल्ली पर सड़कों पर मारे-मारे घूम रहे हैं तो? वैसे भी तुम्हारी योग्यता है क्या? ग्रेजुएशन? हाँ ...हाँ, सच तो ये है कि उस दोटकिया गंजू की सिफारिश पर ही रखा होगा उन्होंने तुझे।'

'जैसा आपको ठीक लगे, वैसा सोचें। आपकी गन्दी सोच का मेरी सेहत पर कोई फर्क नहीं पड़ने वाला। आपने जब कह ही दिया है कि बाकी बातों का निपटारा कोर्ट द्वारा तय किया जाएगा तो ऐसे हालात में मेरी पर्सनेल्टी देखकर क्यों कुढ़ रहे हैं आप? क्यों जल-भुन रहे हैं? बताओ।'

'मैं जलूँगा, भुनूंगा... और वो भी तुझ जैसी नीच औरत से? खाक़। मैं तो थूकता हूँ तेरे जैसी औरतों पर जो जरा सा सुख पाने के लिए किसी के भी बिस्तर के नीचे आ जाएँगी। हुँह! रंडी कहीं की। चापलूस औरत, दो कौड़ी की तो इज्जत नहीं है तेरी तो...

'चुप्प, बस एकदम चुप हो जाइए मिस्टर पुंज। इससे ज्यादा एक शब्द भी निकाला तो ठीक नहीं होगा। जबान सँभालकर तमीज से बात कीजिए। मैं अभी तक आपसे कायदे से बात करती हूँ। सोबर तरीके से बोलती हूँ लेकिन अगर कोई जानबूझकर बदतमीजी पर उतारू हो जाए तो उससे निपटना भी आता है मुझे। फालतू के आरोप कतई बर्दाश्त नहीं कर सकती मैं। साफ बात है, कान खोलकर सुन लो फिर कभी ऐसे अपशब्द निकाले तो जबान खींचकर हथेली पर रख दूँगी। हाँ, कहे देती हूँ।' गुस्से में आपा खो बैठीं वे।

'देखो तो, कितनी गर्मी चढ़ गयी इसके भेजे में। एक दिन जरा सा ओहदा क्या मिल गया कि इसका तो दिमाग ही खराब हो गया। देख लूँगा तुझे भी। कब तक क्या-क्या करता है वो गंजू तेरे वास्ते।' कहते हुए वे सर्र से बाहर निकल गये।

बाहर निकलने को तैयार मृदु का मूड पूरी तरह चौपट हो गया था फिर भी आँसू पीते हुए उन्हें बाहर सबके सामने मुस्कराने की कला खूब आती थी। पार्टी दफ्तर में आज भारी भीड़ थी। खूब धक्का मुक्की हो रही थी और कोई किसी को तवज्जो देने की स्थिति में नहीं था। तभी माइक पर केन्द्र की राज्यमन्त्री नीरांजना पटेल की आवाज गूँजने लगीं—'हमारे प्रिय साथियो! आप सब जानते हैं, हमारे विरोधी दल हमारे बीच फूट डालने की खूब कोशिशें करते रहते हैं लेकिन इस

वक्त हमें एकजुट होकर अपनी शक्ति दिखानी होगी। आप सबकी मेहनत, पार्टी के प्रति गहरी निष्ठा और जनता के प्रति पूर्ण सेवा भाव ही ऐसे बीजमन्त्र हैं जिनके जरिए हम अपनी जड़ों यानी अपनी जनता के करीब ज्यादा से ज्यादा जाकर उनका प्यार पा सकते हैं। याद रखिए, दलितों में भी जो महादलित होगा, स्त्रियों में भी जो सबसे ज्यादा प्रताड़ित, कमजोर और मेहनतकश स्त्री होगी, इसी तरह मुसलमानों में भी जो सबसे पिछड़ा वर्ग होगा, हमारी पार्टी जनों को सबसे ज्यादा जोशोखरोश के साथ उसी का हाथ थामना होगा। उसी के पास जाकर उसका दिल जीतना होगा। सूबे में किसानों को खाद, बीज और सिंचाई की सुविधाएँ मुहैया करानी हैं। गाँवों में जगह-जगह पानी का संकट बना हुआ है, उस तरफ भी ध्यान देना होगा जैसे कि हर चौराहे पर एक नल लगवाने की व्यवस्था करें और जिला स्तर पर किसानों की पंचायत करवाएँ।

किसी नेता के पास शब्दों की कमी नहीं होती। सुनकर लगता जैसे रोजगार और गरीबी उन्मूलन को लेकर ये सब कितने फिक्रमंद हैं। जनता की बेहतरी के लिए ये सब कितना कुछ सोचते हैं तभी अचानक तालियों की गड़गड़ाहट सुनाई दी—नारी को देवी मानकर मत पूजिए, न तो वह देवी है और न दासी। वह तो आपके जीवन रथ का जरूरी दूसरा पहिया है, ऐसा पहिया जिसके बिना आपके जीवन की गाड़ी एक इंच भी आगे नहीं बढ़ सकती। धीरे-धीरे बातें महिला उत्पीड़न पर चलने लगीं तो किसी ने मृदु के कान में धीरे से कहा—'आप भी दो शब्द बोलना चाहेंगी?'

'अरे नहीं, मैंने तो कोई तैयारी वगैरा नहीं की।'

'तो क्या हुआ? चलिए, इनके सामने आकर जोशाखरोश से बोलेंगी तो क्या पता, कब किसकी निगाह में आप चढ़ जाएँ और ये चाहें तो कुछ भी कर सकती हैं आपके लिए। बड़ी पावरफुल लेडी है ये तो, सर्वोच्च सत्ता की सबसे ज्यादा करीबी।'

'अच्छा! चलो ठीक है...' मूक सहमति पाते ही मंच से ऐलान हुआ—'हमारे संगठन में अभी कुछ नयी तैनातियाँ हुईं हैं। महिलाओं की बढ़ती भागीदारी को सुनिश्चित करने के लिए हमारी पार्टी ने सुश्री मृदु को स्त्री सहयोग सेल में मनोनीत किया है। स्त्रियों की आधी दुनिया का प्रतिनिधित्व करने के लिए अब आपके सामने मजबूत आवाज बनकर आ रही हैं मैडम मृदु जी—'

'मान्य साथियो! एक महिला होने के नाते मैं अलग-अलग स्तरों पर महिलाओं के खिलाफ बढ़ते अत्याचारों के बारे में दोटूक बात करूँगी। जैसा कि आप लोग जानते होंगे कि हमारे देश में सालों पहले से ऐसी सामर्थ्यवान प्रतिभासम्पन्न स्त्रियाँ रही हैं जिनकी सोच के दायरे विशाल थे और समाज के प्रति जिनके सरोकार

जमीन से जुड़े थे। चाहे वे हमारी कवयित्री सुभद्राकुमारी चौहान जी हों जिन्होंने अपनी देशभक्तिपूर्ण कविताओं में महिला सशक्तीकरण की आवाज उठाई और साथ में पारिवारिक, सामाजिक और राजनैतिक जिम्मेदारियाँ निभाने में भी बढ़चढ़कर शिरकत की। इसी तरह और भी वरिष्ठ राजनीतिज्ञ विदुषी स्त्रियाँ रही हैं जिन्होंने गाँवों में महिलाओं एवं बच्चों की सेवा करना ही अपने जीवन का लक्ष्य बना लिया था। आज के दौर में हमारी ग्रामीण माताओं का स्वास्थ्य अच्छा रहे, हमें इस तरफ भी ध्यान देना होगा। यह भी जरूरी है कि वे अपने बुनियादी हकों के बारे में जागरूक रहें। हमें उनके भीतर सोयी चेतना को नये सिरे से जगाना होगा तभी वे अपने खोये वजूद को दुबारा हासिल कर सकती हैं। प्रौढ़ महिलाओं की शिक्षा के वास्ते मैंने पहली बार सम्बन्धित अधिकारी से सम्पर्क किया था। लोगों की सहानुभूति हमारे साथ है। जरूरत इस बात की है कि हमें उनसे बार-बार मिलकर उनकी समस्याएँ सुनकर उन्हें दूर करने के लिए मिलजुलकर कोशिश करनी होगी। महिलाओं के जीवन पर नजर डालती हूँ तो ऐसा लगता है कि उनके हितों की हिमायत करने के लिए हमें ऐसे स्वयंसेवी संगठनों से भी जुड़ना होगा जो उनकी शिक्षा और स्वास्थ्य की बेहतरी के काम में सक्रिय हैं। गाँवों में परिवार नियोजन के बारे में हर महिला को सचेत करना हमारा सबसे जरूरी मिशन हैं। हमें आधी दुनिया यानी स्त्री शक्ति को इस दिशा में प्रेरित करना है कि वे अपनी योग्यता और मेहनत से कुछ भी हासिल कर सकती हैं। जब तक अपने पैरों पर खड़े होने की चेतना उनके अन्दर नहीं जगेगी, तब तक उनका खोया आत्मविश्वास और गौरव भला कहाँ से आएगा?

आप लोग यहाँ-वहाँ मदर्सडे के बारे में इतना हल्लागुल्ला सुनते हैं, आपको पता, इसकी शुरुआत किसने की? शायद आपमें में से किसी ने लक्ष्मी एन.मेनन का नाम सुना हो जिन्होंने अपनी आखिरी साँस तक महिलाओं की निरक्षरता मिटाने हेतु व्यापक जागरण अभियान चलाया था और हाँ, इन्होंने पहली बार मातृदिवस यानी मदर्सडे मनाने की मुहिम छेड़ी। वे हमारी सांसद भी थीं और बाद में केंद्रीय मन्त्री के अलावा भी तमाम महत्त्वपूर्ण पदों पर रहीं। पिछले महीने हम दो-तीन कोस पैदल चलकर सिमरिया गाँव गये थे जहाँ हमने गरीब महिलाओं से देर तक बातें कीं। हमने उनके बच्चों को नियम से रोज नहलाने और कंघी करने के बारे में समझाया था। हमारे गाँवों और कस्बों के पिछड़े इलाकों में आज भी तमाम अन्धविश्वास फैले हुए हैं। हमने उन्हें दूर करने के उपाय सुझाये। हमने उन्हें ये भी बताया कि घर पर बैठकर वे किस तरह छोटे-छोटे काम करके चार पैसे भी कमा सकती हैं जैसे—अपने ही घर की दीवारों पर सब्जी वगैरा उगाना या

मोमबत्ती, अगरबत्ती और पैकेजिंग जैसे छोटे-मोटे काम। ऐसे तमाम कामों को शुरू करने के लिए क्यों न हम मिल-जुलकर उनके बीच जागरूकता बढ़ाने के लिए एक जनआन्दोलन चलाएँ? आज ऐसे आन्दोलन चलाने की शिद्दत से जरूरत है।

आज तक ये बात मेरी समझ में नहीं आयी कि जो चीजें एक पुरुष के लिए इतनी सहज सुलभ हैं, मगर महिलाओं को क्यों उन्हीं चीजों से वंचित रखा जाता है? जबकि हकीकत तो ये है कि स्त्रियाँ में पुरुषों से ज्यादा आत्मीयता, ज्यादा कोमलता और ज्यादा सेवा भाव रहता है। बड़ी जल्दी दूसरों के दुख-दर्द से साझीदारी हो जाती है उनकी।

कमजोर और पिछड़े वर्ग की महिलाओं को घर की चहारदीवारी के बीच भी उत्पीड़न झेलना पड़ता है और बाहर निकलकर कार्यस्थल पर भी आये दिन छेड़छाड़ की बढ़ती घटनाएँ भी उसे तोड़ देती हैं। घरेलू हिंसा की बढ़ती घटनाएं इस बात की गवाह हैं कि औरत अकेली रहे तो बाहरी राक्षस उसे अपने चंगुल में जकड़ने की जुगत में लगे रहते हैं और बाहर काम करती औरतों को कठिन हालातों में काम करना पड़ता है, मिसाल के तौर पर हमारी छोटी बच्चियाँ और बूढ़ी औरतें, वे तक तो कहीं भी सुरक्षित नहीं हैं। कमाऊ औरतों की तनखा उनके पति झपट लेते हैं यानी उनकी अपनी मेहनत की गाढ़ी कमाई पर भी उनका कोई अधिकार नहीं है। यदि उनके बेटा नहीं हुआ तो भी उनके साथ बुरा बर्ताव होते देखा गया है। मेरे कहने का मतलब यह कि सभी महिलाओं और दलितों के साथ समान कानूनी व्यवस्था लागू होनी चाहिए। आज की मौजूदा सरकार में चार महिलाएँ मन्त्री पद पर सुशोभित हो रही हैं और उनमें से तीन तो हमारी पार्टी की हैं, यह एक स्वागत योग्य कदम है। महिला आरक्षण विधेयक के मामले में हमारी पार्टी पूरी तरह वचनबद्ध है जैसा कि हमारे चुनाव घोषणापत्र में भी था। आइए! क्यों न हम सब स्त्रियों के भीतर बसे स्त्रीत्व के सच्चे मर्म को समझें, खूब खुले मन से उनकी उदारता को सराहें तभी सच्चे मायनों में उनके बीच सालों से जड़ें जमाये ऊँच-नीच की दीवारें गिरेंगी और वे हर जगह बराबरी से भागीदारी करेंगे. तभी आगे चलकर हमारे देश के सभी हिस्सों में तरक्की के रास्ते खुलेंगे। आप सबने हमें ध्यान से सुना, इसके लिए सभी का बहुत-बहुत धन्यवाद। जय हिन्द।' हाथ जोड़कर सबको अभिवादन करती हुई वह नीचे उतर आयीं।

तालियों की गड़गड़ाहट के बीच मृदु को अहसास हुआ, पता नहीं वह आवेश में क्या-क्या बोल गयी? कैसा था उसका भाषण? अभी वे सोच ही रही थीं कि सामने से एक खादीधारी सज्जन दिख गये जो उनकी तरफ ही आ रहे थे।

'अरे मैडम, आज तो हम धन्य हो गये, आपको सुनकर। कितने बढ़िया तरीके से

महिलाओं के मुद्दे उठाएँ आपने। पुरुषों की बोलती बन्द कर दी आपने तो। उनकी हेकड़ी का सही जवाब है आपका वक्तव्य। क्या बात है! यू आर ए ग्रेट ओरेटर।'

'क्या सचमुच!' वे खुशी से लबरेज थीं।

'कभी दिल्ली आओ तो इस पते पर हमसे जरूर मिलना। ओके? हमें ऐसी तेजतर्रार औरतों की जरूरत है अपने संगठन में। स्त्री के खिलाफ हो रहे अन्याय के खिलाफ एक स्त्री ही आवाज उठा सकती है। कितनी ऊँची आवाज है तुम्हारी।'

'क्या सचमुच?'

'और नहीं तो और क्या? बहुत-बहुत बधाई।' इस बार गजेन्द्र उनसे मुखातिब थे।

'वाह मृदु! वाह! कमाल का बोलती हो तुम तो। राजनीति में जिसे इतना अच्छा बोलना आता हो, वह तो बहुत दूर तक जा सकता है। यहाँ सबके सब अपने वजनदार भाषणों की रोटियाँ ही तो खाते हैं। काम धाम तो बाद की बातें हैं। असली चीज है—सामने वाले को इम्प्रेस करके आसपास वालों की बोलती बन्द कर देना। अपने छूटे अधिकारों के लिए महिलाओं की आवाज का तेज से तेज होना सचमुच कितनी उम्मीद जगाता है। रियली ग्रेट जॉब यू हैव डन टुडे।' प्रदेश उपाध्यक्ष जयदीप ने सबके सामने उसकी खुलकर तारीफ की।

'महिलाओं के जीवन की सचाई यही तो है न जिसे तुमने बड़ी निडरता से, बड़े धड़ल्ले से और जोरदार ऊँची आवाज में दम से कहा। शोषितों और वंचितों के अधिकारों की बात उठाना आज का सबसे जरूरी मुद्दा है। अब अपना विभाग भी इसी मुस्तैदी से चलाना। हमारी महिला कार्यकर्ता अगर महिलाओं के हितों की खातिर जी जान से जुट जाएँगी तो वह दिन दूर नहीं जब हमारी पार्टी सबसे ताकतवर पार्टी बनकर उभरेगी। तो सुनो, आम जनता के बीच जाना होगा आप सबको। हर मुहल्ले में घर-घर जाकर और दूर-दराज के इलाकों में पहुँचकर हमें अपनी जमीन के लोगों से जुड़ना होगा, सीधे जनता तक पहुँचना होगा। उनकी जरूरत की चीजें मुहैया कराने की व्यवस्था हम खुद देखेंगे। आप सब हमारे सम्पर्क में बने रहें। हमने सबको अपने फोन नम्बर दे रखे हैं। कभी भी कोई भी किसी को भी जब कभी हमारी जरूरत हो तो बेझिझक हमें बताएँ। संगठन स्तर पर हमें अपने तय एजेंडे पर ही चलते रहना है, बस्स इतना ही कहना था। अपने और अपने परिवार का ध्यान रखें। जय हिन्द।'

अध्यक्ष जी के भाषण के बाद सभी भोजन की तरफ बढ़ने लगे। अलग अलग समूहों में तितर-बितर होते रहे आते जाते नेता लोग। जो अलग-अलग इलाकों से यहाँ इकट्ठे हुए थे, वे सब अपने-अपने ग्रुप में अलग अलग बंट गये। महिलाएँ तो गिनीचुनी ही ऐसे मौके पर आ पाती थीं फिर भी आज इन महिलाओं की संख्या

दर्जन भर तो जरूर होगी—सोचकर प्रदेश अध्यक्ष खुश होते नजर आये। गजेन्द्र मृदु के साथ एक कोने में खड़े होकर प्लेट में खाना लिए बतियाने लगा तभी अध्यक्ष ने उसे इशारे से बुलाया और मृदु के लिए कुछ फिकरे कसे। वह कभी मृदु के बदले तेवर देखकर चुप लगा जाता तो कभी प्रदेश अध्यक्ष की हाँ में हाँ मिलाकर सिर मटकाता रहा। इसी बीच एक महिला प्रदेश अध्यक्ष से मिलने उनके पास चली आयी और इसी दौरान गजेन्द्र मौका पाते ही मृदु को लेकर वहाँ से सीधे बाहर निकल आया।

'चलिए मैडम, आपकी इस उपलब्धि के इस मौके पर क्यों न हम कहीं बाहर चलकर सेलिब्रेट करें? चलें लांग ड्राइविंग पर या कहीं चलकर मूवी ही देखें? फरमाएँ?'

'क्यों?'

'अरे भई! लैट्स सेलिब्रेट दिस ग्रेट मूमेंट...आज जिन सज्जन ने तुम्हारी तारीफ की, जानती हो कौन थे वे? केन्द्रस्थ मन्त्री हैं वो। चलो, खुल गयी लाटरी आज तो तुम्हारी। पहली बार किसी बड़े आदमी की निगाहों में आयी हो तुम मगर हाँ, उन सबसे सावधान रहना पड़ेगा वरना...'

उनकी बातों की सुनी-अनसुनी करते हुए मृदु अपनी ही रौ में कुछ और ही बोलती रहीं—

'पुंज साब आजकल खूब अकड़े रहते हैं, जो जी में आये, बक देते हैं। क्या बताएँ आपको, आज तो सुबह से ही उनका मूड उखड़ा था फिर आपका फोन आया तो मना नहीं कर पायीं वरना आने का आइडिया ड्राप कर दिया था मैंने तो। बड़ी गन्दी-गन्दी गालियाँ निकाल रहे थे सुबह से ही बड़बड़ाने लगे...।' बोलते-बताते गला भर्राने लगा।

'क्या बात करती हो? उस नाचीज की इतनी हिम्मत कि तुम्हें अपशब्द बके। जानता नहीं, तुम किस पार्टी की एक्टिव मेम्बर हो। अभी चाहूँ तो इसी वक्त मसल दूँ उसे मुट्ठी में आयी चींटी की तरह मगर आपका पति जो है इसलिए हाथ पैर बँधे हैं हमारे, जैसे इस समय बँधे हैं हम आपके प्यार में...' कहते हुए वे उसे कनखियों से देखने लगे फिर उसके गले में हाथ डालते हुए हथेली को मसलना शुरू कर दिया।

'प्लीज, स्टॉप दिस... मुझे ये सब कतई पसन्द नहीं।'

'पर मेरी खातिर, ये सब तो पसन्द करना ही पड़ेगा न, आज नहीं तो कल आपको हमारे प्यार की गिरफ्त में आना ही पड़ेगा। ये बात मैं गारंटी से कहता हूँ, दे डे बिल कम सून।'

अचानक मृदु का फोन बजने लगा। बेटे का था, दो मिनट सोचती रहीं कि लूँ या न लूँ तब तक फोन डिसकनेक्ट हो गया।

क्या है ये जीवन भी? समय तो कितने-कितने रूप धरकर कितने-कितने रूप बदलकर कैसे-कैसे दिन दिखाता है? आज ये बच्चे हम पर सवार हैं, चार-छह सवाल खड़े करते हैं, जब तब बाप के कहने पर आक्रोश में भड़क अनाप-शनाप बकने लगते हैं जबकि एक दिन वो भी था जब इनके बस्ते कन्धे पर लाद-लादकर खुद इन्हें स्कूल छोड़ने लेने जाती थी वह। नियम से हर महीने प्रोग्रेस रिपोर्ट माँगती और वे जिस विषय में कमजोर होते, वह पढ़ाने बैठ जाती, सारे कामधाम छोड़कर। उसी समय उसे उसके स्कूल के प्रिंसिपल ने कहा था– 'कैन यू ज्वाइन अस? हमें एक अच्छे टीचर की तत्काल जरूरत है, पीटी टीचर बन जाइए।' और हँसते हुए उन्होंने जवाब दिया था–'मैडम, थैंक्स फॉर दिस। अगर हमें नौकरी करनी होती तो अब तक कर चुकी होती। पहले इन बच्चों को पढ़ा-लिखाकर कुछ काबिल बना लूँ फिर देखा जाएगा। वैसे आप जब कहें, मैं कोई भी मदद करने चली आऊँगी।'

तब बिना बी.एड. के भी नौकरी मिलनी आसान था मगर उस पर तो बच्चों को सुशिक्षित करने का जुनून सवार था। सब कुछ छोड़-छाड़कर पूरी तरह खुद को घर और बच्चों में केंद्रित कर लिया था उसने। आज वही बच्चे जब बड़े हो गये तो इस तरह उसकी जासूसी करने लगे हैं और उसके हर पल का हिसाब-किताब माँगने लगे मसलन–'कहाँ हो इस वक्त?' छूटते ही सबसे पहले यही सवाल दाग देते वे–यही सोचकर फोन नहीं उठाया उसने।

'ऐ डियर, कहाँ खो गयी? लौट आओ...लौट आओ'...चुटकी बजाते हुए गजेन्द्र ने मृदु को जैसे सोते से जगाया।

'अगर उस वक्त नौकरी कर ली होती तो आज वाइस प्रिंसिपल तो जरूर बन गयी होती....' कहीं खोइ-खोई सी आवाज में बोली।

'किस वक्त की बात कर रही हो, जानेमन?'

'जब अग्रज छोटा था, पाँचवीं में, तब एक नौकरी का ऑफर मिला था मुझे, नहीं की नौकरी। बच्चों को अच्छे से अच्छी तालीम दूँगी–ऐसा सोचकर। मगर वक्त कब किसका इंतजार करता है? वह दौर निकल गया सर्र-सर्र और ये कठिन समय आ गया। ओफ! क्या कीमत रह गयी आज मेरी? नथिंग, जस्ट जीरो।' हताशा भरी आवाज में बोली।

'जीरो नहीं, हीरो हो तुम तो, अरे! हीरो नहीं, पूरी हीरोइन लग रही हो आज तो। अपने को कभी कम मत आँका करो। यू आर ए ग्रेट लेडी, आई नो योर कैपेबिलिटी एंड टेलैंट।'

‘प्लीज, डोंट एप्रिशिएट मी...’ कहकर उन्होंने उसके कन्धे पर हाथ रखा जिसे उसने गुस्से से झटक दिया और गम्भीरता से बोली—

‘ऐसा है गजेन्द्र जी, तुम तो अपने घर-परिवार में महफूज बैठे हो, बीवी-बच्चों के संग मजे में दिन गुजार रहे हो। तुम क्या जानो, मैं किस तकलीफ में दिन गुजारने के लिए विवश हूँ। न दिन को चैन, न रातों को सुकून, सब कुछ छिन गया मेरे पास से। घर में मेरी हैसियत जीरो है, किसी को मेरी जरूरत नहीं रहीं... बोलते-बोलते आँसू ढुलक आये उनकी पलकों की कोरों पर।

‘अच्छा छोड़ो इस टॉपिक को। मैं तो बस इतना भर कहना चाहता हूँ कि यू आर क्वाइट बोल्ड, डेयरिंग एंड ए लवली लेडी। माई स्वीट हार्ट...।’ उन्होंने फिर से फ्लर्ट करना चाहा।

‘मुझे ये सब बातें बिल्कुल भी अच्छी नहीं लगतीं। मुझे पता है, मैं क्या हूँ बस्स।’ गुस्से में उनकी तरफ देखे बगैर झल्लाकर बोली वह।

‘अरे! आप तो नाराज हो गयीं, क्या बात है? इस बन्दे से कुछ भूलचूक हो गयी हो तो कान पकड़कर माफी चाहता हूँ। प्लीज, डोंट माइंड माई स्वीट बेबी, माई क्यूट बेबी।’

इन शब्दों का भी उस पर कोई असर नहीं पड़ा। वह तो न जाने कहाँ किस दुनिया में खोयी थी, तभी उसकी जाँघ पर चुटकी लेते हुए गजेन्द्र ने कहा—‘दुनिया यहाँ से उधर क्यों न हो जाए, हमारे बारे में जिसे जो कहना है, कहता फिरे पर अपुन को तो तुम्हारा फॉलोवर बनना है, बस। मृदु, यू हैव ए ब्राइट फ्युचर। अपने को कभी लो फील मत होने दो। हरदम खुश रहकर बढ़िया-बढ़िया बातें सोचा करो। तभी तुम उस दिशा में आगे तक जा पाओगी। पूरी ताकत से हौसला भरो अपने भीतर। जानती तो हो, उड़ान पंखों से नहीं भरी जाती बल्कि हौसलों से भरी जाती है। तो डियर, मैं तुम्हारा साथ कभी नहीं छोड़ूँगा, आई प्रॉमिस एंड आई बिल डू।’

सुनते हुए उसने ध्यान से गंजू की तरफ देखा—सिर पर हलके से बाल, उभरी हुई आँखें, भरा बदन और मंझोली कदकाठी का गजेन्द्र बातें बनाना खूब जानता है। न जाने किस किससे वह यही सब बोलता होगा। दो दिन पहले किसी ने उसे फोन करके बताया था कि तुम्हारा गजेन्द्र किसी और लेडी के साथ कॉफी हाउस में बैठा गपिया रहा था। शायद दीपंकर ने कहा था।

‘क्या सोचे जा रही हो? इतनी चुप तो पहले कभी नहीं रहती थीं तुम।’

‘गजेन्द्र, एक बात साफ साफ बताओ, मेरे अलावा और कितनों से कितनी दोस्तियाँ हैं तुम्हारी? आई मीन लेडीज फ्रेंडशिप।’

‘कैसी बातें करती हो यार? किसी से भी नहीं। ऐसा सोच भी कैसे सकती हो

तुम? क्या किसी ने कुछ कहा? चलो, इसी बहाने पता तो चला कि तुम मुझे कितना चाहती हो?'

'नहीं, नहीं, बस ऐसे ही पूछ रही थी।' सुने-अनसुने मन से बोल पड़ी वह।

'कब से तुमने रसमलाई नहीं खायी? अगना पसन्दीदा सामान वगैरा भी नहीं खरीदा? कोई शॉपिंग वगैरा भी नहीं की? क्या बात हैं? चलें क्या?' विषयान्तर करते हुए बोल पड़ा वह।

'आज नहीं, जरा भी मन नहीं है।'

'ये क्या मन नहीं है, मन नहीं है, की रट लगा रखी है। मैं कह रहा हूँ न, तो चलती क्यों नहीं? कितने प्यार से मना रहा हूँ और तुम हो कि ऐसे आदमी को लेकर मूड चौपट किए बैठी हो जिसे तुम्हारी जरा भी फिक्र नहीं।'

'मगर मैं तो अपने बेटों को लेकर चिन्तित रहती हूँ।' बात टालने की गरज से बोल पड़ी वह।

'उन्हें भी कोई लगाव नहीं रहा तुमसे। जैसा वह पट्टी पढ़ाएगा, वे वही करेंगे। वैसे भी बाप की छाया भर होते हैं बेटे तो।' उसने दोटूक लहजे में जवाब दिया।

'नहीं, नहीं, एक न एक दिन वे जरूर मेरे पास लौट आएँगे। देख लेना। आखिर मेरी कोख से जनमे हैं, मेरा खून दौड़ रहा है उनकी रगों में। पाला-पोसा है मैंने। उन्हें अपना जीवन देकर इस काबिल बनाया है कि...।'

बोलते-बोलते वे खामोश होती गयीं। उनकी आवाज गुम होने लगी अनायास। सचमुच! बच्चों पर कहाँ रहा उनका वैसा अख्तियार? सुनते ही कहाँ हैं वे उसकी बात?

बात-बात पर ताने जैसे कोड़े फटकारते रहते। क्या हो गया है इन सब लोगों को? तो कोई भी ऐसा नहीं रहा जिसे वह अपना कह सके। दुनिया इतनी-इतनी खाली होती जा रही है उसके लिए कि आज अपने अकेलेपन के साथ खाली बर्तन की तरह यहाँ वहाँ लुढ़कने के लिए मजबूर हो गयी वह। कोई भी छाँव नहीं जहाँ सुकून से साँसें भर सके वह। अकेला इंसान क्या करे? कैसे जीए? इस दुनियाँ में आकर सारे भोगों को तो भोग लिया उसने। कुछ नहीं बचा देखने को, नरक भी देखा और देख लिये संसार के बदलते व्यवहार वाले इंसानी चेहरों के भीतर छिपे असली चेहरों की हकीकतें भी। ये जो बगल में बैठा गाड़ी चला रहा है, इतनी चिकनी-चुपड़ी बातें कर रहा है, अगर इससे कहा जाए कि अपना घर-द्वार छोड़कर मृदु के संग रहने लगो, तो साफ मुकर जाएगा। कितने फालतू के शब्द बोलते रहते हैं ये लोग? प्यार व्यार की झूठी नकली बातें। खाली पीली बातें कपूर बनकर उड़ भी जातीं। दर्जनों ऐसे लोग मिल जाएँगे जो उसके आगे-पीछे घूमते रहते फिर किस किसकी बातों पर यकीन करे वह?

किससे मोह पाले? अपने को एकदम निर्जन जंगल में अकेले खोये इंसान के रूप में देखती है वह खुद को।

'मृदु, कोई दिक्कत हो तो बताओ न? तबीयत तो ठीक है न?'

'नहीं, नहीं, ठीक हूँ। बस ऐसे ही सोच रही थी, बुरा वक्त आना कितना जरूरी होता है, तभी हमें कितने सारे सबक एक साथ मिलते हैं वरना हम ताजिन्दगी इंसानी फितरत को कभी ठीक से पहचान ही न पाये।'

'ये हुई न बहादुरी वाली बात! मेरी मृदु कोई कच्ची माटी की नहीं बनी जो मुश्किल हालातों में गल जाएगी। मुझे पता है, भीतर से कितने मजबूत इरादों वाली औरत है तू जिसे कोई भी आसानी से नहीं तोड़ सकता। दर्जनों पुंज एक साथ मिलकर भी नहीं तोड़ सकते तुझे। तू हर हाल में जिन्दा रहेगी, अपने सॉलिड वजूद के साथ। हाँ।'

'वह तो है। मैं आसानी से टूटने वाली चीज तो नहीं हूँ। न ही खराब हालात के सामने घुटने टेकने वाली।' कार विंडो से बाहर के नजारे देखते हुए सोचते सोचते बोल रही थी वह।

'वैसे भी आपने राजनीति में अपनी एक खास जगह तो बनायी है। इस राजनीति में आप एक जाना पहचाना चेहरा हैं, कौन नहीं जानता आपको? मैं इसीलिए तो आपकी कद्र करता हूँ कि आप आम औरतों में से नहीं हैं जिन्हें पार्टी से ज्यादा अपने हितों की चिन्ता हो। एक आप हैं जो डंके की चोट पे कहती हैं कि हमें किसी भी व्यक्ति से कुछ भी लेना देना नही। हमारे सरोकार तो पार्टी से जुड़े हैं। आज की तारीख में कितने प्रतिशत ऐसे लोग होंगे जो ऐसा सोच पाते हैं? बताओ।'

'मगर टॉप पर तो वही है जिनके पास लाखों होते हैं जो लाखों झोंककर करोड़ों कमाते हैं, यहाँ उन्हीं की जय जयकार होती है। चार लोग आवभगत करते हैं, मीडिया की चकाचौंध से चौंधियाता है उनका वजूद। हम जैसों का जीवन तो यूँ ही हवा में उड़ जाएगा फुर्र से।'

'मृदु, यहाँ आने वाले हरेक के अपने-अपने निजी स्वार्थ होते हैं। बस एक तू ही है जिसे अपने अस्तित्व की लड़ाई अकेले अपने बूते लड़नी पड़ रही है। वह भी अपने बनाये उसूलों के साथ, वरना तू तो खुद सब अन्दर की बातें जानती है। यहाँ आने वाली ज्यादातर औरतों के दामन पर देरसवेर कोई न कोई छींटा लग ही जाता है।'

'नहीं, ऐसा नहीं है। पीठ पीछे यही लोग मेरे बारे में भी बातें बनाते होंगे और हाँ, एक खास बात बतानी थी– पतिदेव को ये कतई पसन्द नहीं कि मैं आपके साथ आपकी गाड़ी में यूँ सरेआम घूमती दिखूँ सो उन्होंने फरमान सुना दिया कि जब तक मैं उनके घर पर हूँ, कोई गाड़ी उनके दरवज्जे पर खड़ी नहीं होगी। न मैं

घर पर किसी की गाड़ी बुलवा सकती हूँ। सो अब से मेरी आपकी बातें फोन पर ही हुआ करेंगी।'

'ऐ, कितना-कितना झुकती रहोगी तुम अपनी शर्तों पर? आखिर कब तक चलता रहेगा ये सब? उन्हें साफ-साफ क्यों नहीं बता देती कि तुम्हें एक प्लेटफॉर्म मिला है, एक ओहदा है तुम्हारा और तुम अपने निजी जीवन की बलि नहीं चढ़ाओगी उनकी खातिर?

बाइ द वे, बदले में क्या मिलता रहा है उनसे तुम्हें? गालियाँ, हाथापाई, जगहँसाई, बेइज्जती, बेटों से मिली छीछालेदर ... यही सब सहना है तो फिर छोड़ क्यों नहीं देती राजनीति का मोह? रहो वहीं, जैसा वे आदेश करें, दासी की तरह आँखें मींच पड़ी रहो वहीं उनके दरवज्जे पर। चार रोटी खाकर तो दासियाँ भी जी ही लेती है। फिर तुममें और उस दासी में क्या फर्क है?'

'आप सही कह रहे हैं। जल्दी ही फैसला लेना होगा मुझे आर या पार वाला। वैसे भी घर से बाहर निकलती औरत के बारे में छींटाकसी तो सभी करते हैं मगर राजनीति में काम करती औरतों के दामन में कुछ ज्यादा ही दाग लगते हैं। एनी वे, छोड़ दीजिए मुझे अगले चौराहे पर। चली जाऊँगी वहीं से पैदल।' कहीं पढ़ा कुटेशन याद कर दुहराने लगी।

वह खुद्दार, स्वाभिमानी, तेजतर्रार और दबंग मृदु धीरे-धीरे खोती जा रहीं है कहीं। है न? प्लीज अपनी तरफ से सबके लिए अच्छा-अच्छा करती रहो लेकिन अपनी केयर खुद करना सीखो। बाकी बातें ऊपर वाले पर छोड़ दो।'

चौराहा पार कर सड़क पर चलते हुए वह खटाखट अपने घर का रास्ता नापने लगी। विचार थे कि आँधी की तरह आ-जा रहे थे। कितने हल्के में लेते हैं लोग हमें यानी औरतों की समस्याएँ को। वे तो बस हर वक्त अपने हित साधन में ही लगे रहते हैं। उन्हें स्पर्श सुख मिलता रहे, फ्लर्ट करके उन्हें औरत से येन केन प्रकारेण छूने का मौका मिलता रहे जिसे वे जब तब प्यार का नाम दे देते हैं और वह भी अपनी सुविधानुसार... न जाने कितनों से ऐसे ही बोलते होंगे। न, इससे ज्यादा की दरकार नहीं उन्हें औरतों से। तेजस्वी, बौद्धिक और तार्किक स्त्रियों को पुरुषों से अपेक्षित प्रदाय नहीं मिल पाता। उनकी प्रतिभा की चर्चा कम, देह का जिक्र ज्यादा होता है। कितना बड़ा विरोधाभास है ये कि वे राजनीति में औरतों को लाना तो चाहते हैं लेकिन महज तन सुख या नयन सुख के लिए? भीड़ में गुलदस्ते जैसी सजावटी वस्तु की तरह लेते हैं उनके वजूद को। अगर उनमें तार्किकता है, तेजस्विता है, अपने जीवन के फैसले खुद लेने की कुव्वत है तो ऐसी स्त्री के अन्तर्निहित गुणों की चर्चा वे जानबूझकर कभी नहीं करते बल्कि ऐसी स्त्री की

प्रशंसा करने वाले शख्स की बातों को नजरअन्दाज करेंगे। अगर कहीं उसके अंग प्रत्यंग की चर्चा-कुचर्चा हो रही होगी तो जरूर उसमें रसासिक्त होकर मजा लूटने में मस्त हो जाएँगे। धन्य है ये मर्द जाति। सचमुच! पुरुष की ऐसी प्रजाति के बारे में क्या कहे वह? जितना इस बारे में सोचती, उतना तनाव व्यापने लगता। आखिर वह कैसे निपटे इन पिपासुओं से जो वक्त बेवक्त उसके शरीर पर लार टपकाने के लिए तैयार बने रहते। येन केन प्रकारेण उसे हासिल करने के लिए जाल फंदे बुनते रहते और यदि वह गिरफ्त में न आयी तो झट से कोई न कोई वजह गिनाकर अक्ल की कमतरी का तमगा दे डालेंगे। उसने अपने कानों से सुना है, खुद किसी के मुँह से।

'अरे मृदु! न, कतई ब्राइट नहीं है वो, न ही कोई पॉलिटिकल बैकग्राउंड है उसका। क्या कर पाएगी वह? सालों से घर गृहस्थी ही तो सँभालती रही है सो उतना एक्सपोजर भी नहीं। नहीं, नहीं, ये औरत फलाँ जगह के लिए ठीक नहीं रहेगी। इससे अच्छी तो नेहा गिडवानी है, यूनिवर्सिटी में पढ़ाती है, ज्यादा शार्प है, बोलना आता है, मेहनती है, हिम्मती है और...और...'

'कुछ भी कहो मगर रिजर्व कोटे वाली तो नहीं है न? मृदु को लेना ही पड़ेगा। पिछड़े वर्ग की है, स्त्री है और बोलना भी आता है उसे। पिछले चुनाव प्रचार के दौरान उसने मंच से ऊँची आवाज में कितनी बड़ी बात कही थी कि मैं तो मंच से खड़े होकर खाली पीली भाषण झाड़ने नहीं आयी हूँ। मैं तो दूर खड़ी औरतों के दुख दर्द बाँटने आयी हूँ। मैं तो आप सबके बीच की ही हूँ, हाँ, मुझे परायी मत समझना... कहते हुए वह मंच छोड़कर बाहर घूँघट काढ़े खड़ी औरतों के बीच पहुँच गयी थी। सबकी निगाहें बरबस उसी की तरफ खिंच गयी थीं उस वक्त। वैसे भी राजनीति में ज्यादा अक्ल वालों की क्या जरूरत? थोड़ी कम अक्ल वाली भी चलेगी यहाँ। अमूमन तो गंजू के साथ देखा गया है उसे। वही ठीक रहेगी, क्यों? चलेगी न?' उन्होंने रायशुमारी करने के लिए टटोलना चाहा।

'हाँ, हाँ, अरे साब! चलेगी नहीं, दौड़ेगी वह तो।'

हा...हा...हँसी की समवेत आवाजें सुनकर चुपचाप पीछे खड़ी मृदु के पैरों तले की जमीन खिसक गयी थी। क्या-क्या बातें करते हैं आम लोग औरतों को लेकर? सच तो ये है कि कोई भी पुरुष एक औरत को आसानी से नेता मानने को तैयार ही कहाँ होता है? चाहे उसने कितनी ही ऊँची तालीम हासिल की हो, चाहे कितनी ही बौद्धिक या तार्किक या ताकतवर हो मगर सबसे पहले तो उसका मूल्यांकन– है तो वह एक औरत ही न? बस इसी पर लटके अटके रहते सभी। कितनी तरह के गुणा-भाग चलते हैं। लगा जैसे हम कितनी बड़ी-बड़ी बातें क्यों न करे लें, 21वीं सदी

में पहुँचकर कितनी ही तरक्कीपसन्द लम्बी-चौड़ी बातें करते रहें मगर हम अभी भी वहीं हैं। वहीं के वहीं, उन्हीं के बनाये मकड़जाल में कैद, पुरुष दृष्टि से आक्रान्त हम स्त्रियाँ आखिर जाएँ तो जाएँ कहाँ? सोचते हुए उसके कदम घर तक आ गये।

अनायास किसी किताब में पढ़ी पंक्तियाँ याद आ गयीं- पुरुषों से खाली दुनिया तो कभी होगी नहीं और होगी भी तो वह भी कितनी एकायामी, अनाकर्षक और रुखी सूखी होगी, शायद ये भी ठीक है।

घर पहुँच वह दरवाजा पीटती रही, घंटी बजाती रही मगर कोई नहीं निकला। क्या बात है? उसने फोन मिलाना शुरू किया ही था तभी सामने वाली पड़ोसन निकल आईं और उससे मुखातिब होकर बोलीं– 'भाभीजी, आपके यहाँ तो कोई नहीं है। सब लोग कहीं बाहर गये हैं। पता नहीं, कहाँ गये हैं? आपको नहीं बताया?'

'हाँ, हाँ, फोन तो आया था मगर उस वक्त हम जाम में फँसे थे सो अटेंड नहीं कर पाये। अब?'

'आइए, हमारे यहाँ आइए प्लीज...' कहते हुए उन्होंने अपनी बैठक में बुला लिया।

वह उनके घर की व्यवस्था को बारीकी से आँखों में उतारती रही। कमरे में कायदे से रखी पति-पत्नी और बच्चों की तस्वीरें उनके माँ-बाप की तस्वीरें और घर के बीचोंबीच रखे ताजे फूलों के गुलदस्ते। दो-तीन मिनट बाद चाय की प्यालियों के संग नाश्ता लगा लायी वे। फिर बात के सूत्र को पकड़ने की कोशिश करते हुए बोलीं-'कैसी चल रही है आपकी राजनीति?'

'ठीक ठाक, सब बढ़िया है।'

'हमारे मायके में राज और नीति, इन्हें जुड़वाँ बच्चे कहा जाता था। राज बनाये रखने की नीतियाँ तय करने का नाम है राजनीति। आपको पता? हमारे लोकेल में एक स्वयंभू कांग्रेसी नेता हैं, बड़े पुराने जमाने से नेतागीरी चली आ रही है उनके यहाँ, पुश्तैनी धन्धा टाइप समझ लो, उन्होंने अपने दोनों बच्चों के नाम यही रखे हैं। सचमुच! लड़के का नाम राज और बेटी का नीति... कहते हुए वे हँस पड़ीं।

हँसी में साथ देते हुए मृदु बोली– 'आपके दोनों बच्चे बहुत अच्छे हैं, कितने कायदे से विश करके गये। सचमुच! कितनी रिसपेक्ट से बात करते हैं आपके बच्चे?'

अपनी तारीफ से पुलकित मुदित होकर बोलीं वे– 'बच्चे तो आपके भी कायदे से पढ़ते-लिखते हैं। अभी तक तो यही लगता है जैसे नये जमाने का रंग ढंग नहीं चढ़ा उनके ऊपर। आपने खूब अनुशासन में रहने के संस्कारों में ढाला है उनको।'

‘हूँ, सो तो है। मगर लड़के लड़के होते हैं। जैसे ही बड़े हुए, बाहरी दुनिया में खुद को इन्वॉल्व करते जाते। सोचती हूँ, काश! एक लड़की होती तो कितना अच्छा रहता! कुछ तो मेरी फिक्र करती वह। लड़कियाँ वाकई बहुत केयरिंग होती हैं खास तौर पर माँ के लिए।’

‘बस, अभी पाँच मिनट में आती हूँ। कुछ जरूरी काम याद आ गया। प्लीज रिलैक्स...’ कहकर वे भीतर चली गयीं। शायद उनके पति ने बुला लिया था।

मृदु बैठे बैठे सोचती रही समय चक्र के दर्शन पर। वक्त कितने-कितने मुखौटे पहनकर कितने-कितने रूप में क्या-क्या नहीं दिखाता है? क्या थे ये बच्चे? उसके इशारे पर चलने वाले, सुबह उठने से लेकर सोने तक की हर गतिविधि मृदु की नजरों में कैद रहती। इन्हीं बच्चों के आगे-पीछे दौड़ते भागते हुए जिन्दगी के पूरे बीस-बाइस साल सर्र से गुजर गये। आज जब वह पीछे मुड़कर देखती तो ऐसा लगता जैसे क्या वाकई में गुजरा था ये सब उसके संग जब वह इन्हीं बच्चों के सपनों को पूरा करने के वास्ते वक्त के पंखों पर सवार होकर ऊँची उड़ान पर थिरकती रहती। ये वही समय है और यही बच्चे इठलाते हुए सिर झटकते उसके सामने इतराते हुए गर्व से सीना फुलाये ऐसे निकल जाते जैसे उन्हें रत्ती भर परवा नहीं अपनी माँ की जैसेकि वे जानते ही न हों अपनी माँ को। आखिर ऐसा क्या बड़ा भारी अपराध कर डाला उसने? पीछे मुड़कर देखती तो सुन्दर समय के अनेकों अक्स उसकी आँखों में तैरने लगते।

हाथों में बस्ता थामे स्कूल जाते बच्चों के पीछे हाथ हिलाकर बिदा करती मृदु तो कभी उनके इम्तिहानों की तैयारी कराने हेतु जी जान से जुटी रात-रात भर खुद जागती और हर घंटे पर कॉफी और दूध भरा मग उनके हाथों में पकड़ाती फिर माथे पर प्यार से चूमकर–‘बेटा, सो जाओ अब... बहुत देर हो चुकी। प्लीज, मेरा राजा बेटा।’ सुनते ही वे भी पलटकर प्यार करते। अनुज तो गले में बाँहें डालकर कहता–‘ ममा, इतने सारे चैप्टर कैसे रिवाइज हो पाएँगे? डर लग रहा है, कहीं मैं फेल तो नहीं हो जाऊँगा। फिर सब मेरी हँसी उड़ाएँगे।’

‘मेरा बेटा है, फेल कैसे हो सकता है? चल, ला अपनी इतिहास और भूगोल की किताबें, अभी यूँ चुटकियों में याद कराती हूँ।’ फिर वे एक-एक चैप्टर के महत्त्वपूर्ण अंशों पर अंडरलाइन करतीं और उसे कहानी बना-बनाकर समझातीं। उसकी एकाग्रता देखकर अनुज झटपट एकाग्र होकर चैप्टर याद करने लगता और फिर सारा कोर्स खत्म करके वे एक साथ ही सोते। अपना ही खून, अपनी ही मांस मज्जा से तैयार शिशु बड़ा होते ही कितना अलग व्यक्तित्व लेता जाता है, एक स्वतन्त्र इकाई बनकर खड़े हो गये जो आज बदले हालात और विपरीत परिस्थितियों

में जजमेंटल बन बैठे हैं। पहली बार उनके मुँह से फैसले सुनकर बड़ा खराब लगा था उसे। बाप के कहने पर उल्टी सीधी बातें सुनाते इन बच्चों से कुछ भी कहना सुनना बेकार है, सोचकर वह खामोशी का बाना पहन लेती और फिर अपनी भीतरी दुनिया में चली जाती जहाँ पसरा रहता खालीपन। अकेलेपन के दौर में वह खुद को ही अपना सच्चा साथी मानती। वक्त के हाथ पाँव सचमुच बहुत बहुत लम्बे चौड़े होते हैं जिसे कोई फीता लेकर नाप नहीं सकता। क्या प्रलय के वक्त किसी को अनुमान रहता है कि क्या होने वाला है? सुनामी की कालग्रासी लहरें पल भर में लील जाती हैं समूची दुनिया को, हाहाकार मच जाता है, तब थम जाती हैं साँसें और रुक जाती है ये सारी दुनियाँ। जीवन राग मूक होकर गुपचुप आँखें मींच लेता है, खामोशी बुनती हैं सृष्टि, तब पूछ दबाये किसी कोने में पड़ा रहता वक्त।

उसे लगता, दुख के पलों में कहाँ कटता है वक्त? कटता भी है तो खून के सौ-सौ आँसू रुलाकर। बाहर वाले बार-बार दिलासा दिलाते—ये दौर भी गुजर जाएगा। गुजरता तो है मगर कितना कुछ छीन भी तो ले जाता है आपसे, आपकी मासूमियत, खास किस्म की अल्हड़ता, बेशुमार हँसी के कतरे और वह सहज कोमलता... सब कुछ खत्म होता जाता हैं। उदासी में खामोश होती जाती है जुबान।

'अरे! आप किस सोच में डूबी हैं? चाय तो ठंडी हो गयी?'

'ठंडी ही पीती हूँ। सोचा, जब आप आएँगी तभी इकट्ठे ही पिएँगे।'

'चलिए, फिर से गर्म करके लाती हूँ।' कहकर वे चाय वापस गर्म करने ले गयीं।

बैठे-बैठे मृदु ने फिर से बच्चों को फोन मिलाया तो पता चला कि वे सब मूवी देखने लगे और देर रात लौटेंगे। वह चुपचाप चाय सिप करती रही फिर बोली—'भाभी जी, शायद घंटे भर बाद वे सब लौटें। आपको डिस्टर्ब तो नहीं हो रहा? तो क्या छत पर निकल जाएँ?'

'ठीक है, बेशक आपका मन हो तो छत पर इन्तजार कर लें या यहीं रहें, हमें कोई ऐतराज नहीं।'

छत पर खड़े होकर वे चारों तरफ बने घरों को देखते हुए सोचने लगीं। कितनी अजीब, कितनी जटिल है ये पारिवारिक व्यवस्था जहाँ एक ही व्यक्ति के हाथों में पूरी विवाह संस्था के कॉपीराइट थमा दिये जाएँ। वह जिसे चाहे, जब चाहे, जैसा चाहे, इस्तेमाल करे। उसे पूरी छूट मिली कि वह कैसा भी एकतरफा फैसला ले लें और आर्थिक रूप से उस पर निर्भर इंसान के ऊपर अपना फैसला थोप दे। वह स्त्री अधीनस्थ प्रजाति ही तो है सो उसे अपने लिए स्पेस की दरकार भला क्यों हो? स्त्री का दिमाग होता ही कहाँ है? वे तो पैदायशी सेकेण्ड सेक्स

सिटीजन हैं। मगर फिर भी वे दबंग बनकर निजी स्पेस की माँग करें तो झटपट उन्हें खल, कुटिल, वेश्या और न जाने कौन-कौन-सी डिग्रियाँ नवाज दी जाएँगी? अगर मृदु जैसी स्त्री का जीवन में एक मकसद है, एक ध्येय है और उसके पीछे भागने का जज्बा है, जज्बे में तमाम रंग शुमार हैं, रंग में तरंगें उठ रही हों और तरंगें सक्रिय होकर वह दिनोंदिन मेहनत करके एक-एक कदम आगे बढ़ाते हुए कामयाबी की तरफ तेजी से बढ़ने लगी हैं तो क्यों नहीं उसकी मेहनत को स्वीकारा जाता उसके घर में? क्यों नहीं उसकी जद्दोजेहद के प्रति बच्चों में आस्था जगती?

कँटीले सवालों से लहूलुहान होती रही वह। तभी अपने नेताजी की बातें याद आने लगीं—'जो जितनी मेहनत सही दिशा में सही तरीके से करेगा, फील्ड में जनता के दुख-दर्द के साथ खड़ा होगा।

जिसमें अटूट धीरज हो, वह मेहनतकश भी हो और उसमें अच्छे बुरों को पहचानने की समझ हो, वही कार्यक्षेत्र में जुटे रहकर सच्चा कर्मयोगी होगा। आप सब एक बात याद रखना, खुशियों के स्रोत हम सबके भीतर ही छिपे होते हैं। उन्हें भीतर से खुरेच खुरेचकर निकालना पड़ता है वरना वे सुप्तावस्था में बर्फ बनकर दबे पड़े रहते हैं। आप सब अपनी शाश्वत खुशियों की तलाश करें और नये सिरे से अपने-अपने अभियान में जुट जाएँ। चयन की आजादी तो होनी चाहिए कि किसे पकड़ें किसे छोड़ें, यह आपका विवेक तय करेगा, हालात नहीं। हालातों को अपने मुताबिक मोड़ने की कला तो धीरे धीरे विकसित करनी पड़ती है हम सबको। तो साथियो! जलती लौ की तरह जलाए रखो काम के प्रति अपनी आस्था, निरन्तर, अबाधित और अटूट।'

न जाने क्या सोचकर उसने फिर से फोन मिलाया तो बेटे ने जवाब दिया—'हम लोग तो घंटे भर पहले ही घर आ चुके हैं।'

'मैं तो छत पर बैठी हूँ।'

उसने उनका जवाब सुने वगैर उसका फोन काट दिया। कितनी बेइज्जती करने लगे हैं ये बच्चे जैसे मुँह पर तमाचा जड़ दिया हो किसी ने। उदास और भारी मन से सीढ़ियाँ उतरने लगी। उतरते कदमों से ऐसा लगा जैसे जीवन में अब चढ़ने के लिए रह ही क्या गया है? उतरना ही उतरना बचा है उसके लिए अब तो। यहाँ नीचे उतरकर, न जाने कैसा माहौल हो घर का? अमूमन तो तीनों मुँह सुजाये अपने-अपने कमरों में अपने-अपने कामों में व्यस्त नजर आते। मृदु की तरफ उपेक्षित निगाह फेंककर पतिदेव अखबार या टीवी में नजरें गड़ाये रहते या फिर मोबाइल पर या फिर कभी कभार पढ़ाई करते मिलते। आज भी यही हुआ। वह जैसे ही घर के अन्दर घुसी, तीनों अपनी-अपनी दुनिया में डूबे थे। अग्रज अनुज

का प्रोजेक्ट बनवाने में मदद कर रहा था और पतिदेव टीवी के पसन्दीदा चैनल देखने में मस्त थे। तीनों ने ही उनके आने की नोटिस ही नहीं ली। उसने अनुज को आवाज दी—'बेटा, एक गिलास पानी दे देगा?'

उसने चुपचाप पानी भरा गिलास उन्हें थमा दिया। बेचारगी से उन्होंने उड़ती नजर बच्चों पर डाली तभी उनका मोबाइल बजने लगा जिसे उन्होंने अटेंड नहीं किया। फ्रैश होने बाथरूम में घुसी और फिर किचेन के भीतर जाकर अपने लिए खाने को कुछ तलाशने लगी। वहाँ कुछ नहीं दिखा तो बेटे को आवाज दी—'बेटा, आज खाने में कुछ नहीं बना क्या?'

'पता नहीं, जो भी होगा, देख लेना वहीं।'

'चलो, ठीक है, तुम लोग अपना काम करो। क्या खिचड़ी खाओगे? बनाऊँ?' उन्होंने भरसक नरमाई से पूछा।

'प्लीज,डॉण्ट डिस्टर्ब मी।' कहकर अग्रज ने अपने कमरे का दरवाजा भड़ाक से बन्द कर लिया। थोड़ी देर वे पशोपेश में रहीं फिर न जाने क्या सोचकर खिचड़ी चढ़ा दीं।

जैसे ही खिचड़ी प्लेट में डालकर अनुज के कमरे में पहुँचाने गयीं, दरवाजा अन्दर से बन्द था जिसे वे देर तक खटखटाती रहतीं मगर भीतर से कोई जवाब नहीं आया। फिर चुपचाप लौटने लगीं, तभी अनुज की आवाज सुनाई पड़ी—

'बताता क्यों नहीं कि हम सब बाहर खाना खाकर लौटे हैं? वे बुला रहीं हैं हमें। परेशान हो रही हैं बेचारी।'

'कोई बेचारी फेचारी नहीं है वह। रोज तो बाहर खाकर लौटती हैं, उन्हें हमारे खाने की फिक्र कब से होने लगी?'

उसके मन में आया पलटकर जवाब दें—बेटा, पिछले बीस सालों से तुम्हारे पेटों में खाना खिलाकर किसने बनाकर डाला है? कैसे तुम सब इतने बड़े हो गये? गज भर की जुबान जो आज चलने लगी है, किसने पाल पोसकर बड़ा किया उसे? इसी अनुज के वास्ते कहाँ-कहाँ से गाय का दूध लेने की व्यवस्था करती थी वह? और आज यही इस तरह से ऐसा सुलूक करने लगा जैसे वह उनके लिए परायी हो गयी हो।

न जाने क्या सोचकर वे चुपचाप लौट आयी और बैठक के अँधेरे से संगति बिठाते हुए चुपचाप खिचड़ी गले के नीचे उतारने लगी। इस खाने में उन्हें किसी भी तरह के स्वाद का पता ही नहीं चला। बस, किसी तरह से पेट भरने की चिन्ता थी लेकिन बेटे के बर्ताव ने खाने की इच्छा भी जाती रही। गले के नीचे खिचड़ी का कौर गुटकते हुए कहीं से कंकड़ आ गया था। उसे भी पानी के सहारे हलक के नीचे उतारा। आँखें

आँसुओं से तर ब तर थीं लेकिन किसे थी उन्हें पोंछने की चिन्ता? खारे आँसुओं से गीले चेहरे को पोंछते हुए वे उस अँधेरी रात के अँधेरे को निगलते हुए सोचती जा रही थीं—

अगर वह इनकी जिन्दगी से चुपचाप निकल जाए तो भी इनके जीवन के रागरंग पर कोई फर्क नहीं पड़ने वाला, न ही इनके जीवन में कोई अधूरापन रहेगा फिर क्यों नहीं वह अपना डोरा डंगर लेकर चली जाती यहाँ से? मगर पैसों की किल्लत तो रहेगी जिसके लिए कुछ न कुछ बन्दोबस्त देर सवेर हो ही जाएगा। न जाने क्यों रह रहकर जीवन की निरर्थकता और निस्सारता को लेकर हताशा घेरने लगी। क्या ऐसे ही इतिहास बनते बिगड़ते हैं? अगर वो इनके संग नहीं भी रही होती तो भी इनके जीवन की दशा और दिशा यही होती जैसी आज है तो फिर क्यों वह इनके साथ यहाँ रहने को मजबूर है? इनके लिए तो उसके अस्तित्व का कोई भी अहसास जिन्दा ही नहीं फिर भी क्यों वह प्राणपण से इस कोशिश में जुटी रहती कि वह कुछ ऐसा न करे या इस तरह के तनाव कभी न ब्यापे जिससे इनका करियर चौपट हो जाए फिर भी किसी को उसके वजूद की फिक्र ही नहीं तो जब वह उनके लिए जीरो हैं तो अब से ये सब भी उसके जीवन से खारिज।

जैसे पानी पर लकीरें नहीं खींची जा सकती, हवा को नहीं पकड़ा जा सकता, धुएँ को मुट्ठी में कैद नहीं किया जा सकता या घने कोहरे को भेदकर रास्ता नहीं बनाया जा सकता, ठीक उसी तरह इतिहास की धारा भी किसी के मोड़ने से नहीं मुड़ती बल्कि अपनी गति से अपनी राह पर खुद ब खुद चलते रहते हैं हम सब, नियतिबद्ध नटी की तरह अपनी-अपनी धुरी पर गोल-गोल चक्कर लगाते ऐसे नक्षत्र की तरह जिसे एक निश्चित समय बाद सबको अपना-अपना रोल निभाकर हाथ झाड़कर चल देना है इस मायालोक से, फिर किसी से कैसा मोह? इतना लगाव क्यूँकर पाले हुए है वह? न, इतनी आसक्ति ठीक नहीं। मगर खुद को बार बार समझाने के बावजूद बच्चों के प्रति ममता के तन्तु अपनी खाल से खींचकर बाहर नहीं फेंक पा रही वह। कैसे फेंक पाएगी वह खाल के भीतर गहरे तक धँसे ममता के बारीक रेशे जिसे बाहर से काटने का मतलब खुद का लहूलुहान होना सो वह दिनोंदिन लहूलुहान होती रही।

उसे ताज्जुब होता कि बाहर मंच पर महिलाओं के विरुद्ध हो रही हिंसा के खिलाफ जोर शोर से चीखने चिल्लाने वाली नेता घर पहुँचते ही सबसे पहले किचेन में जुट जातीं। पिछले महीने हुए महिला सम्मेलन में जिन विभा अग्रवाल ने साफ शब्दों में कहा था कि क्यूँकर एक हिन्दू महिला मौन रहकर सारी तकलीफें सहती रहेगी? आखिर कब तक सम्पत्ति के अधिकारों से वंचित रहेगी वह? महिलाओं के प्रति इन भेदभावपूर्ण एक तरफा कानूनों की उन्होंने कठोर शब्दों में भर्त्सना की थी

लेकिन एक दिन जब मृदु ने उनके घर जाकर उनसे मदद माँगनी चाही तो उनका दोटूक जवाब था—'क्या कर सकते हैं हम? सालों से यही सिस्टम चला आ रहा है कि हम महिलाओं पर हमेशा से ये पुरुष ही कंट्रोल करते आ रहे हैं और हमें तो शुरू से ही ऐसी घुट्टी पिलायी गयी कि पुरुषों की सत्ता के आगे नतमस्तक बनी रहना, अपना पर मत तोड़ना, सो हम क्या करें? असल में हम कमजोरों में शुमार हैं क्योंकि हम आर्थिक रूप से कहीं न कहीं उन पर निर्भर हैं। कहो तो दो चार हजार रुपये देकर मदद कर सकते हैं।'

'अरे मैडम, मैं कोई भीख थोड़े ही माँग रही हूँ? हाँ, अपने मान सम्मान की भूखी जरूर हूँ। सोचती थी, संगठन स्तर पर कुछ किया जा सकता, तो ....।'

'देखो मृदु, पति-पत्नी के बीच में संगठन क्या करेगा? अब मुझे ही देखो, मैंने इस घर के लिए क्या क्या नहीं किया? फिर भी मैं क्या अपने पति को दूसरी औरत के पास जाकर मुँह मारने से रोक पायी? नहीं न। क्या बिगाड़ पायी मैं उनका? उसे लेकर वे महीने भर से जापान यात्रा पर मौज कर रहे हैं।'

'और बच्चे? उन्हें पता है ये सब? वे कुछ नहीं कहते? क्यों नहीं करते बाप का विरोध?' मृदु ने ऊँची आवाज में पूछा।

'यहाँ सबको अपने-अपने स्वार्थ की पड़ी है। उन्हें अपनी पढ़ाई के वास्ते पैसा चाहिए सो वे सब कुछ जान समझकर भी अनदेखी करते रहते। लड़की जरूर उनसे ज्यादा मतलब नहीं रखती। कहाँ तक तुम्हें क्या-क्या बताएँ मृदु? सबके घरों में कार्पेट तले ढेर सारी धूल ही धूल छिपी होती है, हम सब बाहरी दुनिया में अपने को सुखी, सम्पन्न न दिखाएँ तो कौन सुनेगा हमें? जब औरत घर से बेघर होती है तो बाहर वालों के लिए वह सहज सुलभ चीज मान ली जाती है और यहीं से उसकी प्रतिष्ठा भी घटने लगती है। कौन ऐसी औरत होगी जो अपने पति के प्रति पजेसिव नहीं होगी? मेरी मानो तो अपनी इस नारीवादी सोच को अपने घर पर लागू मत करो वरना न घर की रहोगी, न बाहर की।'

'हूँ, बड़ी प्रेक्टिकल सोच वाली हैं आप तो। मैं तो बड़ी उम्मीद लेकर आपके पास आयी थी। महिला समिति की जिम्मेदार पद पर रहीं हैं आप तो। सोचा था कि... ।'

'देख, अगर तू उनसे निजात चाहती है तो तेरे वास्ते एक अच्छे वकील की पता जरूर दे दूँगी तुझे। इतना तो मैं कर ही सकती हूँ। आखिर तेरी चिन्ता है मुझे भी। महिला कार्यकर्ता जब घर की देहरी से बाहर कदम रखती हैं तो उनके भीतर अन्याय के खिलाफ चेतना जगती है। जिससे घबड़ाने लगते है पति लोग। वे खुद को असुरक्षित मानने लगते हैं जबकि संगठन में निचले स्तर पर कमेटियों को

सक्रिय करने के लिए हमें ज्यादा से ज्यादा महिलाओं के बीच जागरूकता बढ़ानी पड़ती है। सचेत ढंग से काम किये बिना महिला आन्दोलन गति नहीं पकड़ सकता। जमीनी स्तर पर जबरदस्त सम्भावनाएँ नजर आती हैं। अरे सुनो, कहाँ जा रही तुम? हिम्मत न हारना। बुरे से बुरे दिनों में भी मनोबल बनाये रखना जैसे कि अंजनी मैडम को ही देख लो। शादी नहीं की, या नहीं हुई जो भी हो, लेकिन कितने मजे से अपनी शर्तों पर अपनी जिन्दगी जी रही हैं। हाँ, वे तुम्हारी मदद जरूर कर सकती हैं। सुना है, वे तो निराश्रित महिलाओं के लिए घर वगैरा की व्यवस्था भी करती हैं। कोर्ट कचहरी जाकर उनके केस लड़ती हैं। क्यों नहीं तुम उनसे मदद माँगती? बहन, धीरज धरो, सब्र से काम लो। एक न एक दिन ये लोग जरूर तुम्हें समझेंगे और तुम्हारे पीछे खिचे चले आएँगे, समझीं?'

उनकी खाली पीली बातें उसके दिमाग से ऊपर से निकलती जा रही थीं। भाषण देना सचमुच, कितना आसान होता है। स्त्री-पुरुष समानता को लेकर मुहिम छेड़ना और उन्हें हर हाल में न्याय दिलाकर रहेंगे—ऐसी नारेवाजी करने में क्या जाता है इनका? गला फाड़कर चिल्ला दो, हाँ, जोश में आता है ऐसा क्षणिक उबाल लेकिन व्यावहारिक धरातल पर हासिल क्या रहा? हिन्दू कानूनों में कितनी ही तब्दीली हो जाये, पर व्यवहार में हम आज भी उन्ही भेदभावों के शिकार हैं। वही पराधीनता और पति की वैसी ही एकतरफा तानाशाही। कहाँ से कैसे मिलेंगे महिलाओं को समानता के अधिकार?

गले तक भर आये ऐसे सवालों को थूक दिया उसने। जब इनके पति इन्हें छोड़कर किसी और के संग मस्त हैं यानी जब ये खुद का भला नहीं कर पा रहीं तो हमारा क्या खाक कर पाएँगी? ये सारे कानून आधे अधूरे है। संसार का कोई कानून ऐसा नहीं बना जो स्त्री को उसका बाजिब हक दिला सके। यदि वह आज बोरिया बिस्तर बाँधे बाहर निकल आये सड़क पर तो सीधे कहाँ जाएगी? कहाँ तक किसके दरवज्जे पर सिर छिपाएगी? कहाँ होगा उसका ठौर ठिकाना? ये गंजू अपनी छाँह में कितने दिन रख पाएगा उसे? बहन जरूर कह रही हैं—कोई मुसीबत आन पड़े तो सीधे हमारे पास चली आना। वह सोचने लगीं—क्यों न उसके पास एक बार आजमा लें उसे भी? कथनी-करनी का फर्क तो बहुत बार देखा है, देखते हैं, सचमुच में कितना कर पाती हैं वह उसके वास्ते?

आज वह भारतीय तलाक कानूनों के तहत मिलने वाले तलाक के अधिकारों पर जानकारी हासिल करेगी। अभी-अभी विभा मैडम कह रही थीं—तलाक के मामले में पुरुषों और स्त्रियों के लिए अलग-अलग पैमाने हैं। अगर पति तलाक चाहे तो उसके लिए पत्नी का परपुरुष गामी होना ही पर्याप्त आधार है लेकिन स्त्री

इस आधार पर तलाक नहीं माँग सकती कि उसके पति के किसी और औरत से सम्बन्ध हैं।

उसे तलाक तभी मिल सकता है जब दूसरी औरत के सम्बन्ध के साथ रक्त सम्बन्धों में वर्जित यौन सम्बन्ध /वहशीपन / अप्राकृतिक यौन सम्बन्ध /बलात्कार आदि अपराध भी जुड़े हों। यहाँ भी वही भेदभावपूर्ण रवैया। कितने प्रचार-प्रसार के साथ बना तो है घरेलू हिंसा के खिलाफ कानून मगर आज भी परिवारों के भीतर कहाँ मिलती हैं महिला को शारीरिक सुरक्षा? न ही उसकी पैतृक सम्पत्ति पर हक आसानी से मिल पाता है। ये तमाम महिला संगठन महिलाओं के हितों की खातिर लिखा पढ़ी तो खूब करते रहते हैं, आये दिन मीडिया के सामने भाषणबाजी भी करेंगे मगर जब इनसे मदद की गुहार माँगने जाओ तो पहले तो एक-एक बात कुरेद-कुरेदकर पूछेंगीं फिर टका-सा जबाव दे देंगी—'देखते हैं। हमारे स्तर पर क्या हो पाता है? हम पूरी कोशिश करेंगे तुम्हारी खातिर। ऐसे ही कैसे वह तलाक दे देगा तुम्हें? पहले हर महीने पैसा देने का बन्दोवस्त करना होगा उसे तभी कुछ सम्भव है। हाँ, गुजारा भत्ता तो जरूर दिलाएँगे तुम्हें, ये तो तुम्हारा मूलभूत हक है।'

मगर कैसे? वकील के पास सलाह मशवरा करने गयीं तो उसने भी एक मोटी सी रकम माँगी। क्या करतीं वह? कान के बुन्दे बेचकर पैसों की व्यवस्था की क्योंकि पति ने किसी के हाथों तलाक का नोटिस जो थमा दिया था उसे। अब तो आर-पार की लड़ाई का समय आ ही गया। कितनी दलीलें देती रही वह? हासिल क्या रहा? शून्य बटे शून्य। कौन सुनेगा उसे?

हिम्मत करके बच्चों को वह नोटिस दिखाया तो वे बोले— ' फाड़कर फेंक दो इसे। बस खामोश पड़ी रहो इस घर में। कोई राजनीति फाजनीति मत करो।'

सुनकर वह चुप लगा गयी। प्रतिवाद करने का मन नहीं किया तो क्या वह पत्थर बनकर पड़ी रहे यहीं, किसी शापित अहल्या की तरह? और इस पत्थर बनने को ही अपनी नियति मानकर जीती रहे वह? नहीं, वह उस मिट्टी की बनी ही नहीं। उसे याद आया, एक बार किसी इलाके में निर्मला बेन से मिली थीं जिन्होंने धनी ठेकेदारों के खिलाफ जमकर अपने दम पर संघर्ष करके अपने तालाब पर नियन्त्रण वापस पाया था। क्यों नहीं वह भी इसी तरह किसी स्वयं सहायता समूह से जुड़कर चार पैसा कमाने की सोचती?

सच तो ये है कि इन दिनों पैसों की खूब किल्लत होने लगी। किस मुँह से पति से पैसा माँगे वह? एक बार बच्चों से कहलवाया भी तो वहाँ से दो टूक जवाब पाकर सकते में आ गयी थीं वह—'अब जो भी पैसा मिलेगा, कोर्ट से ही मिलेगा।'

'हूँ ... सोचते ही तकलीफ और हताशा घेर लेती उसे। रात भर पसरे अँधेरे

को बैठे-बैठे पीती रहतीं। कभी आँसू पोंछती तो कभी बेचैनी का बड़ा-सा घूँट हलक से उतारती रहतीं। सुबह-सुबह गंजू का फोन आया था, चाहो तो विधायक जी से मिल लो। क्षेत्र के विकास हेतु कुछ धन राशि का जुगाड़ करती रहती है पार्टी, तुम अपने इलाके के विकास के बारे में बात करना।'

'पैसों की खातिर किसी के सामने हाथ फैलाना पसन्द नहीं मुझे। हाँ, मैं छोटा मोटा काम तलाश रही हूँ इन दिनों। कुछ मेरी खातिर काम धाम ढूँढ़ो या पार्टी स्तर पर ही कुछ हो सके तो ... वैसी नौकरी कर लूँगी जिससे महीने के महीने पाँच-दस हजार कमा सकूँ।'

'देखता हूँ। बात करके बताता हूँ। तुझे कितने चाहिए? कहो तो मैं तेरे खाते में दस हजार डाल दूँ?'

'नहीं, एकदम नहीं। जब वैसी नौबत आएगी तो जरूर माँग लूँगी।' स्वाभिमानी मृदु को ये कतई गवारा नहीं था कि वह जिस किसी से पैसा माँगती रहे। बेशक इन दिनों वह आर्थिक तंगी से गुजर रही है, मोबाइल में पैसे भरवाने हैं और हाथ में हैं महज दो हजार रुपये। इन्ही पैसों से ट्रेन का टिकट खरीदकर बहन के पास मेरठ जाने की बात सोच रही है। देर सवेर इस घर, द्वार, शहर और यहाँ का सब कुछ छोड़कर जाना ही होगा। उसकी तकलीफ का अन्दाजा यहाँ किसी को नहीं, इसीलिए तो वह किसी से भी ज्यादा बात नहीं करती। किस किसको सफाई देती रहेगी वह? कौन उसे सही ठहराएगा, कौन गलत? अड़ोसी पड़ोसी तो वैसे भी उससे कभी ज्यादा खुश नहीं रहे होंगे क्योंकि वह आम औरतों की तरह उनके घर जाकर इधर उधर की गप्पें नहीं हाँकती।

उसे गाड़ी में आते-जाते देखकर उसके चाल चलन पर टीका टिप्पणी जरूर करते होंगे वे। बच्चे जरूर सबके साथ खेलते थे मगर उनसे कौन सीधे-सीधे पूछेगा उसे लेकर?

गंजू का दुबारा फोन आया—'आज विधायक जी इसी शहर में आये हैं, शाम 6 बजे सहकारिता भवन में किसी अनाथ संस्था का उद्घाटन करेंगे। चलते हैं उनके पास, शाम को मिलते हैं उनसे, ठीक?'

उसने अनमने मन से हामी भर दी। मिल लेने में क्या हर्जा? चलो, देखते हैं।

शाम को वे विधायक जी के कार्यक्रम से पहले गेस्टहाउस पहुँचे जहाँ वे ऊँचे तख्त पर गावतियों के सहारे बैठे थे। आसपास 8-10 लोग आते-जाते दिख रहे थे। मृदु जैसी सुन्दर स्त्री को देखते ही तपाक से नमस्कार किया उन्होंने और फिर हाथ मिलाने के लिए पहल की तो उसने भी अपना हाथ बढ़ा दिया।

'कैसी है मैडम? फील्ड वगैरा में जाना होता है आपका? सुना है आपके बारे

में। मेहनती हैं आप और लगनशील भी। वैसे भी औरतों की बातें लोग वाग ध्यान से सुनते भी हैं।'

उनकी आवाज में सत्ता की हनक थी और चेहरे पर विशेष तरह का तेज कौंध रहा था। मृदु ने हिम्मत बटोरकर कहा–'सब कुछ आपके नेतृत्व में कर रहे हैं हम लोग।'

बीच में बात काटते हुए बोल पड़ा गंजू–'साब, इन्हें काम चाहिए, कोई भी काम जिससे तनखा मिल सके महीने के महीने। ग्रेजुएट हैं, कॉमर्स में।'

'हूँ .... मृदु की तरफ टेढ़ी निगाहों से देखते हुए वे उसकी मानसिकता ताड़ रहे थे या कुछ और सोच रहे थे। थोड़ी देर बाद बोले– 'गंजू, मैडम को अन्दर वाले कमरे में ले जा तू। अलग से बात करता हूँ मोहतरमा से। अब जब ये खुद चलकर आयी हैं तो कुछ न कुछ तो करना ही पड़ेगा इनके वास्ते।'

धुकधुकी, बेचैनी और बदहवासी के मारे बुरा हाल था उसका। अजीब मुसीबत में फँसा दिया इस गंजू ने उसे यहाँ लाकर। इसकी नीयत तो ठीक नहीं लगती मुझे। पाँचेक मिनट बाद उन्होंने मृदु को भीतर वाले कमरे में बुलवाया।

'क्या गजब ढा रही हैं आप तो...' देखते ही लार टपकाती टोन में बोल पड़े वह।

'देखिए, हमारी सरकार की कई ऐसी योजनाएँ हैं जो महिलाओं के लिए बनी हैं और महिलाओं द्वारा ही चलायी जाती हैं। तुमको वहाँ काम मिल सकता है। हमारी पार्टी की सरक़ार के सख्त आदेश हैं कि पिछड़े वर्ग या दलित औरतों से ही ऐसे काम कराये जाएँ।'

विधायक जी की बात सुनकर उसने राहत की लम्बी साँस खींची। फिर हाथ जोड़कर मुलायम आवाज में कहा–'जैसा आपका हुकुम होगा, जैसा आप कहेंगे, हम वही अच्छे ढंग से करके दिखाएँगे आपको। कभी किसी शिकायत का मौका नहीं देंगे आपको।'

'जैसा हम चाहें, वैसा कर पाओगी तुम? और वो भी अच्छे ढंग से, ऐं? इस बार उन्होंने होंठ चबाते हुए पास आते हुए आँखों में आँखें डालकर पूछा–' क्या सच कह रही हो चाँदपरी? कितनी प्यारी, कितनी भोली हो तुम। कितनी सुन्दर तो आँखें हैं तुम्हारी, बिल्कुल निष्कलुष, नयनतारा नाम होना चाहिए तुम्हारा तो।'

'क्या मतलब?' इस बार उसे सब कुछ समझ में आ गया था।

'मैडम, तेरे जैसी तमाम औरतों के खाने-रहने का इन्तजाम किया जाता है हमारे यहाँ मगर कुछ मेरी खातिरकारी की भी तो सोच। मुझे खुश कर दे बस। बाकी बातें मेरे ऊपर छोड़कर निष्फिकर होकर जा तू। मैं हूँ न तेरा खयाल रखने वाला? समझी? जो कहेगी, सो करूँगा तेरे वास्ते।'

'धन्यवाद साहब ... हाथ जोड़कर नमस्ते करते हुए वह बाहर निकलने का रास्ता तलाशने लगी। गुस्से के मारे भीतर जमा खून खौलने लगा। मन में आया—साले को चार गाली देकर बाहर निकलूँ मगर अपने को भरसक शान्त रखने की कोशिश करती रहीं।

'साहब, माफ कर दीजिए हमें।' कहते हुए वह एक झटके से दरवाजा खोल बाहर निकल आईं खुली हवा में साँस लेने।

विधायक के तो जैसे होश उड़ गये। ऐसा अब तक के जीवन में कभी नहीं घटा होगा उनके साथ। लगा जैसे एक अदनी-सी स्त्री ने उन्हें पटखनी देकर जमीन पर ला पटका हो। वह उसे नीचा दिखाकर चलती बनी, पल भर के लिए तो वे हतप्रभ रह गये फिर उनके हाथ तेजी से मोबाइल पर रेंगने लगे।

मृदु के भीतर लावा खदक रहा था। गुस्सा, आक्रोश और नफरत के मारे एक एक कदम जमीन पर रखना भारी पड़ रहा था। कितनी बेइज्जती की है इसने। अगर वह उसी पल झटपट फैसला लेकर बाहर न निकली होती तो आज वह उसके बलात्कार की शिकार हो सकती थी। गुस्से से तमतमाता चेहरा लिये वह बाहर खुले आसमान के नीचे निकल आयी जहाँ सूरज पूरे तापमान के साथ आसमान में टँगे अपनी चमक बिखेर रहे थे। धूप भरे आकाश तले अकेले ही चलना होगा उसे, कोई नहीं है उसका सच्चा साथी। आज सबकी कलई खुल गयी। जो भी हुआ, ये भी एक सबक था उसके जीवन में। यानी कोई भी निःस्वार्थ भाव से कुछ भी तो नहीं करता उसके लिए। जाहिरा तौर पर गंजू को भी इसका अहसास रहा होगा तभी तो वह ऐन मौके पर न जाने किस पतली गली से कहीं निकल भागा वरना उसे तो उसका इन्तजार करना चाहिए था। वही साला, दो टकिया उसे यहाँ इसकी ड्योढ़ी तक खींचकर लाया था। तो क्या उसे जरा भी इसकी नीचता का अन्दाजा नहीं था। या फिर गंजू ने सोच लिया कि अपने हितों की खातिर मैं उसकी अंकशायिनी बनने को तैयार हो जाऊँगी। सबसे ज्यादा तकलीफ तब हुई जब अपने खास समझे जाने वाले गंजू ने भी उसे महफिल का टॉपिक बना दिया। बस इसी पल से एक जिद-सी सवार हो गयी कि चाहे जो हो जाए मगर इससे किसी कीमत पर बात नहीं करनी है। बाहर इन्तजार करते लोगों ने उसे कितना सस्ता, कितना बाजारू और कितना चीप समझा होगा। बाप रे! तो इन सबकी असली सूरत ये है। बाहर लोगों की राय इन्हें लेकर जो भी है, वह सही तो है। पुंज ने कितनी सही टिप्पणी की थी—

'ये साले दो टकिए घटिया लोग हैं, महत्त्वाकांक्षा की मारी औरतों को हस्तगत करके अपने हित में भुनाना इनकी आदत पड़ चुकी है। पार्टी के हितों की बड़ी

बड़ी बातों में बरगलाकर ये बड़े आराम से औरतों को अपनी बैडरूम की शोभा बनाते हैं। औरतों को लेकर इनकी मानसिकता इतनी क्षुद्र, सँकरी और सड़ी-गली है कि तुम कल्पना तक नहीं कर सकतीं। तुम जैसी औरतें ही इनके शोषण का शिकार होती हैं और बड़े आराम से इनके बिस्तरों तक पहुँच जाती हैं। समझीं?'

ये बात एकदम सही कही थी उन्होंने लेकिन तभी एक और विचार आया।

हम जैसी मजबूत, आत्मविश्वासी और तेजतर्रार स्त्री से वास्ता नहीं पड़ा होगा उनका तभी ऐसी घटिया और ओछा बर्ताव बढ़ता गया इसका। बताती हूँ इसको, साले को ऐसा सबक सिखाऊँगी कि चार लोग तमाशा देखते रह जाएँगे। अच्छा रहा, उस वक्त मोबाइल ऑन रह गया सो साले की आवाज मोबाइल पर टेप हो गयी। अगर चैनल वालों के पास इसकी आवाज पहुँच जाए तो, तो, फिर क्या था? इसकी वर्षो से जमी जमायी साख पर बट्टा लग जाएगा। हर आदमी तो बदनामी से डरता है आजकल, खास तौर पर पॉलिटिशियन।'

मृदु अपनी इस सोच पर मुस्करायी फिर तनिक ठहरकर सोचा—अभी इतनी जल्दवाजी ठीक नहीं। एकाध दिन में ठंडे दिमाग से सोचकर ही फैसला लेगी वह, तभी किसी नतीजे पर पहुँचूँगी। देखते हैं, आगे-आगे होता है क्या क्या?

हम जैसा सोचते हैं, वैसा जिस किसी वजह से होता नहीं और जो-जो होता है, जैसा-जैसा हमारे संग घटता है, वैसा हमने कभी सोचा नहीं होता। कितना बड़ा रहस्यभरा संसार है ये। न जाने कितनी तरह से सोचा विचारी करती रहीं वह। घर पहुँचते ही वहाँ का सीन देखकर कँप गयी थीं वह, किसी अनहोनी की आशंका में सिहर उठीं। ड्राइंगरूम में उसके बहनोई, भाई और भतीजे बैठे थे। अन्दर से आती नौकरानी चाय-पानी की ट्रे लिये हुए बाहर निकली और उसे देखते ही बड़बड़ाना शुरू कर दिया—

'आपको पहले से बताना चाहिए था कि आपके यहाँ मेहमान आने वाले हैं। अपुन उसी हिसाब से बाकी घरों में न जाकर आपके यहाँ ही किचन सँभालते। अब मुझे देर हो रही है। भैया जी ने आपका पता करने कई जगह फोन लगाये। कहाँ थीं आप?'

'चल, तू अपना काम खत्म कर जल्दी से चली जा यहाँ से।' कहकर वे ड्राइंगरूम में लौट आयीं जहाँ सब उसे लेकर बतिया रहे थे। मृदु को देखते ही गुस्से में भरी भैया की आवाज सुनाई पड़ी—

'कितनी बार कहा, जहाँ कहीं भी आया-जाया कर, बताकर जाया कर मगर तू है कि आवारा की तरह कहीं भी मुँह उठाकर चल देती। बता इन्हें साफ-साफ, कहाँ गयी थी तू? ये कहते हैं, तू हर वक्त झूठ बोलती है कि पार्टी के काम से

फील्ड पर गयी थी। फील्ड में भी किस जगह, किन लोगों के बीच? बताती क्यों नहीं? साफ-साफ बता न?'

बिना एक पल गँवाए वगैर वह तपाक से बोल पड़ी— 'अब इन बातों से क्या लेना-देना रह गया भैया? जब इन्होंने तलाक का फैसला ले ही लिया है, तो मैं कहीं भी आऊँ-जाऊँ, हर पल का हिसाब देना जरूरी है क्या? अगर जरूरी भी है तो उसे हिसाब दूँ जो हमारा कुछ लगता हो, इस लायक तो हो।'

'तेरे से तो बात ही करना बेकार है। अरे! साफ-साफ क्यों नहीं बताती—कहाँ थी तू?'

'आप पूछ रहे हैं तो बताए देती हूँ। गयी थी विधायक जी के पास बस्स और भी कुछ?' उसके मुँह से दोटूक जवाब सुनकर वे सन्न रह गये।

अचानक माहौल में चुप्पी का चँदोवा तन गया। किसी से कुछ कहते-सुनते नहीं बना। पाँचेक मिनट बाद वे वहाँ से जाने लगे। जाते वक्त मृदु के बेटे ने उनके पैर छुए तो वे उसके सिर पर हाथ फेरते हुए बोले— 'तरक्की कर तू। बस, अपने करियर की परवा कर। किसी से भी ज्यादा उम्मीद मत कर। समझ रहा है न?'

मृदु को जाना कहाँ था और कहाँ आ गयी? न, शायद ये सच नहीं है। यहीं आना था लेकिन बहुत सालों पहले।

बहनोई के यहाँ गृहप्रवेश पार्टी में भाग लेने के लिए घर से निकली थीं वह, उसके बाद का किसी को पता नहीं। आखिर वे गयीं तो गयीं कहाँ? न जाने कहाँ गुम हो गयीं वह? सुनने में तो ये भी आया था एक उड़ती खबर कि इस बीच उन्होंने किसी नेशनल चैनल वाले से सम्पर्क साधा था। चैनल वाले से वे मुँहमाँगा पैसा वसूलना चाह रही थीं। वो इन्हें दो लाख देने को तैयार भी हो गया था लेकिन मृदु ने सोचा, जब ये इतनी आसानी से दो लाख देने पर राजी है तो इतनी सनसनीखेज खबर के तो उसे मुँहमाँगे दाम मिलने चाहिए। इसी बीच किसी और चैनल वाले से सम्पर्क साधने शुरू कर दिये, तभी पहले चैनल वाले ने झटपट ब्रेकिंग न्यूज दिखानी शुरू कर दी कि अचानक दूसरे चैनल वाले ने पहले वाले को धर दबोचा।

खबरें तो वैसे भी हवा से भी तेज गति से उड़ा करती हैं। राजनीतिक हलकों में इस ब्रेकिंग न्यूज से तहलका मचना अभी शुरू भी नहीं हो पाया था कि अचानक जिस राजनेता के साथ उसकी बातचीत दर्ज थी, उसी के चमचों ने चैनल वालों की घेराबन्दी शुरू कर दी। तोड़-फोड़ और हुड़दंग मचने लगा कि अचानक से ' सत्ता, षड्यंत्र और सेक्स का भंडाफोड़' जैसी ब्रेकिंग न्यूज को तत्काल प्रभाव से रोक दिया गया। ऐन मौके पर पार्टी के प्रवक्ता का बयान भी आ गया—'ये

बेहद मामूली खबर है जिसे लेकर हमारे नेताजी को शिकार बनाने की कुचेष्टा की गयी। मृदु जैसी महत्त्वाकांक्षी औरतें येन केन प्रकारेण पार्टी दफ्तर के चक्कर काटती रहतीं। वे पूरी तरह निर्दोष हैं और जल्द ही पूरी सचाई जनता के सामने आ जाएगी। सारी बातें झूठी और फर्जी हैं और उन्हें जानबूझकर तोड़-मरोड़कर तैयार किया गया है। निश्चित तौर पर पार्टी दफ्तर में महिलाओं की आमद जिस रफ्तार से बढ़ने लगी है, उसे देखते हुए विपक्षी दल साजिश रचकर इस मामले को नाहक तूल देने में लगे हैं। हमारे बढ़ते जनाधार से घबड़ाकर ऐसा कुचक्र रचा गया है जबकि इस समय हमारे माननीयजी विदेश दौरे पर हैं।'

खबर रुकवा देने से भी उठता बवंडर थमने का नाम नहीं ले रहा। बयान का खंडन-मंडन किया जाने लगा, बावजूद इसके, मृदु को महज एक मोहरा बनाकर विपक्षी दलों ने उसे अपने साथ मिलाने का प्रस्ताव भेजा। पार्टी के अहम पद पर बिठाकर उसे लोकसभा उपचुनाव में उम्मीदवार बनाकर उतारने की तैयारियाँ की जाने लगीं। वहाँ दलितों, पिछड़ों और स्त्रियों के जातीय समीकरण बिठाये गये।

साढ़े चार साल सत्ता में रहने के बावजूद पार्टी के खिलाफ सत्ताविरोधी माहौल का फायदा उठाने की बावत उसे उतारने का निर्णय ले लिया गया। सन्देश साफ था– विपक्षी पार्टी से हाथ मिलाने के पुरस्कार स्वरूप उसे टिकट दिलाकर आगे बढ़ने का रास्ता साफ कर दिया गया।

नेताओं की छवि ही सबसे ज्यादा बिकती है। चुनावों में नेता की पाक साफ छवि का ही बोलबाला होता है। सत्तापक्ष से जुड़े नेता के खिलाफ पुख्ता सुबूतों को भुनाने का सबसे अच्छा मौका होता है—चुनाव, जहाँ हर आदमी बढ़-चढ़कर अपने अपने नेताओं की भरपूर प्रशंसा कथा बाँचता फिरता है। ऐसे में सबसे बड़ा संकट यहीं पर आन खड़ा हुआ। विश्वसनीयता के संकट ने सत्तापक्ष के सामने विशाल चुनावी खाई पैदा करने में कोई कसर नहीं छोड़ी। अब वे नेता यहाँ से कहाँ तक और कैसे वोट माँगने जनता के आगे जा पाएँगे? इस बार पार्टी ने उन्हें टिकट नहीं दिया सो उन्हें अपनी नैया डूबती नजर आयी। जिस क्षण वे अपने चमचों से घिरे चुनावी जोड़ तोड़ में समय और ऊर्जा गँवा रहे थे, ठीक इसी वक्त मृदु अपने लावलश्कर के साथ उनके जनाधार में सेंध लगानी शुरू कर चुकी थी। पिछड़ों, दलितों और महिलाओं का वोट बैंक उसके समर्थन में था। न जाने क्यों मृदु को यह भी लगता कि लोगों का उनके प्रति अटूट भरोसा है, इसी नाते उसे यह भी लगता कि वे जनता के बीच स्वीकार्य नेता के रूप में ताजपोशी करेंगी।

अपने-अपने बँगलों में वर्षो से विराजमान नेताओं को जब तक इस सचाई का अहसास होता, तब तक काफी देर हो चुकी थी। दल के सर्वेसर्वा और रोज-रोज

सच्चे-झूठे वादे करने वाले नेताओं से जनता त्रस्त हो चुकी थी, ऐसे में जब वह राजनेताओं के मुखौटे उतार अपनी खनकती जुबान में जनसभा में प्राण फूँक देतीं तो सभी को उसके दमखम पर यकीन होने लगता। औरतों के प्रति खासी संवेदनशील मृदु जमीनी स्तर पर सक्रिय तो सालों से थीं, सो महिलाओं की समस्याओं को चुटकी से हल करने के प्रति कटिबद्ध वे उन औरतों के गले मिलकर उनके आँसू पोंछतीं और सबके सामने स्त्रीशक्ति की सम्भावनाओं पर भाषण देने लगतीं। हिन्दी पट्टी में किस तरह महादलितों, पिछड़ों और अति पिछड़ों को अपनी तरफ खींचा जा सकता है और कैसे एक औरत एक साथ कितनी सारी भूमिकाएँ बखूबी निभा सकती है, इस बात पर खासा बल देकर आम लोगों से लगातार मिलती रहीं वह।

तभी पुराने चैनल वाले ने अचानक उस पर सीधे-सीधे हमला बोल दिया—दो लाख में बिकी मृदु पुंज। अपने पति और दो बच्चों को छोड़कर अमुक-अमुक नेता संग महीनों से गायब मृदु की अक्षमता और अनुभवहीनता की खबरें जोर शोर से प्रसारित की गयीं। टीवी चैनलों के जरिए पार्टी को नीचा दिखाने की टिप्पणी से आहत मृदु बगैर किसी को कुछ बताये न जाने अचानक कहाँ चली गयीं। क्या ये उनका एकान्तवास है? मीडियावाले इस खबर को टटोलने लगे और कहानियाँ बनाकर जनता के सामने सच्चे-झूठे किस्से परोसने में जुट गये।

क्या ये सब मृदु का स्वप्न था या हकीकत? वह तय नहीं कर पा रही। कहाँ जाए वह?

मृदु इन दिनों हर वक्त सन्देह, अनिश्चितता और दुविधाओं के भँवर में घूमती रहतीं। कुछ भी तो तय नहीं हो पा रहा। आखिर कहाँ जाए वह? कौन-सा रास्ता चुनना ठीक रहेगा? पतझर में झरती सूखी पत्तियों को गमगीन आँखों से देखते हुए सोचती रहतीं—पहले उसका जीवन हर तरफ से सुरक्षित था। सामाजिक दृष्टि से ऊपर से चमचमाते जीवन का झीना आवरण था जो अब नहीं रहा। सो अब तो मुझे खुद ही तय करना होगा अपने भावी जीवन की दिशा। अपने जीवन की खुल रही दिशाओं में से कहाँ जाए वह? कौन-सा रास्ता पकड़े और किसे छोड़ दे?

उसे ज्यादातर लोगों का जीवन कई हिस्सों में बंटा नजर आता। एक वे लोग जो घरनुमा पिंजड़े के अन्दर लड़ते-झगड़ते, रोज-रोज जीते-मरते, फिर एक दिन इस दुनिया से चुपचाप खारिज कर दिए जाते। ज्यादातर जोड़ों में से किसी एक को अपने सपने या महत्त्वाकांक्षाओं की बलि चढ़ानी पड़ती और स्त्रियाँ तो चुपचाप जिन्दगीभर गुलामी में जीने को नियति मानकर जीती रहतीं, हँसती रोती, झींकती, कुढ़ती, चिढ़ती, मरती-कुटतीं और चिड़चिड़ाते हुए सारी उम्र निकाल एक दिन इस

दुनिया को अलविदा कर देतीं। उम्र सरकने का बोध भी उनके अन्दर कभी कभार खलबली मचाता पर अपने आसपास ऐसे ही लोगों को देखकर वे संतोष से भर उठतीं—चलो, जो भी है, जैसा भी है, अलाँ फलाँ से तो बेहतर है।

मृदु को लगता, वह दूसरी तरह के लोगों में शुमार है जिनके दुख तकलीफें कभी पीछा नहीं छोड़तीं। उसके जैसी स्त्रियाँ अपने-अपने सुरक्षित दड़बों को फाँदकर बड़ी हिम्मत से बाहर निकलीं हैं लेकिन खुद को बचाए रखने की कवायद में उनका तन-मन जाने कितने टुकड़ों में बँट गया है। धीरे-धीरे उसकी आत्मा का सत्त्व भी निचुड़ जाएगा। उसके वे आजाद खयाल, मूल्य, मान्यताएँ, नैतिक चेतना वगैरा भी पहले जैसी कहाँ रहीं अब? बाहरी परिस्थितियों से लड़ते-भिड़ते वे अक्सर अपने अकेले पड़ने के दर्द से कराह उठतीं लेकिन मनुष्य होने का अहसास तो उनमें अभी भी जिन्दा था लेकिन कुछ कर गुजरने की उद्दाम भावनाएँ धीरे-धीरे सूखती जातीं। बेशक वे घर-गृहस्थी के पिंजड़े में कैद आमजनों की तरह जड़ और बीमार मानसिकता से ग्रस्त तो नहीं रहतीं लेकिन हर वक्त जानलेवा असुरक्षा का भय उन्हें अन्दर ही अन्दर कुतरता रहता। धीरे-धीरे उनकी अन्दरूनी सबलता जाती रहेगी—तो क्या उसका भी ऐसा ही खोखला, अकेला और असुरक्षित स्त्री में कायान्तरण हो जाएगा एक दिन? पता नहीं।

गरीब और बेसहारा बच्चियाँ चलाने वाली संस्था 'मानसी' की मालकिन अवन्तिका राठौर से मुलाकात भी एक संजोग की बात थी, उस दिन जब वे अपनी बहन के यहाँ गृहप्रवेश की पार्टी में जा रही थीं।

ट्रेन का टिकट लेकर वह वेटिंग रूम में बैठ गयीं तभी एक भारी भरकम देहयष्टि वाली स्त्री बाथरूम से निकली। अपने ही तनाव से लिथड़ती मृदु आँखें मींचे कुर्सी पर बैठी थी। पाँचेक मिनट बाद वे उसके बगल में बैठ गयीं। फिर वहीं बैठकर फोन पर ही अपनी संस्था मानसी से जुड़े लोगों को निर्देश देने लगीं।

'इन बच्चियों को इनके अपनों ने ही छोड़ा है। इन्हें ज्यादा से ज्यादा प्रोटैक्शन की जरूरत है। सोचो जरा, इतनी-सी उम्र में ये बच्चियाँ अपने-अपने घरों में रहने का लोभ छोड़कर बाहरी दुनियाँ में निकल आयी हैं सो उनके अन्दर संघर्ष का जज्बा तो भरपूर है। अरे भई, समझा करो। ज्यादातर तो अपनों की ही सतायी हुई हैं। किसी का बलात्कार उसके चचेरे भाई ने किया है तो किसी का सौतेले बाप ने। अरे भई! छात्र संगठन में राजनीति की है न, सो जनसेवा ही मेरा पहला प्यार है। पेशे से डॉक्टर होने के नाते उनकी स्वास्थ्य सुविधाओं पर विशेष ध्यान दूँगी। अच्छा! अब रखती हूँ। हाँ, सुनो, मेरी ट्रेन पूरे पाँच घंटे लेट है।' सुनकर लगा जैसे इस आवाज से वाकिफ है वो। ध्यान से उनकी पूरी बात सुनकर मृदु की सोयी

चेतना जाग गयी। बिना एक पल गँवाए वे झटपट बगल में बैठी महिला की तरफ ध्यान से देखने लगीं फिर कुछ याद आया तो पूछना शुरू किया–

'आपकी आवाज कुछ जानी-पहचानी-सी लग रही है। क्या आप कभी पिछोर, शिवपुरी या आसपास के एरिया में रही हैं?'

'हाँ, मेरी नानी और मामा जी वहीं के हैं। दो-चार बार बचपन में कभी गयी थी।'

'कहीं आप रामकिशुन चाचा के यहाँ तो नहीं जाती थीं? मेरे पापा के दोस्त थे वे, मैं उन्हीं की बेटी मृदु... आपको देखा है काफी पहले, शायद पन्द्रह साल हो गये होंगे।'

'अरे हाँ! कितनी बदल गयी हो तुम तो। सुनती रहती थी तुम्हारे बारे में, शायद किसी पॉलिटिकल पार्टी की मेम्बर भी हो न? अखबारों में आये दिन आता है तुम्हारा नाम...'

बस फिर क्या था? मृदु ने अपनी पूरी व्यथा कथा उन्हें विस्तार से बतायी। अवन्तिका जी ने छूटते ही कहा–'मानसी' संस्था है हमारी, इसी को संभाल लो। हमें तुम्हारे जैसे भरोसेमन्द साथी की जरूरत है जो इन बेसहारा बच्चियों को अपनों सा प्यार दे सके। जीवन तो संजोगों से बनता है मृदु। सो अपने भीतर बची खुची चेतना को ताकत में बदल डालो। तुम्हारे भीतर तो नीलगगन के ओर-छोर लाँघने का माद्दा है। माया-मोह के झंझटों से ऊपर उठकर सोचोगी तभी तुम इस विशाल आकाश में पंख पसार अपने को विस्तारित करने में कामयाब हो पाओगी। मैं हूँ न तुम्हारे साथ? फिर चिन्ता काहे की? वैसे तो तुम्हारे माथे पर लिखा है तुम्हारा साहस।

न तो जर्जर समझो खुद को, न ही कच्ची मिट्टी की बनी हो तुम जो जल्दी से गल जाओगी। समझीं? नो रोना धोना प्लीज। क्यों नहीं तुम अपने भीतर झाँकतीं कि तुमने कुछ भी गलत नहीं किया, हाँ, लीक से हटकर करने की चाहत कोई बुरी बात तो नहीं है। अपने से यही सवाल बार-बार पूछो कि क्या तुमने किसी का जानबूझकर अहित किया है, किसी का भी नही। हाँ, अपने मनुष्य होने के विशिष्टता बोध को जिन्दा रखा है तुमने और ये तुम्हारा हक बनता है कि तुम पूरे उल्लास से जाड़े की खिलती धूप की तरह अपने भीतर के सूखेपन को फिर से हरा-भरा करो। याद रखो, जब तक तुम अपने भीतर से सुखी और प्रसन्न नहीं रहोगी, तब तक तुम बाहरी लोगों को भी सुखी नहीं बना पाओगी। जो तुम्हारे भीतर होगा, वही तो बाहर फिकेगा न? अपने को शान्त रखो और राजनीतिक करियर के बारे में भी ठंडे दिमाग से फैसला करो। यूँ आसानी से मैदान नहीं छोड़ना है तुम्हें। समझो अपने को। तुम्हारी जरूरतों का हम पूरा खयाल रखेंगे। खाने-रहने के अलावा दो अखबार भी मिलेंगे

तुम्हें। और कोई बात हो तो बताओ।'

'अब तक तो मैं यकीन ही नहीं कर पा रही कि ईश्वर इतना बड़ा चमत्कार करेंगे मेरी जिन्दगी में? आपका मिलना किसी जादुई चमत्कार जैसा लग रहा है मुझे। सचगुच!'

'एक बात की गाँठ बाँध लो, अन्दरूनी सुख और आशावान भविष्य के सूखे पड़े बीजों को उर्वर होने के लिए जगह देनी होगी तुम्हें। उन्हें हवा-पानी और धूप दिखाओगी तभी तो खुशियों की लहलहाती फसलें उगेंगी। आशा के फूल खिलेंगे जिसका उजास फैलेगा तुम्हारे जीवन में। ठीक?'

उस संस्था से जुड़कर ही वह सही मायने में अपने दुख से उबर पायीं। फिर क्या था, एक झटके से भीतरी अवसाद से बाहर निकल आसमान की खिलती धूप रास आने लगी थी उसे। अनायास लगा, अरे! आसमान की नीली आभा अभी भी कितनी स्पृहणीय है। ये हवाएँ कितनी निर्द्वन्द्व हैं। कुदरत का दिया कितना कुछ कितना प्यारा है हमारे आसपास और कमी तो हमीं में है जो उसे देख नहीं पा रहे।

उसके कमरे में दो तरफ से खिड़कियाँ थीं जिसमें से वह आसमान के बदलते रंगों को देखतीं। कमरे के बीचोंबीच पड़ी रहतीं दो बेंत की कुर्सियाँ, एक मेज-कुर्सी, ट्रांजिस्टर और एक टीसेट। कभी उस तख्त पर पड़े-पड़े उसे नींद नहीं आती तो कभी कभार झपकी लेते हुए ही नींद पूरी कर लेती तो कभी यहाँ-वहाँ से आते समाचार सुनकर विचलित होकर करवटें बदलती रहतीं। सोती मुद्रा में जागतीं तो जागते-जागते झपकी लेकर सो जातीं और जगने से पहले दो-तीन बार घड़ी देख लेतीं। इसी दौरान उसके कमरे में अक्सर एक बिल्ली आती जाती रहती जिसके लिए उसने कटोरे में दूध भरकर रखना शुरू कर दिया। उसे चुपचाप दूध पीते देखकर एक अजीब तरह की तृप्ति महसूसतीं। सुख का एक टुकड़ा जेहन में तैरने लगता, पुराने दिनों का टुकड़ा।

उन बच्चियों को पढ़ाती-लिखातीं तो कभी उन्हें कहानियाँ सुना सुनाकर खूब हँसातीं। उनके जीवन की पीछे छूट गये आधे अधूरे किस्सों को उनके मुँह से सुनतीं और फिर सोचतीं—क्या इन सबकी जिन्दगी उससे बेहतर है? क्या इनके भीतर कभी कोई दुविधा नहीं व्यापती होगी? कोई कँटीला सवाल इन्हें लहूलुहान नहीं करता होगा? जरूर करता है तभी तो उस दिन वो उज्ज्वला कह रही थीं—'मैडम, उस राक्षस के चंगुल से इन्हीं डॉक्टर मैडम ने बचाया है। रात के अँधेरे में आँखों में पट्टी बाँधकर ले जाता था मुझे... फिर रोज... उसे इसी यातना से गुजरना पड़ता जैसे कोई धारदार चाकू उसकी देह में घुसेड़ा जा रहा हो। वो तो एक दिन वह प्रेग्नेंट हो गयी और इनके पास लायी गयी तो मौका पाते ही मैंने पूरी

दास्तान उन्हें सुना दी। न, कोई डर नहीं लगा मुझे। मरने से भी ज्यादा यातना भुगतती थी रोज-रोज, सो सोचा मरने से पहले अपनी पूरी कहानी सुनाकर ही मरूँ। वो तो मैडम पावर फुल हैं, पुलिस प्रोटैक्शन में रखा गया मुझे। हाँ, वो सबके सब पकड़े गये। उनमें से एक तो मेरा फुफेरा भाई ही था, साला हरामी, कुत्ता...' कहते हुए उसने ढेर सारा थूक वहीं उगल दिया। उसकी नफरत देखकर वह सन्न रह गयी।

उसकी आत्मा हर पल पीछे छूटे बच्चों के लिए कचोटती तो कभी कभार अपराध बोध भी उपजता। तब उसे लगता—उसका जीवन कितना बोझिल है और कितना निरर्थक भी। वह किस पर भरोसा करके राजनीति में जाए अब? न, राजनीति से दूर रहना ही ठीक। तभी उन बच्चियों का चेहरा याद कर लेतीं जिन्होंने न जाने कितने कष्टों को इस अबोध अवस्था में भोगा है। क्या-क्या घटता रहता है हमारे आसपास? आम लोग तो इनकी नोटिस भी नहीं लेते। रह रहकर वह मौजूदा हालातों पर सोचने पर विवश हो जातीं।

केन्द्र में जहाँ स्थिर सरकार टिकी थी मजबूत पाँवों पर तो प्रदेश में मिली-जुली सरकार। मुख्यमन्त्री की महानता का ओढ़ा हुआ मिथक टूटने लगा था धीरे-धीरे। सरकारी खजाने से बड़े-बड़े भवनों, किलों और बाजारों के नवीकरण में पानी की तरह पैसा उलीचा जा रहा था। दिखावे के तामझाम में जनता को बरगलाया जा रहा था और जनता थी कि रोजमर्रा की कठिनाइयों में ही जी हलकान करतीं रहती। कस्बों, गाँवों में आये दिन प्रेम सम्बन्धों की बर्बरता के नमूने देखने को मिल जाते। कस्बाई भावुकता धीरे-धीरे अपनी केंचुल उतारती जा रही थी। वहाँ आश्चर्यजनक तेजी से चैनलों की भरमार से लोग टीवी से चिपके रहते और सीरियलों की चर्चा से अपना सामान्य ज्ञान बढ़ाने में लगे रहते। परिवारों के बीच आत्मीयता की जगह ले ली थी पैसों की मारकाट ने और बेईमानी से ज्यादा से ज्यादा पैसा कमाने की होड़ लग गयी थी। शहरातू लड़कियों को मात देने के लिए किसी भी हद लाँघने को तैयार हो रहीं थीं वहाँ की लड़कियाँ। जिसे शारीरिक, नैतिक पतन मानकर लड़की को पापिनी, कुलच्छिनी कहा जाता था, उस मायने में ऐसी लड़कियाँ शहरातू लड़कियों को जल्दी से जल्दी पीछे धकेल देना चाहती थीं। मुख्यमन्त्री किसी फीके पड़े धूमिल ब्राण्ड की तरह पुरानी नीतियों के सहारे सियासत चलाने में मसरुफ रहते और जब भी जनसभा के बीच वे हाथ जोड़े आते तो एक ही बात दुहराते हुए नहीं थकते—'मैं तो आप सबका सेवक हूँ। कोई भी वादा करूँगा, निभाने के लिए प्राणपण से ताजिन्दगी जुटा रहूँगा। आपके कठघरे में कैद आपका पालतू जीव हूँ मैं तो। आपकी आज्ञा सिर माथे पर।' अपनी

लच्छेदार मलाईदार परतों की बातों के सम्मोहन में जनता फिर से आ जाती और खराब स्कोर वाले मुख्यमन्त्री फिर से जिता देती जनता।

समाचार जनमत में पत्रकार ने साफ-साफ लिखा था कि आम तौर पर गम्भीर मुद्रा ओढ़े रहने वाले मुख्यमंत्री ने पिछले महीने गजेन्द्र की पीठ पर हाथ रखते हुए प्रसन्न मुद्रा में पूछा था—'पार्टी हित को सबसे ऊँचे रखना गुरु। चुनाव के दौरान तुम्हारी अगुवाई में ही इस क्षेत्र से जीत हासिल करनी है हमें, सो गम्भीर योजनाओं को कागजों पर नहीं, जनता के बीच जाकर अमल में लाकर दिखाना होगा। उत्साह भरो पार्टी में। अरे! तुम्हारी वो छैलछबीली नहीं दिख रही जिसे देखने के लिए आँखें तरसती थीं हमारी। उसका होना किसी करिश्मे से कम नहीं था। सुन्दर औरतों को देखने के वास्ते जनता खिंची चली आती है, नहीं?'

'मगर उसका तो कोई अता-पता नहीं चल पाया सर जी। पिछले दो-तीन महीने कोई सम्पर्क नहीं रहा। या तो उसने अपना मोबाइल नम्बर बदल दिया या फिर राजनीति से संन्यास ले लिया, शायद कहीं बाहर चली गयी, सुनने में आया है।' सिर के बाल खुजलाते हुए वो कुछ सोचने की मुद्रा में नजर आया।

'हूँ, करो कुछ न कुछ, अता-पता तो करो न? जाएगी कहाँ वो? होगी यहीं कहीं, जहाँ भी हो, पार्टी में वापस लाना तुम्हारा काम है, समझे?' अपने चिरपरिचित लहजे में बोले वे।

पढ़ते-पढ़ते सोच में डूब गयी वो। समय की कितनी बड़ी बिडम्बना है कि ये वही गंजू है जो आज विकल्पहीनता के चलते पार्टी की डूबती नैया को उबारने के लिए मृदु को वापस लाने की तैयारी में है लेकिन उसका तो अब इन सब बातों से जी उचट चुका था। एक ऐसी स्त्री जो कभी सुख सुविधा सम्पन्न घर में रहकर जब बाहर की भीड़भाड़ भरी चकाचौंध वाली दुनिया में कदम रखती है तो फिर वह वह नहीं रह जाती जो कभी थी। धीरे-धीरे वक्त के हाथों खुद को खँडहर बनता हुआ देखती रहतीं और सोचती रहतीं गुपचुप। इस अनजानी और गुमनाम-सी जगह पर उसके रहने-खाने का बन्दोवस्त होता गया लेकिन बदलती राजनैतिक दुनिया के हालातों से बाखबर रहतीं मगर सामाजिक न्याय, सुशासन और कल्याण योजनाओं को अमल में लाकर विकास की सम्भावनाओं जैसे भाषणों से मिले खोखले जनादेश के प्रति वितृष्णा से होठ टेढ़े किए रहतीं।

न वह खुद को इस लायक समझतीं कि वह पग-पग पर समझौते दर समझौते करती रहे और सौदेवाजी की राजनीति में मोल-तोल करके येन केन प्रकारेण अपनी जगह बनाए रखने में जुटी रहे। बेसहारा बच्चियों के लिए बनाये गये इस आश्रम में रहतीं। उनके लिए खाना बनातीं और उनकी पढ़ाई की व्यवस्था देखतीं।

बचा खुचा समय आसपास के क्षेत्रों में पेड़-पौधे लगाने हेतु जागरण अभियान चलाती। जमीनी स्तर पर आम स्त्रियों के बीच जाकर लोकप्रियता कैसे हासिल की जाए? वह इस कला में शुरू से ही माहिर थीं, इसलिए पद, प्रतिष्ठा, सत्ता, रुआब और चकाचौंध की दुनिया से बाहर आकर मृदु नियमित रूप से बस्ती में रहने वाली लड़कियों को भय और निराशा से बाहर निकाल उनकी पढ़ाई-लिखाई की व्यवस्था देखतीं और अपनी वाक्पटुता से सबकी चहेती बनी रहतीं।

शाम ढलते ही वह अपने कमरे में लौट आतीं जहाँ बिस्तर के पीछे बनी अल्मारी में जतन से रखे गये एलबम को खोलकर पुराने समय में सैर करने निकल पड़तीं। वहाँ तो वह एक ममतामयी माँ थीं, चन्द मित्र परिवारों के बीच हँसती मुस्कराती, चुटकुले सुनाती ऐसी स्त्री थी जिसके साथ समय बिताना सभी को रास आता। अफसोस! कि जरूरत पड़ने पर कोई भी ऐसा चेहरा नजर नहीं आया जिसके सहारे वह अपने अँधेरे कोनों को दीप्त कर सकतीं। अनीता, हाँ, एक अनीता ही ऐसा नाम था, अखबार में काम करने वाली उसकी प्यारी-सी दोस्त अनीता जरूर उसे गाहे ब गाहे फोन कर लेती थी पर यहाँ रहते हुए उसने उससे सम्पर्क भी बन्द कर दिये। न जाने कैसे होगी वह? किस हाल में जीती होगी? उसकी सुधि होगी उसे या वह भी औरों की तरह भुला चुकी होगी उसे?

अँधेरा घिरने से पहले आसमान में भूरे रंग की बदलियाँ अपने-अपने घेरे में अलसायी बैठी थीं। अकेले पड़ते जाने का दुख और निरर्थकता बोध से उपजती उदासीनता से उसका जीवन जैसे ठहर-सा गया था। हर चीज से मोहभंग होता जा रहा था। अक्सर जीवन की निस्सारता का अहसास कचोटने लगता। जो कुछ भी उसके आसपास घट रहा था, रह-रहकर वह खुद को केन्द्र में रखकर सोचती रहतीं। बेमकसद जिन्दगी के बेमायने और बेमजा होते जाने को लेकर निराशा के समुन्दर में धँसती चली जाती। पीछे छूटे उस घर के कमरे की नीले रंग की दीवारें, चटख रंग के पर्दे और दीवारों पर टंगी ग्रे कलर की पेंटिंग याद आने लगी। तब बच्चे छोटे-छोटे थे सो उसका जीवन उन्हीं के इर्द-गिर्द गोल-गोल घूमता रहता। तब कितनी-कितनी व्यस्त रहती थी वह मगर आज तो बेहिसाब समय ही समय पसरा रहता उसके पास। इतना, इतना खालीपन पहले क्यों नहीं व्यापता था?

समय को भरने की कितनी सारी तरकीबें आजमा चुकी वह। बावजूद इसके, अँधेरा व्यापते ही एक गहरी निराशा में डूबने लगती। गहरी होती अँधेरी स्याही आँखों में पुतने लगती। ऐसे शान्त और सूने माहौल में टेबल लैम्प की रोशनी में कुछ अखबार और पत्रिकाएँ उलटने पलटने लगी। अखबार के एक कोने में नजर अटक गयीं—राजनीति की राह महिलाओं के लिए कठिन तो है लेकिन अगर उनमें चुनौतियों

से जूझने का माद्दा हो और जनता के लिए सचमुच कुछ अच्छा करने की इच्छा बलबती हो उनमें तो वे उसे ही अपनी जिन्दगी का ध्येय बना लें यानी उसी के बारे में सोचें, उसी का सपना दिन रात देखें और फिर उसी सपने को जीना शुरू भी कर दें। अभी हाल ही में राजनीति में आयी कुछ नयी लड़कियों का इंटरव्यू पढ़ने लगी वह ध्यान से–मौजूदा चीजों को सुधारने की गुंजाइश तो हमेशा रहती है, बस कोशिश करने की जरूरत है। बदलाव हमेशा नयी सोच, नये सिरे से नयी कोशिशों से आता है। कुछ कानूनों की उतनी प्रासंगिकता नहीं रह गयी है, उनमें बदलाव लाना होगा। शिक्षा हो या नौकरी या आज की राजनीति, हमारे अन्दर खूब मेहनत करने की इच्छा शक्ति हो और कुछ अलग कर दिखाने का जज्बा।

'मैडम, कश्मीरी युवा लोग आतंकवाद की राह पर क्यों जा रहे है?'

'पैसों के वास्ते। सीधी-सी बात है–धन का लालच, हाँ, बेरोजगारी के चलते। हमें अपने अधिकारों के लिए संघर्ष करना होगा।'

'लड़कियों के लिए यह क्षेत्र सुरक्षित नहीं रह गया है, आप सहमत हैं?'

'राजनीति गन्दी चीज है, ऐसा कहना तो समस्या से मुँह चुराना हुआ। मेरा मानना है, आप ऐसी किसी भी स्थिति को स्वीकार न करें जिसके लिए अपना मन गवाही नहीं देता। गलत चीजों को नकारने से आपके अन्दर न कहने का साहस भी आएगा और आप किसी भी तरह के अनचाहे दबावों और ब्लेकमेलिंग से बच पाएंगे। आज की सबसे जरूरी चीज है–हमें बेरोजगारी से पार पाना होगा। बेरोजगारी की जड़ में है बढ़ती आबादी और अगर आबादी पर काबू न पाया जा सका तो... मुश्किलें चौगुनी गति से बढ़ने लगती हैं। लड़कियों की शिक्षा पर ध्यान...'

'आपके चुनाव क्षेत्र की क्या समस्याएँ हैं और आपकी प्राथमिकताएँ क्या हैं?' पत्रकार ने सधे लहजे में सीधे-सीधे पूछा।

'अपनी जनता को पीने का साफ पानी मुहैया कराना, उनके स्वास्थ्य की देखरेख। आम जनता को अशिक्षा और बेरोजगारी से निजात दिलाने के लिए जो कुछ बन पड़ेगा, करूँगी हर हाल में।'

'ये सब तो रटे रटाये जुमले आपको बचपन से ही घुट्टी में पिलाये होंगे आपकी माँ भी तो सालों तक राजनीति में रही हैं। सुना है, कैबिनेट मिनिस्टर कुमार अनुज से उनकी खूब नजदीकियाँ रही हैं, आपको इसका भी फायदा मिला होगा।'

'नो कमेंट्स प्लीज। एनी अदर क्वेश्चन?'

'ये जो नये-नये घोटाले हर रोज सामने आते जा रहे हैं, इन्हें लेकर क्या सोचती हैं आप?'

'बतौर राजनेता, अच्छे से अच्छा काम करके अपनी साफ सुथरी छवि बनानी है मुझे और इसके लिए सबसे जरूरी है ग्रासरूट मेहनत करना और मैं मेहनत से पीछे नहीं हटूँगी, दैट्स आल।' सधा सन्तुलित जवाब दे दिया गया गोया किसी फिल्म का रटाया गया डायलॉग हो।

अखबार का पन्ना हाथ में पकड़े-पकड़े सोचने लगी वह। हूँ, तो ये हैं मैडम चौधरी, लाखों की भीड़ के सामने इनके ताऊ ने इन्हें पगड़ी पहनाकर अपना उत्तराधिकारी घोषित किया था ताकि बाप की मौत से उपजी सहानुभूति लहर का फायदा उठाया जा सके। फायदा मिला भी, सो जीत गयी वो और सबसे कम उम्र की मिनिस्टर भी बना दी गयी। अब क्या है? जलवे ही जलवे। खूब भाषण झाड़ो, क्या जाता है? सच का दूसरा चेहरा कितना घिनौना है? उसे याद आया—राजनीतिज्ञों का एक तबका ऐसा है जो औरतों के पहनावे और रहन सहन पर अक्सर छींटाकसी करता रहता। छेड़खानी से बाज नहीं आते ऐस नरपशु। ऐसा ही एक वाकया याद आने लगा—'ऐ मैडम, बाहर से नहीं, भीतर से भी मॉडर्न क्यों नहीं बन पाती तुम लोग? मॉडर्न मींस मॉडर्न, समझीं कुछ? एक बार मेरे घर तो आओ फिर देखना, कैसे तुम्हें राजरानी बनाकर रखते हैं हम? प्लीज, प्लीज, आपकी सूरत दिन रात आँखों में घूमती रहती। प्लीज मेरी खातिर थोड़ी-सी मॉडर्न खयालों की बन जाओ। अमुक राजनेत्री को देखकर कुछ तो सीखो। आजाद हो तो आजादी को सही मायनों में इस्तेमाल क्यों नहीं करतीं?'

औरतों को लेकर ऐसे-ऐसे जुमले फेंके जाते जिन्हें याद भी नहीं करना चाहती वह। उसे याद आया, उसकी पार्टी के भीतर उसके बढ़ते प्रभाव को दबाने के लिए क्या-क्या हथकंडे नहीं अपनाये गये? उन्हीं की पार्टी के पुरुष, उन्हें सिर्फ और सिर्फ मादा होने की सजा देने पर उतारू हो गये थे और वे कुछ नहीं कर पा रही थी। चरित्रहनन की कोशिश के बाद का अगला तय कदम था ब्लेकमेलिंग.... अनायास याद आने लगी वो घंटना।

नीलू, हाँ नीलू नाम था बस्ती की उस गरीब स्त्री का। बाप रे! कितनी-कितनी दुर्गति झेलनी पड़ी थी उसे। ट्रेड यूनियन में सक्रिय रहती थी वह। बड़ी बहादुरी से कोयला खदानों में ठेकेदारों और माफिया के खिलाफ मैदान में उतरी थी वह। पुलिस और प्रशासन से जुड़े अधिकारियों ने मिलकर उसे खूब डराया, धमकाया और फिर घसीटते हुए ले जाने लगे तभी कुछ और औरतें वहाँ आ गयीं और सबने मिलकर उसे छुड़ाया। छूटते ही उसने सबके सामने अचानक दरोगा के मुँह पर खींचकर थप्पड़ मारा था—'हिम्मत है तो चला गोली, दाग दे हम सारी औरतों को।' उसकी हिम्मत देखकर घबड़ा गया था वह दरोगा और फिर चुपचाप खिसक गया।

धीरे-धीरे उतरती रही धूप। गहराती रही शामें। बढ़ती रहीं अँधियारी रातें। घर की चहारदीवारी के भीतर पसरे खालीपन से घुटन होने लगती। अन्दरूनी आवाजें तेज-तेज शोर मचाने लगतीं। कभी-कभी तो ये शोर इतना जानलेवा बन जाता और ऐसा लगता जैसे समुन्दर की अनगिनत लहरें उसके भीतर उफनने लगी हों। सचमुच! कोई भी लहर कहीं से भी शुरू हो जाती फिर कभी तो बीच रास्ते में ही मिट जाती तो कभी दूसरे किनारे तक आकर अपना सिर पटक देतीं। असंख्य यादों की असंख्य भँवरें बनतीं, मिटतीं या बीच में ही टूट जातीं लेकिन अन्ततोगत्वा लय सबकी टूटनी ही है।

एक बार सत्ता पक्ष के विरोध में चल रहे जुलूस में शामिल हुई थी वह। अनगिनत लोगों की पदचाप, ढेर सारे नारों की गड़गड़ाहट, लाउडस्पीकरों का शोरगुल और फूलमालाओं से लदे फदे नेता खुली जीप में हाथ जोड़े हुए-चलते रहे, बाजे गाजों के साथ। पता नहीं, वह वहाँ क्या करने आयी थी? बस यूँ ही उस दिन घर बैठे-बैठे मन उचटा तो सोचा अपनी दोस्त अनीता के पास चला जाए और अनीता को रिपोर्टिंग करनी थी सो वह भी उसके साथ खिची चली आयी। नारों की थर्राहटों से माहौल में गहमागहमी थी। क्या-क्या दिन थे वे भी। कैसे-कैसे जिन्दगी के कितने मोड़ों से गुजरी है वह।

पुराने दिन सोचते-सोचते थक गयी। अनायास अन्दरूनी शोरगुल से ध्यान हटाने हेतु उसने टीवी का मुँह खोल दिया। अरे! यहाँ भी यही सब सीन चल रहे हैं। कुंजू को नाबालिग साबित करने के प्रयास। सबके सब एक स्त्री के खिलाफ हुए अन्याय के विरोध में न्याय माँगने की गुहार लगा रहे थे। दो दिन पहले गोंड़ जनजाति की कुंजू नाम की लड़की के साथ दुराचार किया गया। इलाहाबाद जिले के नैनी क्षेत्र के विधायक वर्मा पर आरोप है कि उन्होंने कुंजू को कई दिनों तक अपने घर रखकर दुराचार किया और फिर मामले को दबाने के लिए अपने प्रभाव का बेजा इस्तेमाल कर उस गरीब पर पाँच हजार रुपये चोरी का इल्जाम लगाकर जेल में ठूँसवा दिया। चूँकि दुराचार में सत्ता पक्ष के विधायक का हाथ है, इसी वजह से इतने गम्भीर मसले को जानबूझकर दबाया जा रहा। पीड़ित लड़की को इंसाफ दिलाने के लिए विपक्षी दल ने प्रदेश बन्द का आह्वान किया। घरना प्रदर्शन जारी है। ये सब के सब हमारी महिलाओं की इज्जत आबरू से खेल रहे हैं। इसके पहले भी तत्कालीन मन्त्री प्रसेनजित ने एक और लड़की के साथ दुराचार करके उसे मरवा दिया था। वे आजकल जेल की हवा खा रहे हैं। राज्यमन्त्री का ओहदा पाये विनोद वर्मा मुर्दाबाद, मुर्दाबाद, मुर्दाबाद। इस पूरे मामले की जाँच हाईकोर्ट जज से करायी जाए। कुंजू को न्याय चाहिए। राष्ट्रीय

अनुसूचित जाति आयोग ने सख्ती बरतते हुए प्रदेश सरकार से जानना चाहा कि ऐसे संवेदनशील मामले में अभी तक कार्रवाई क्यों नहीं दर्ज हो पायी? राज्य के प्रमुख सचिव को फैक्स भेजकर सवाल जवाब किये गये। कुंजू महज 17 साल की नाबालिग लड़की है और विधायक और उनके पीए ने मिलकर लड़की को बंधक बनाया और फिर कई दिनों तक दुराचार करते रहे। मीडिया का जबरदस्त दबाव पड़ने पर उसके पिता के बयान लिये गये और फिर बच्ची का मेडिकल परीक्षण कराया गया।

खबर है कि कुंजू हरपालपुर अपने चाचा के यहाँ रहती थी जिसे उसके चाचा ने पूरे पचास हजार में रज्जन अहमद को बेच दिया। विधायक की मदद से उसके पिता ने उसे रज्जन अहमद से छुड़ाया और एक रात उन्हें विधायक आवास पर काटनी पड़ी। तभी यह कारनामा हुआ। मौका पाते ही कुंजू मुँह अँधेरे ही अपने पिता के साथ वहाँ से भाग निकली। विधायक ने झटपट पुलिस भेजकर उस पर नकदी, कपड़े और मोबाइल चोरी का इल्जाम ठोक दिया। तभी से उस पर लगातार दबाव पड़ रहा कि वह अपना बयान बदल ले। तभी से उसे जान से मारने की धमकियाँ दी जा रही हैं।

सत्तापक्ष विधायक को बचाने की चालाकी भरी कोशिशें करने लगा। बढ़ते दबाव के चलते सत्तापक्ष को उसे तत्काल प्रभाव से निलम्बित करना पड़ा।

अब अलग-अलग पार्टियों ने अलग-अलग स्टेंड लेना शुरू कर दिया। इधर पार्टी अध्यक्ष ने मुख्यमन्त्री पर आरोप मढ़ दिया कि वे विधायक को बचाने की चालाकी कर रहे हैं। पार्टी ने राज्यपाल से माँग की कि वे मुख्यमन्त्री से जवाबतलब करें और सरकार को संविधान विरोधी आचरण के लिए बर्खास्त करने हेतु यथोचित कार्रवाई करें। जब डॉक्टरी रिपोर्ट में दुष्कर्म की पुष्टि हो चुकी है तो विधायक को क्यों नहीं अभी तक गिरफ्तार किया गया। निलम्बन नहीं, बर्खास्तगी चाहिए हमें। सीबीसीआईडी जाँच छलावा है, महज दिखावा। मुख्य मन्त्री जनता की आँखों में धूल झोंकने की कोशिश कर रहे हैं। विधायक को गिरफ्तार करो। विधायक को जेल जाने से बचाने में लगे हैं सत्तादलधारी। घटना दबाने वाले पुलिस अधीक्षक पर कार्रवाई क्यों नहीं हो रही? सरकारी हथकंडों से बचाया जा रहा पुलिसकर्मियों को। शर्मनाक है ये कृत्य। जबकि सारे सुबूत दिख रहे हैं, हाँ, तब भी एफआईआर दर्ज क्यों नहीं हो रही? सरकार अपराधी तत्त्वों को संरक्षण देने में जुटी है। सरकार किसी न किसी चालाकी भरी नीति अपनाकर जनता को गुमराह कर रही है। अपराधियों को संरक्षण देने वाली सरकार नहीं चलेगी, नहीं चलेगी। सरकार की पोल खुल गयी है अब।

इधर मुख्यमन्त्री की तरफ से आनन फानन में प्रेस कान्फ्रेंस करके विधायक के निलम्बन का नाटक रचा गया। मीडिया को बताया गया कि सीबीसीआईडी जाँच की शुरुआत हो चुकी है। तीन सप्ताह में प्रारम्भिक जाँच रिपोर्ट आने के बाद ही आगे की कार्रवाई होगी।

'जिस लड़की के साथ घटना घटी है, उसके खिलाफ विधायक ने रपट लगायी, क्या है ये सब?'

सवालों की घेराबन्दी देखते हुए एक ही जवाब को घुमाफिराकर दुहरा दिया जाता—इस सरकार ने अपराधों में लिप्त मन्त्रियों को बचाने का काम कभी नहीं किया। जो भी कानून को अपने हाथ में लेगा, उसे बख्सा नहीं जाएगा फिर चाहे वह कोई भी क्यों न हो। पहले भी विधायक, मन्त्री को जेल भेजने का काम किया है इस सरकार ने।

'इसका मतलब, इस सरकार में ऐसे दुराचारी लोग भरे पड़े हैं, यही न? सन्दिग्धों को हर बार क्यों बचाया ज़ाता रहा है? जब थाने में लड़की की गुमशुदगी की रिपोर्ट दर्ज थी तब भी सरकार और पुलिस मौन साधे हाथ पर हाथ रखे बैठी रही। उल्टे उसी पर चोरी का आरोप मढ़ दिया गया। विधायक को जेल जाने से बचाने के वास्ते सोच समझकर उठाया गया चालाकी भरा कदम है ये तो। तभी तो किसी मजिस्ट्रेट के सामने उसका कलमबन्द बयान क्यों नहीं लिया गया? डॉक्टरी रिपोर्ट की नोटिस क्यों नहीं ली गयी?

सवाल ही सवाल मच्छर बनकर कानों के इर्द गिर्द भन्नाते रहे रात भर। इस दैहिक, मानसिक शोषण से मुक्त होकर सिर उठाकर कैसे एक स्वच्छ, शानदार और निद्वर्न्द्व जीवन जी पाएगी वह? कितनी तरह की आकुलता-व्याकुलता, शंकाओं -कुशंकाओं से घिरी होगी वह बच्ची? तो यही है असली सूरत और इसी का नाम है राजनीति। सोचते हुए चैन की साँस खींच राहत नहीं मिल पाती मृदु को।

इस घटना से उसकी रातों की नींद उड़ गयी। अक्सर अपने एकान्त से उबरने हेतु वह खिड़की से बाहर देखने लगती जहाँ छोटी-छोटी पगडंडियाँ थीं। पगडंडियों पर गिरते सूखे पत्तों पर चलते लोगों की पदचापें सुनती रहती। अँधेरे में पट-पट पड़ती बारिश की बूँदों की सौंधी गन्ध से उसे याद आया कि ऐसे अँधेरे में सबसे ज्यादा वह किसे याद करती है? अपने बचपन के घर को, बच्चों के खेल को, छोटी-छोटी इच्छाओं को, बारिश में भीगने के लिए मनुहार फिर भीगकर आते बच्चों की छीकें और उनकी कभी खत्म न होने वाली लालसाओं को वह कभी नहीं भुला पाती। वे अक्सर अपनी नन्ही हथेलियों में पहली बारिश की बूँदों को भर भरकर लाते थे। फिर

वहीं गीले ठंडे हाथ उसके चेहरे पर मल देते थे। अब तो इस कमरे के खुलते बन्द होते दरवाजे की आहटें ही इस खामोशी को भेद पाती या फिर कभी कभार भूले भटके बजने वाली ये दरवाजे की घंटी। मोबाइल छोड़े तो अरसा बीत गया। जब से पुराने समय से खुद का नाता टूटना शुरू हुआ, तभी से पुराने रिश्ते-नाते और पुराने सारे सम्पर्कों को एक झटके में आहुति दे डाली थी उसने।

उल्लास, उमंग भरे वे दिन। बच्चों की किलकारियों में बहता जीवन का आनन्द। सब कुछ तो झर गया जीवन से। चलो, कोई बात नहीं, जीवन यात्राएँ तो अन्तहीन होती हैं। बस चलते रहने में ही सुख है। एक बार गन्तव्य हासिल होने पर तो यात्रा पर विराम लग जाएगा न, तो उसकी ये राजनीतिक यात्राएँ, ये समाजसेवा का भूत या जनता के बीच जाकर कुछ कर गुजरने का जुनून उसके जीवन को एक नया अर्थ देता सो इसे सार्थक बनाने के लिए वह पूरी निष्ठा और संकल्प से जुटी रहेगी। कैसे भी हालातों में डिगेगी नहीं वह। ऐसे अनिश्चितता भरे जीवन के पलों में भी एक नयापन तो हो सकता है सो नये सिरे से जुट जाने की प्रेरणा भी यहीं से मिलेगी उसे। न, उसे वह जड़, ठहरी, सड़ी-गली और कूड़ा-करकट वाली जिन्दगी कतई नहीं चाहिए। सो नो रिग्रेट...। अनायास उसकी सोच के तार कुंजू की तरफ मुड़ गये। उसे कुछ करना होगा उसके वास्ते। कुछ तो करेगी वह। ऐसे खाली नहीं बैठ सकती वह... न ही मूक होकर तमाशा देखती रह जाएगी वह। सोचते हुए वह बाहर निकल आयी जहाँ साफ और ताजे सेब के रंग के आसमान को देखकर उसे अपने भीतर एक नयी ताजगी का अहसास जगने लगा।

सुबह का ताजातरीन अखबार उलटते-पुलटते बुरी तरह चौंक पड़ी वह। अरे! ये क्या पढ़ रही है वह? ये तो वही विधायक है जो उसके साथ बदतमीजी से पेश आया था। मुँह लटकाये, सिर पर मंकीकैप लगाये... अरे! ये तो सचमुच वही राक्षस है जिसने उससे अकेले में मिलने की...। ओफ! फिर तो वह एक साँस में पूरी तन्मयता से सारी खबर गटकती चली गयी।

'सामान्य कैदियों के बीच रहेंगे विधायक। आम कैदी की तरह दिन गुजारने होंगे उन्हें।'

सिलसिलेवार खबरें पढ़ती जाती और खुशी से रोयाँ-रोयाँ चिटक उठता। कुंजू मामले में जेल कर्मियों और पुलिसकर्मियों की भूमिका सन्दिग्ध पायी गयी। एफआईआर को लेकर भी धोखा और सम्भ्रम की स्थिति बनी हुई है। विधायक समेत चारों अभियुक्तों के नाम आधे अधूरे दर्ज है। न तो उनके पते ठिकाने दर्ज हैं और न ही पिता के नाम वगैरा। जब मीडिया का चौतरफा हमला होना शुरू हो गया तब जाकर प्रशासन की कुम्भकर्णी नींद टूटी। फिर क्या था? शासन पर

गिरफ्तारी का दबाव बढ़ने लगा तो पुलिस ने उन तथाकथित नामों का जो-जो आदमी जहाँ-जहाँ मिला, उसे आनन फानन में उठवा लिया। सूत्रों के मुताबिक प्राथमिक सूचना रिपोर्ट में विधायक और उनके साथियों को आईपीसी की धारा 376, 354, 323, 504 में अभियुक्त बनाया गया है।

हालात तो यहाँ तक पहुँच गये कि जेल अपर महानिरीक्षक ने जेल की महिला वार्डेन को सीनियर अफसरों द्वारा धमकाये जाने की जाँच शुरू कर दी। फिर क्या था? इस मामले में मजबूरीवश शासन को कड़ा रुख अख्तियार करना पड़ा। अब जेल प्रशासन पर गाज गिरने की सम्भावनाएँ बढ़ गयी हैं। दुराचार की शिकार कुंजू की रिहाई कवर करने मीडियाकर्मियों के झुण्ड का झुण्ड बाज बनकर झपट पड़े। जेल की महिला वार्डेन को मीडिया के तीखे सवालों का सामना करना भारी पड़ने लगा। वे एक ही बात घुमा फिराकर कहती जा रही थीं– जेल के वरिष्ठ अधिकारी उन्हें मुँह बन्द रखने की धमकी दे रहे हैं। यही वो टर्निंग प्वाइंट था जो विधायक और जेल अफसरों के गले की फाँस बनता गया। तभी से कुंजू दुराचार कांड की तेजी से जाँच प्रक्रिया शुरू हो गयी। मामले की गम्भीरता और संवेदनशीलता समझते हुए कई जेलकर्मियों को निलम्बित करने का मन बना लिया गया। ये मामला इतना तूल पकड़ लेगा और इससे सियासी गलियारों में इतना बड़ा तूफान खड़ा हो जाएगा, इसका अन्देशा तो किसी को भी नहीं था।

धीरे-धीरे विपक्षी दलों का दबाव दिनोंदिन बढ़ता गया जिसे देखते हुए लड़की और उसके पिता की सुरक्षा व्यवस्था बढ़ानी पड़ी। दो दिन बाद राष्ट्रीय महिला आयोग की तीन सदस्यीय टीम ने जेल में जाकर कुंजू से मुलाकात की और घंटे भर तक पूछताछ चलती रही।

चूँकि सरकार की तरफ से विधायक को बचाने का दबाव इतना जबरदस्त था और इस नाते पुलिस कप्तान के हाथ-पाँव बँधे थे लेकिन मीडिया जैसे शेर के आगे सबको झुकना ही पड़ता है। जनदबाव के चलते सरकार को विधायक का आत्मसमर्पण कराना पड़ा। विपक्ष तो वैसे भी ऐसे मौके की तलाश में रहती है सो उन्होंने एसपी और थानाध्यक्ष के खिलाफ जमकर नारेबाजी की।

मुख्यमन्त्री को इस आग उगलते मामले को दबाने के लिए अफरातफरी में सबसे पहले विधायक को निलम्बित करना पड़ा। फिर बयान पर बयान जारी किये गये। एससी-एसटी आयोग भी कहाँ चुप बैठने वाला था? सो आयोग ने भी राजधानी आकर हालात का जायजा लिया और जिला प्रशासन और सरकार से जवाब तलब करते हुए सख्ती से सवाल खड़े किये–इस मामले को अभी तक इतने हल्के ढंग से क्यों लिया गया? एक नाबालिग लड़की के साथ ऐसा भयानक हादसा

हो जाए और एफआईआर तक दर्ज न की जाए; यह कहाँ का न्याय है?

खबरों को पढ़ते-पचाते आँखें भर आयी मृदु की। वह सोचती रही—सिर्फ इन बातों का सियासी मरहम लगाना अब जनता के जख्मी भरोसे से रिसाव रोकने में सक्षम होगा क्या? भ्रष्टाचार की नाभि और अकर्मण्यता की रीढ़ पर अमोघ प्रहार करने वाले हनुमान जी बनकर कौन अवतरित होगा इस घोर कलयुग में?

जिस क्षेत्र में वह पिछले साल भर से विकास कार्यों की देखरेख में जुटी है, वहाँ की पंचायत प्रमुख पद जीतकर आयी बीना यादव का इंटरव्यू पढ़ने लगी वह। ये वही मैडम हैं जिन्हें ठीक से हस्ताक्षर करने तक नहीं आते। छोटी-छोटी बातों के लिए हर वक्त अपने पति पर निर्भर रहने वाली ये नीना आज के अखबार में क्या-क्या जुमले फेंक रही हैं—

'जनहित की समस्याओं पर फोकस करूँगी मैं। गरीबों, असहायों और बेरोजगारी की मदद के वास्ते वह अपने पद का मिलने वाला भत्ता खर्च करूँगी। गाँवों की प्राथमिक शिक्षा को मजबूत कर सार्वजनिक वितरण प्रणाली को सुव्यवस्थित करने की कोशिश करूँगी। बेहतर स्वास्थ्य सुविधाएँ मुहैया करवाऊँगी। बदहाल जर्जर पड़ी सड़कों, नाली और खड़ंजा को दुरुस्त कराना मेरी पहली प्राथमिकता होगी। फिर लड़कियों को उच्च स्तर की शिक्षा दिलाना हमारा ध्येय होगा। गरीबों, असहायों और शोषित औरत को बाजिब हक दिलाने के वास्ते जो भी बन पड़ेगा, जरूर करूँगी।'

ऐसे भारीभरकम शब्दों को पचाना भारी पड़ने लगा उसे। इससे ज्यादा हजम नहीं होगा उससे। ये वही बीना यादव है जिसके यहाँ एक बार गरीब बच्ची को एडमीशन दिलाने की खातिर मदद माँगने गयी थी वह एक बार। कितनी बेरहमी से दोटूक लहजे में टका-सा जवाब दे दिया था इन्होंने—'ऐसा है बहन, पति से पूछे वगैर तो हम एक पैसा तक नहीं दे सकते। न, कुछ लिखकर या साइन करके देने से मना किये हैं वे।'

'मगर आप तो पंचायत प्रमुख पद पर जीतकर आयी हैं सो इतना फैसला तो आप ले ही सकती हैं। अगर इतना भी नहीं ले सकती फिर राजकाज कैसे संभालेंगी अपने बूते? बोलिए....।'

'तो क्या हुआ? धीरे-धीरे सब सीख जाएँगे हम भी। गाँव की खातिर तो हमने पहले भी बहुत कुछ किया है, कर भी रहे हैं हमारे आदमी, पर इतनी जल्दी तो ये सब कुछ नहीं हो पाएगा न? पहले हमें थोड़ा-सा वक्त तो मिले।'

'मगर वृद्धावस्था पेंशन और विधवा पेंशन में भी तो बीच वाले पैसे माँगने

लगे हैं और जो नहीं दे पाते, उनकी पेंशन रोक लेते हैं वे। इसे कैसे रोका जाएगा?'

'अरे! आप तो ऐसे सवाल जवाब पूछ रही हैं जैसे कोई कलक्टरनी हों।' कहकर वे अन्दर चली गयीं और देर तक मोबाइल पर बातचीत करके लौटीं। फिर ठहर ठहरकर बोलने लगीं–

'ऐसा है, कल सुवेरे आ जाना आप। तभी अपन सारी बातें खुलकर कर लेंगे। ठीक?'

कितनी खाली पीली बातें बनाना सीख गयी हैं ये औरतें। पता नहीं कौन लिखकर देता होगा इन्हें ये सब जिसे अखबार में छाप दिया जाता है। वैसे मानवती सिंह थोड़ी पढ़ी लिखी हैं मगर करती धरती वे भी कुछ नहीं। पंचायत सदस्यों के साथ रंग विरंगी साड़ियाँ लहराती बैठकों में भाग लेने पति के साथ आती जाती लेकिन जहाँ भी नीतिगत फैसला लेना पड़े, वहाँ वे पूँछ दबाये बिल्ली की तरह चुपचाप खिसक लेतीं।

आजकल अखबार पढ़ना या टीवी देखना, ये दोनों ही माध्यम पूरी तरह विश्वसनीय नहीं रह गये। चन्द पैसों में किसी को भी खरीदा-बेचा जा सकता है, तो ये है हमारा लोकतंत्र। कई बार तो बिना जांचे परखे ही खबरें छाप दी जातीं। वह पढ़ते-पढ़ते सोचती जातीं और सोचते-सोचते पढ़ती जातीं।

इधर मानसी संस्था का तेजी से विस्तार करने की योजना बनने लगीं। धीरे धीरे वहाँ रहतीं बच्चियों को स्कूल के ऊपर खाली पड़ी जगह में शिफ्ट करवाने को लेकर विचार बना जिससे नीचे पड़ी जगह पर बूटीक खोला जा सके और लड़कियों को कामधन्धे से लगाने की योजना मूर्त रूप ले सके। सो इसके लिए इंजीनियर को बुलवाया गया। मृदु कभी कभार ऊपर जाकर खुला आसमान निहारा करती। हर रोज बदलते आसमाँ के खूबसूरत टुकड़े देखकर विस्मय विमुग्ध हो उठतीं। उस रोज सिविल इंजीनियर सुकाम मकान के ऊपरी पोर्शन को बनवाने की खातिर मुआइना करने छत पर चला आया था। उस वक्त मृदु कान में गाने लगाकर छत के एक कोने में बैठकर कुछ पढ़ने में तल्लीन थी।

चन्द मिनट बाद उसने मृदु की तरफ पलटकर देखा और बोला–'हैलो, आईएम सुकाम देव, आप यहाँ के स्कूल में पढ़ाती हैं न?' फिर बिना उसके जवाब की प्रतीक्षा किए बोलना जारी रखा–'क्या बात है? क्या न बोलने की कसम खायी है?' कहते हुए उसने अपनी सदाबहार मुस्कान फेंकी तो पलटकर वह भी मुस्करा पड़ी और कान से प्लग हटाते हुए बोलीं–'अरे नहीं, बस ऐसे ही गाना सुनने में मगन थीं।' न जाने क्यूँकर अचानक एक स्पार्क-सा हुआ जो आँखों के जरिए पूरे शरीर में समाता चला गया जैसे रोशनी भरा सितारा सीधे सिर से पैर तक अपनी रोशनी में डुबोता चला

जाए। पता नहीं क्यों वर्षो बाद सूखे सोते में कहीं से दो बूँदें पड़ी हों जैसे और वह खुलता चला गया। वह लगातार बोलता जा रहा था– 'अरे! संघर्ष किसके जीवन में नहीं होते? संघर्ष करके ही आज जहाँ खड़ा हूँ, वहाँ तक पहुँच पाया हूँ। सब कुछ अपने आप तो कभी नहीं होता, कतई नहीं होता। घर परिवार की जिम्मेदारियाँ सँभालते-सँभालते उम्र का इतना लम्बा दौर निकल गया। बस एक ही धुन सवार थी, काम, काम और सिर्फ काम। धीरे-धीरे काम के नशे में डूबने लगा और फिर इसी को इंजॉय भी करने लगा। वैसे आपके क्या शौक हैं?'

'किताबें पढ़ना, गाने सुनना और थोड़े बहुत सामाजिक काम, इसका अपना अलग ही नशा है।'

'वैसे हरेक को एक साथ की जरूरत पड़ती है जहाँ हम अपने सुख-दुख बाँट सकें। मेरे तो बस दो ही शौक हैं, नये-नये कपड़े पहनना और खूब सारी नयी-नयी कारें।'

उसकी लम्बी-चौड़ी बातें सुनना उसे अच्छा लगने लगा जैसे जीवन को देखने के लिए एक तीसरी आँख खुल गयी हो। अरसे बाद ऐसा लगा जैसे उसके अन्दरूनी सोये अहसास जग गये हों। उसे लगा जैसे तेज धूप में चलने का आनन्द उठाने लगेगी वह इसके संग। कभी-कभी किसी की बातें विशिष्टता बोध से भर देती हैं अन्तस को।

'मैडम्, एक बात कहूँ, बुरा मत मानना, प्लीज। आपको देखकर ऐसा क्यों लगने लगा जैसे आसमान से कोई चौंधियाता सितारा जमीन पर गिर पड़ा हो और रोशनी का तेज घेरा बनता गया जिससे मेरी आँखों में सुनहरी रोशनी भरती गयी।'

'अरे! आप तो कविता करने लगे। लिसन सुकाम, उम्र के इस मोड़ पर अब जब कुछ करने धरने के लिए बचा ही नहीं फिर ऐसे में इमोशनल डिस्टर्वेंस से क्या फायदा?' उसनें उदास और खाली आवाज में कहा।

'जिन्दगी को गणितीय फार्मूलों से देखने की भला क्या जरूरत? मैं तो एक छोटे-से माहौल में पढ़ा-लिखा, फिर बडे भाई पर निर्भर था सो उन्होंने पढ़ा लिखाकर इस लायक बनाया लेकिन आज वर्षो बाद वही रिश्ते इतने क्यों बदल जाते? आप अपने बारे में भी कुछ बताएँगी? आपके पैरेंट्स वगैरा?'

'सच बताऊँ तो अब मेरे पास किसी को भी देने के लिए कुछ बचा ही नहीं। ये जो इमोशनल बाइडिंग की बातें आप कर रहे हैं, इनसे खासी उलझनें होती हैं, खँडहर बचे हैं अब तो। पूरा भवन तो वक्त के थपेड़ों के चलते ढह गया। कुछ भी नहीं बचा मेरे पास तो, अपना कहने वाला भी कोई है ही नहीं और यही है पूरा सच, आवाज में अनायास एक उदासी घुल गयी। उससे बतियाते हुए पुरानी यादों के गहरे चीरों के निशान देखने लगी और फिर वही नफरत के शोले सुर्ख होकर

दहकने लगे। गहरे दफनाये गये पुराने पल कब्र से बाहर निकलने के लिए फड़फड़ाने लगे।

'सोची समझी योजनाओं से थोड़े ही चलता है हमारा आपका जीवन? आप प्लीज, अपने से दूर मत भागो, बस अपने को निस्पृह भाव से देखना शुरू कर दो। ऐसे देखो कि वो तुम नहीं, कोई और स्त्री है जिसकी आँखों में अभी भी तेज है, कॉन्फीडेंस है, ईमानदारी की वही आँच है और ताजी हवा के छेदों को बेरहमी से मूँदो मत, प्लीज मेरी खातिर।'

'अच्छा ठीक है।'

'कैन यू गिव मी योर नम्बर प्लीज?'

'मेरे पास सचमुच कोई नम्बर नहीं।'

'क्या वाकई?'

'हाँ, हाँ, इसमें ताज्जुब की क्या बात है?'

'तो लीजिए, इसे रख लीजिए, प्लीज विलीव मी। इतना भी बुरा नहीं हूँ। प्लीज डोंट माइंड। जस्ट ए फ्रेण्डशिप आई वांट, नथिंग मोर... अंग्रेजी के टूटे फूटे शब्द यहाँ वहाँ फिकने लगे थे। तभी वह हवा के झोंके की तरह फर्र से उसके पास आया और हथेली पर मोबाइल रखकर सीढ़ियाँ लाँघते हुए खट-खट चलता बना। अचानक उससे जबाव नहीं सूझा और वह हक्की बक्की सी उसे जाते हुए देखती रही मूकदर्शक बनी, चित्रलिखित प्रतिमा जैसी। न चाहते हुए भी वे पुराने दिन याद आ गये।

कुछ समय पहले का वो फोन प्रकरण बरबस याद आ गया जब उसके खिलाफ फोन पर धमकियाँ मिलनी शुरू हो गयी थीं। उस पर कब्जा जमाने के लिए होड़-सी लग गयी थी। पीठ पीछे छींटाकशीं, सामने ताने और न जाने क्या क्या द्विअर्थी संवाद। शुरुआत में तो उसने इन छुटभैयों को नाक पर बैठी मक्खी की तरह उड़ा दिया करती मगर उसके धीरे-धीरे ये सब गन्दी हरकतें बढ़ती ही गयी—'सीधे-सीधे आ जाओ मेरे पहलू में वरना पति से तलाक करवाकर ही छोड़ेंगे। तुम्हारी ऐसी-ऐसी तस्वीरें कम्प्यूटर पर दर्ज हैं कि जब तुम देखोगी तो होश उड़ जाएँगे। जब तुम गंजू, सुकेश साहनी के साथ सो सकती हो, तो मुझमें क्या कमी है? बोलो?' और जब वो जवाब नहीं देती तो गन्दे गन्दे मैसेज आने शुरू हो जाते या फिर गालियाँ वगैरा देने लगता कोई अनजान आदमी। साल भर के भीतर ही उसने राजनीति की विकृतियाँ देख लीं। घर पर आये दिन उल्टे सीधे फोन आने शुरू हो गये थे। आये दिन धमकाने या मारने तक की बातें। रोज-रोज की बदनामी से तंग आकर एक दिन उसने गुस्से में आकर मोबाइल से हमेशा-हमेशा

के लिए नाता ही तोड़ लिया। न रहेगा बाँस न बजेगी बाँसुरी। ये सच है कि बड़े घरानों से या बड़ी बैकग्राउंड से आयी स्त्रियों को अपने परिवार से सुरक्षा की छांह मिलती है, इसलिए उनका शोषण नहीं हो पाता लेकिन आज की ज्यादातर औरतें बिना किसी गिल्ट भाव से ऊपर चढ़ने की पहली सीढ़ी ही देह मानने लगी हैं और फिर इसके बाद तो ये सिलसिला इसी तरह आगे भी चलता ही रहता है।

अरसे बाद सुकाम द्वारा फोन देने पर तमाम तरह के विचार परेशान करने लगे। क्यों नहीं उसने वह फोन उसे तत्काल वापस लौटाया? उसने न करना क्यों नहीं सीखा अब तक? तो क्या वह सचमुच किसी नयी दिशा की तरफ जाने की तरफ उत्सुक हैं? क्यूँकर उसके कदम पूरे जोशोखरोश से उसके साथ आगे बढ़ने के लिए लालायित हो उठे? नहीं, नहीं, ये सच नहीं है। उसके अन्दर किसी को लेकर कोई लगाव वगैरा नहीं उपजता। ये छोटे मोटे स्पार्क यूँ ही क्षणिक कौंध बिखेरकर बुझ जाते। इनकी रोशनी के सहारे जीवन नहीं कटता। ये पल भर के लिए मोह में भले ही डालं दें या भरमा भी सकते हैं मगर धुन्ध भरी सुबह की तरह दिखते हैं ऐसे पल। लम्बी राह के लिए ये स्पार्क किसी काम के नहीं होते। बार-बार वह खुद को समझाती जातीं, खुद को आश्वस्त करती जातीं।

सुकाम जैसे ज्यादातर लोग काम के नशे में खुद को झोंक देते। उनके जीवन का एक ही फलसफा होता—काम ही काम, बस यही नशा है इनका। आज के पेशेवर जीवन में पैसों की चमक दमक के बीच चौंधियायी आँखों के जरिए देखे हैं इन्होंने दुनिया के रंग सो ये क्या जानें स्त्री की तकलीफें? रात के सन्नाटे में सुकाम की आवाजें उसके सूने मन में बजने लगतीं— अपने भीतरी डरों को निकाल फेंको तभी कुछ कर पाने की स्थिति में होगी। न, मैं कतई नहीं जानना चाहता आपके अतीत को। जो भी रहा हो, जैसा भी घटा हो, मगर प्लीज खुद को दीन हीन अवस्था में ढोना बन्द कर दो। अपने सामने के रास्ते क्यों नहीं दिख रहे तुम्हें? जागो, जागो, अभी भी देर नहीं हुई। कमरे में टँगी उसकी पुरानी तस्वीर को देखते हुए बोल पड़ा था—'तुम्हारा ड्रेस सेंस तो सचमुच लाजवाब है, भई वाह! क्या कहने?'

ऐन मौके पर पति की कटूक्तियाँ याद आ गयीं—'तुम कैसे बिन्दास स्टाइल में रहती हो? बदन उघाड़ कपड़े पहनने में तुम्हें जरा भी लाज नहीं आती? अजीब हो तुम भी। तुम एकलौती औरत होगी जो होठों को रंगकर, आँखों में सुरमा पोतकर और भूतनी जैसे बालों को खोलकर लहराते हुए राजनीति के गलियारों में मटरगश्ती करने जाती हैं? तुमसे बेहया कौन होगा?'

ऐसे इल्जाम दर्द बनकर रगों में दौड़ते रहते। बड़े जतन से अतीत की पिटारी को किसी गहरे गड्ढे में तालाबन्द करके रखा था उसने मगर आज इस सुकाम ने

न जाने कहाँ से आकर उसके शान्त जीवन में हलचल मचा दिया था। अनायास फिर पुरानी तकलीफों और यातना के जख्म उघड़ आंये जिसे देखत-देखते ही जवानी झर गयी और असमय बुढ़ापा हावी होता गया उसके तन मन पर। चेहरे की झुर्रियाँ तो हर कोई देख लेता मगर अन्दरूनी सिकुड़नें कौन देख पाएगा? किसे फुर्सत है उसके भीतर झाँकने की? जबकि इससे कई गुना अच्छा तो काम का नशा है जो हर घंटे उसे व्यस्त रखता। बच्चियों को पढ़ाते वक्त सहज मुस्कान का फरफराता दुपट्टा ओढ़ लेती और कमरे पर लौटते ही खुद को इतना थका हुआ पाती कि लेटते ही नींद दबोच लेती। कभी कभार किसी बच्ची से बात करते-करते बेटों की याद आ जाती तो क्षण भर के लिए रोकर जी हलका न कर लेती फिर रोते रोते हँसने की कोशिश करतीं। ज्यादातर लोग ऐसा ही दिखावा करने वाले, बाहर से हँसोड़, कामयाबी के झंडे फहराने वाले और एकदम परफैक्ट पर्सन की तरह पेश आएंगे मगर भीतर से सबके सब अपने आप से जूझते, अपने-अपने अकेलेपन और सन्नाटों में कैद। जब वह खुद से बातें करते-करते थक जाती तभी टीवी खोलती ताकि कुछ आवाजों से कमरा भर जाए।

टीवी खोलते ही ब्रेकिंग न्यूज पढ़ते-पढ़ते सन्न रह गयीं। नीना वर्मा ने विधायक को सरेआम चाकू घोंप दिया और फिर पुलिस के हत्थे चढ़ने से बचने के लिए भागते-भागते किसी मल्टीस्टोरी बिल्डिंग से कूदकर जान दे दी। खबर ने प्रदेश सरकार को हिलाकर रख दिया। तस्वीरें बार-बार स्क्रीन पर तैरने लगीं।

अरे! ये तो वही है जो उसी विधायक के यहाँ एक बार टकरायी थी उससे। अपने स्कूल के लिए फंड के वास्ते या शायद जमीन का काम था या शायद जूनियर हाईस्कूल से 12वीं तक मान्यता दिलाने की खातिर भाग दौड़ कर रही थी। उसने दिमाग पर जोर डाला और याद करने की कोशिश करने लगी। हाँ, उसकी आँखों में एक सपना जरूर झिलमिला रहा था, अपने स्कूल को बहुत दूर तक ले जाने का सपना, जिसे पूरा करने का जहाँ से आश्वासन मिल रहा था, उसी तरफ बेतहाशा भागी जा रही थी वह। खबरें बार-बार रिपीट होती रहीं।

विधायक से अकेले में मिलना चाहती थी वह और जैसे ही वे उसके साथ अन्दर गये कि उसने मौका पाकर सीधे उसके पेट में चाकू उतार दिया। एक औरत के हाथों अपने कुकर्मों की सजा पा गये वे तो। ठीक किया उसने ... नाइंसाफी के खिलाफ एक कदम तो बढ़ाया, किसी ने तो हिम्मत की। अनायास उसके मुँह से यही शब्द निकले थे। नीना की देह की उठान, ढलान और चाल ढाल इतनी सुघड़ कि जो भी उसे एक बार देखता, नजरें वही ठहर जातीं। उसके समूचे व्यक्तित्व में से खूबसूरती टपकती थी। उसे उसकी बड़ी-बड़ी आँखों की याद

आयी जिनमें से सुनहरे सपने ऐसे तैर रहे थे गोया गंगा आरती के अनगिनत दीये उन पवित्र नेत्रों की नदी में झिलमिलाने लगे हों।

टीवी के हर न्यूज चैनल पर दिखाई जाती उसकी तस्वीरें देखते हुए उसे विधायक का वह दरबारी हॉल याद आने लगा। आड़ी-तिरछी कुर्सियों पर डटे चापलूस, मातहत, दलाल और चन्द ऊँचे ओहदेदार लोगों से बतियाते नेता जी। अपने पीले दाँतों और होठों से टपकती लार को भीतर धकियाते नेता जी ने दो बीड़ा पान निकालकर फिर से अपने मुँह में ठूँस लिया। इधर-उधर दौड़ते-भागते मुलाकातियों को विधायक जी के कमरे तक पहुँचाने का काम कर रहा था नेमचंद ठाकुर जो पीला कुर्ता पायजामा पहने बात-बात पर सिर हिलाता और फिर धीमे से अर्थ भरे ढंग से मुस्कराने लगता। गेट पर पुलिस के बन्दूकधारी सिपाही तैनात थे। वह सबकी प्रश्नाकुल निगाहों की अनदेखी करती पूरे विश्वास से तीर की तरह सनसनाते हुए धड़ाक से भीतर पहुँची। चूँकि वह वहाँ कई दफे आ-जा चुकी थी, इस नाते दरबान की हिम्मत नहीं पड़ी कि वह उसे रोके टोके। उसके गर्म मिजाज से विधायक जी भी वाकिफ थे सो जैसे ही वो धड़धड़ाते हुए अन्दर घुसी तो वे भी लपककर उसे समझाने या चुप कराने उसके पीछे-पीछे चल पड़े। बगल वाला गार्ड तत्काल उनके साथ चलने को खड़ा होने लगा जिसे उन्होंने झट से हाथ के इशारे से रोका भी। बाहर लॉन में चारों तरफ फरियादियों की भीड़ भाड़, धक्कामुक्की और शोरगुल बढ़ता जा रहा था लेकिन इन सबसे बेखबर किसी को जरा भी अन्देशा नहीं हो पाया कि अन्दर हो क्या रहा है। पार्टी फंड के लिए पैसों की उगाही रूटीन काम था सो इसी मसले पर तमाम दुखियारे पार्टी कार्यकर्ता अपना-अपना दुखड़ा रोने विधायक जी के पास सुबह सवेरे ही आ डटे। आने वाले हर फरियादी को बिन माँगे कोई न कोई पुर्ची पकड़ा दी जाती—सुनो, अपनी दरख्वास्त पर कुछ वजनी बाँटों का बन्दोबस्त करके आये हो कि नहीं? ऐ, नया आदमी है क्या ये? यहाँ के कायदे कानून नहीं जानता क्या?

तभी अचानक भीतर से तेज-तेज आवाजें आनी शुरू हो गयीं सो एकाएक सबका ध्यान अन्दर हो रही हलचल और भगदड़ की तरफ चला गया। ये सब आनन फानन में कैसे हो गया? सब तरफ भीड़ ही भीड़, धक्का मुक्की देकर भीड़ को तितर बितर करते पुलिसवालों के जत्थे, उनके बूटों की भारी भरकम आवाजें और आती जाती गाड़ियाँ। एकाएक पत्रकारों का झुण्ड मधुमक्खी के टूटे छत्ते की तरह टूटकर यहाँ-वहाँ भनभनाने लगा। ऐन मौके पर अपने आक्रामक तरीके से रिपोर्टिंग करने में मुस्तैद टीवी चैनल वाले पत्रकार भी टपक पड़े।

सब तरह हो हल्ला था। शोर को भेदती वो आवाज उभरी—विधायक जी का

मर्डर अटेम्प था। सीधे पेट में छुरा भौंक दिया उस औरत ने जो अभी-अभी अन्दर घुसी थी।

'हाँ, हाँ, हमने भी उसे तेजी से अन्दर जाते देखा था। बेरोकटोक तरीके से सीधे दनदनाती हुई अन्दर चली गयी थी वह तो।'

'जरूर कोई बड़ी बात रही होगी। जब सब तरफ से अँधेरे रास्ते दिखने लगे होंगे, तभी बेचारी का सब्र का बाँध टूटा होगा ....च च च च।'

'हाँ, हाँ, और तभी ऐसे भयानक फैसले पर पहुँची होगी। इतना बड़ा कदम उठाना कोई मामूली बात है, वो भी सरेआम! बाप रे, बड़ी हिम्मती औरत निकली ये तो।'

'सच तो ये है कि पावर, पैसा और सेक्स का लेन देन रहा होगा। ये कोई नयी बात है क्या? जब हद से ज्यादा नाइंसाफी बर्दाश्त से बाहर हो जाए तभी ऐसा संगीन जुर्म करने की सोचता है कोई।' किसी अनजान की टिप्पणी सुनकर दूसरा बोल पड़ा।

'अरे! कौन-सी सती सावित्तरी रही होगी वो भी? ये औरतें पहले तो नेता जी से दुनिया भर की सहूलियतें बटोरती रहतीं फिर जब उन्हें शरीर भोगने की लत लग जाती तो फिर इन्हें नागवार लगने लगता ये सब। औरतें सोचतीं कि चलो एक बार समझौता कर लो, फिर बाद में सब सुविधाएँ अपने हाथ में आ ही जाएँगी जबकि यही उनकी सबसे बड़ी मूर्खता साबित होती है। क्योंकि एक बार का यही समझौता धीरे-धीरे उनकी आदत बनती जाती। इतनी जल्दी पुराने कांड भूल गये क्या? जिसके पास जितनी ज्यादा पद, प्रतिष्ठा और पावर, वह उतना ही सेक्स वसूलेगा।'

'हाँ, हाँ, ठीक कहते हो। जब इनका एक से मन अघाया तो दूसरी फिर तीसरी से यानी हर दम एक नयी हवस की तलब जगने लगती इनके अन्दर तो और फिर वे किसी का लिहाज विहाज नहीं करते। ये तो सरासर लेनदेन का खेल है। उसने इनका शरीर भोगा, बदले में चन्द सहूलियतें बख्स दीं। सत्ताधारियों का वैसे भी कोई उसूल फिसूल तो होता नहीं। सुना है कि उस औरत की लड़की की माँग कर डाली थी इन्होंने।'

'बाप रे! कौन बर्दाश्त करेगा ऐसे जुल्म? वाकई शरीर का नशा सबसे बड़ा नशा होता है। एक रात की रंगीनियत के किस्से जब वे सबके सामने परोसते होंगे जिसे सुनकर उन सबका जी भी ललचाता होगा और फिर वे भी उसी डगर पर चलने के लिए बौराने लगते। फिर वे कब किसकी माँग कर बैठें, उन्हें इसका आभास तक नहीं होता होगा।'

'मगर अब क्या होगा? उसने सोचा होगा, कोर्ट कचहरी में ही सारी उम्र तमाम हो जाएगी और न्याय की बाट जोहती आँखें जब थकने लगें सो क्या फायदा इस पचड़े में पड़ने से? तभी कोई इतने बर्बर कारनामे को अंजाम दे पाएगा।'

टीवी पर चलती रहें बहसें और तमाम लोगों की जनमत का जायजा लेते पत्रकारों की फौज।

मृदु ने अचानक टीवी का मुँह बन्द कर दिया और पिछली बातें रह-रहकर याद आने लगीं। सवाल ही सवाल साँप बनकर डसने लगे। उसे भी वह पहली बार विधायक से मिलाने के वास्ते लाया था और वह पहली बार में ही सहूलियतों को लात मारकर उसे अँगूठा दिखाते हुए बाहर निकल आयी थी।

न, उसने कभी किसी के साथ नफे नुक्सान का सौदा किया नहीं सो उसे कुछ नहीं मिल.पाया। सचमुच! महिलाओं के लिए यह आम रास्ता नहीं रहा। यहाँ इस स्टेज तक आने के लिए वह कितनी बार खुद से लड़ी होगी। हालात से लड़ते लड़ते जब बेदम हुई होगी तभी ऐसा कदम उठाया होगा। बस ये आखिरी बार...आखिरी मौका होगा बदला लेने का, ऐसा सोचकर ही ऐसी हिम्मत पड़ी होगी। लेन-देन के पेशेवर तरीके से, चलता है दुनिया का दस्तूर, फिर चाहे वो शरीर का लेन-देन हो, चाहे मन का।

सचमुच! अब वह किसी को भी कभी प्रेम नहीं कर सकती। किसी भी आदमी से बात करते हुए उसे जल्दी ही ऊब होने लगती। जल्दी ही समझ में आ जाता कि इसके अन्दर भी वही पौरुषेय दम्भ है तभी तो वह ऐन मौके पर कुछ ऐसा वैसा सवाल पूछ बैठती जिसे सुनकर सामने वाला निरुत्तर हो जाता या बात टाल जाता। सुकाम से आये दिन फोन पर बातें होने लगी थीं। कभी कभार वह सन्देश वगैरा भी भेजने लगता। वह चुपचाप पढ़कर डिलिट कर देती। फोन भी नहीं उठाती। मन ही नहीं करता कि वह अपनी इस दुनिया से बाहर झाँककर देखे। वह किसी से भी मित्रता का उत्साह अपने अन्दर नहीं पाती। ये सब के सव एक जैसे। सुकाम को अच्छी बातें करना खूब आता था। उसे सुन्दर कपड़े पहनने का भी शौक था। उसके साथ वह दो-चार बार लम्बी ड्राइविंग पर भी गयी थी जहाँ चाँदी जैसी सफेद आभा बिखेरते सूरज के सौन्दर्य को देखा। जहाँ हवा ने पूरी आजादी से उड़ान भरने का मौका दिया था। चाँदी के वस्त्रों की दमकती आभा बिखेरते सूरज के इर्द गिर्द आज कुछ नया प्रकाश दिख रहा था जैसे रोज-रोज के सुनहरे वस्त्रों को धारण करने से बेजार सूरज ने आज अपने अनुज चन्द्रमा से कपड़े उधार माँग लिये हों।

'ऐ, कहाँ खोयी हो मोहतरमा?' सुकाम ने हथेली फैलाकर उसकी हथेली माँगी

जिसे नजरअन्दाज करते हुए वह दूर-दूर तक फैले सरसों के पीले फूलों को देखते हुए सोच रही थी, विगत के उन पलों के बारे में जब वह गंजू के साथ एक बार चाँदनी रात में यहाँ खेतों पर आयी थी और एक चक्कर काटते हुए मद्धिम गति से बजते संगीत के साथ तिरछे होते चाँद की धीमी चाल से संगति बिठाते हुए कुछ पुराने गाने गुनगुनाने लगी थीं। तब उसे सचमुच गंजू के प्रति लगाव होने लगा था। चाँद को देखते हुए वह भावविभोर होकर बोली थी– 'अरे! इसका रंग तो एकदम मक्खन जैसा है आज?'

'ऐ मृदु, तुम आज के दौर की सबसे सुन्दर, सबसे बोल्ड और सबसे तेज दिमाग की खुद्दार राजनेत्री साबित होगी, ऐसी मेरी भविष्यवाणी है।'

आँखों में सफल राजनेत्री बनने का सुनहरा सपने तैरने लगा गोया नदी में कोई जलता दीया तैर रहा हो। यादें थोड़ी देर के लिए बड़े मनुहार से उसका हाथ पकड़ अतीत की सैर कराने अपने संग बहा ले जातीं तभी सुकाम ने उसके कन्धे पर हाथ टिकाते हुए पूछा–'किसी न किसी से खूब-खूब प्यार किया होगा आपने? आप हैं ही ऐसी, कौन न मर मिटे आप पर?'

'सच बताऊँ सुकाम, एक बार प्रेम के भरे पूरे अहसास से गुजर जाने के बाद दुबारा वैसा उद्दाम वेग नहीं उपजता। नदी की एक धार जो गुजर गयी सो गयीं।'

'मगर नदी की धाराएं दुबारा भी आती हैं, उसका क्या करोगी?'

'प्रेम की असली खूबसूरती उस पहली धार में ही उमगती है।'

'कोई जरूरी नहीं। ये तो आपका वहम या पूर्वाग्रह हो सकता है। ऐ मृदु, ऐसा क्यों सोचती हो कि प्रेम दुबारा नहीं उमग सकता?'

मन में आया, साफ-साफ कह दें कि अब तो वैसे खयाल ही नहीं आते। सूखे पतझड़ की शक्ल में जमीन पर लुढ़कते पत्तों की तरह उड़ते हैं अहसास जिसे सूखी हवा का पहला ही झोंका उठाकर कहीं भी फेंक देगा। फिर प्रकट रूप से इतना ही बोल पायी– 'हवा के पनीले झोंके ताजगी जरूर बख्सते हैं मगर भीतर से सूख चुके अहसास फिर से जिन्दा नहीं हो पाते।'

'आपकी समस्या ये है कि आप हर बात इतना ज्यादा सोचती क्यों हैं? अच्छे बुरे अंजामों से बेखबर रहकर नहीं जीया जा सकता क्या?' वह उस पर अपने विचार लादकर उसे पूरी तरह झकझोरना चाहता था। उसकी मुट्ठी को खोलकर अपनी मुट्ठी में बन्द करना चाहता और अपने तप्त होठों को उसके होठों पर रखने के लिए अकुलाने लगा जिसे परे झटकते हुए वह एकदम से निर्विकार मुद्रा में बोल पड़ी–'यादों की उड़ती धूल को मुट्ठी में देर तक दाबे रहना किसे अच्छा लगेगा मगर टूटे दरख्तों पर चिचियाते पंछी कहाँ बैठते हैं? देखो तो, अँधेरे में

ऊँघते पेड़ कितने सुस्त नजर आ रहे हैं? नहीं?'

'जैसे प्रिया के न आने पर उसका प्रियतम उदास हो गया हो। अरे! संगति का असर तो होगा न? आपकी तरह बोलना सीख रहा हूँ... दार्शनिकों की तरह बोलतीं हैं न आप?'

'सचमुच! आप भी ऐसे बोलने लगे? कहकर दोनों को हँसी आ गयी।

'हमारी तरफ से किसी भी तरह की क्रिया प्रतिक्रिया से बेखबर चलती है ये जिन्दगानी। मौसम भी जीने और जीते चले जाने की तमाम तरकीबें बताता रहता... कहते हुए सुकाम ने उसे अपने करीब खींचना चाहा मगर उसने उसी पल निर्मोही की तरह अपना फैसला सुना दिया– 'सुकाम, बाहरी हालात से लड़ते लड़ते मैं पस्त पड़ चुकी हूँ तभी यहाँ चली आयी। कुछ घटनाएँ ऐसे तरीके से घटतीं हैं जिससे हमारे भीतर के कोमल रेशे बेरहमी से कट फिक जाते फिर धीरे-धीरे हालातों से भिड़ते-भिड़ते हमें अपने भीतर लौह आवरण की परत चढ़ानी पड़ती, ऐसे में मोह, आशा और उत्साह जैसी जरूरी भावों को हम बचा नहीं पाते। अब तो एक ही चीज की फिक्र रहती है कि हमें मजबूत जमीन पर पाँव टेकने हैं सो पराधीन होने की आदत छोड़ दी। यकीन करो, मेरे अन्दर अब कुछ भी नहीं बचा। तुम्हें देने या तुमसे कुछ भी पाने की कोई तमन्ना भी नहीं बची। प्लीज, मुझे समझने की कोशिश करो।'

फिर वे रास्ते भर एक दूसरे से कुछ नहीं बोल पाये। मृदु को लगा—क्यों किसी को दुविधा भाव में लटकाया जाए? हाँ या न होने की सम्भावना के बीच भँवर की तरह डोलता रहेगा ये तो जबकि उसके अन्दर का राग भाव पूरी तरह बदल गया है। कितनी तटस्थता, कितनी निस्संगता और निरपेक्षता ने उसके भीतर डेरा डाल दिया है। सुकाम जैसे लोग कभी किसी के नजरिए को नहीं समझना चाहते सो उसे मजबूरन अपना सच बताना पड़ा। बड़ी आसानी से अपने भीतर ले जाने के लिए अकुलाते हैं ये लोग। शायद इसी जरिए इनके जीवन में चन्द खुशियाँ आएँ मगर इनके पास किसी को कुछ देने के लिए नहीं होता। शायद देना हरेक के वश की बात होती भी नहीं। देने वालों का दिल तो उदार, सहिष्णु और मानवतावादी होता है। खुद से पलायन करके किसी खोह की तरफ राहत पाने भागती हो मगर वहाँ सुकून पाने जैसा भ्रम ही होता है। वहाँ पसरे मौन को भंग करते हुए बोल पड़ा वो-

'इस ऐंगिल से भी सोचो जरा, क्या अतीत में हमेशा अच्छा ही अच्छा होता है?'

'कतई नहीं। वहाँ भी कुछ गलतियाँ, वही मनाहियाँ, वही सुख-दुख के घेरे कसे रहते, हमें जिन्हें लाँघकर हम यहाँ तक पहुँच पाये मगर प्रेम से उपजते दुखों के आघात से मेरा समूचा वजूद ढहता गया सुकाम, फिर धीरे-धीरे प्रेम की सत्ता

की पूर्णता से दिल भर गया। अब तो स्त्री-पुरुष के साथ की सुनकर ही घबड़ाहट होने लगती। बस, अब तो खँडहर बचे हैं।'

'लिसन, इन खँडहरों का कुछ नहीं बिगड़ता बल्कि यही तो सबसे ज्यादा चलते हैं। विगत ने बेशक तुम्हें तोड़ा है मगर इसे छोड़कर ही तो भविष्य का खाका बन पाएगा।'

अचानक बीच में ही बात काटते हुए वह आक्रामक ढंग से बोल पड़ी—'भविष्य, भविष्य, भविष्य, भविष्य आखिर है क्या? बचपन से लेकर आज तक हमेशा मेरे सामने भविष्य का खौफ आतंकित करता रहा। कुछ नहीं होता कल, कल की रट लगाने से। ये तमाम शब्द महज भ्रम हैं यानी दिमागी फितूर। इसी भ्रम जाल में फँसा हर आदमी हरदम परेशान रहता।'

'अरे! तुम तो नाराज होने लगीं। हाँ, मानता हूँ, भविष्य की बातें गैर जरूरी हैं। ये तो क्षितिज के समान दूर से अपने होने का आभास भर कराता है जिसके पास जाने पर कोई भी बोध नहीं जगता। इस आभासी सच के लिए इतना हाय तौबा मचा है संसार भर में। ऐ मृदु, प्लीज रिलैक्स।' कार अपने गन्तव्य की तरफ आने लगी थी।

मृदु के चेहरे की बेचैनी छुपाये नहीं छुप पा रही थी। वह बार-बार घड़ी देखने लगती तो बाहर के दृश्य। आसपास रहते लोगों के घरों से धुआँ उठ रहा था। कहीं से रोटी बनने की खुशबुएँ आ रही थीं। जिन्दगी के झूले में बैठकर एक ही जगह गोल-गोल घूमते रहने से हासिल क्या रहा? मगर हासिल होना भी क्या सब कुछ होता है? अपनी ही सोच के जाले में उलझी थी वह।

'कुछ तो बोलो, क्या सोच रही हो?'

'शायद हरेक के जीवन में ऐसा जरूर घटता होगा जब उसे प्रेम की निरर्थकता का अहसास कचोटता होगा। एक बात बताओ, क्या प्रेम हमेशा उम्र का मोहताज होता है?'

'शायद हाँ, शायद नहीं। देह की बासन्ती बयार गुजरने के बाद सबके जीवन में रीतापन तो आता है, शायद यही ठहराव है।'

'तब भी लोग प्रेम का नाटक क्यों रचते हैं? प्रेम के न होने पर भी प्रेम की छुअन का तमाशा क्यों? जब तक इस छुअन में दोनों तरफ से कोई गर्माहट, कोई कशिश या बराबर का आवेग न हो तब भी महज रस्मअदायगी हेतु एक दूसरे की देह की अन्दरूनी यात्राएँ कितनी बेमानी होती हैं, नहीं?'

'अच्छा, चलो, इस टॉपिक को छोड़ो। ये बताओ कि तुम्हें उतरती हुई धूप अच्छी लगती है या नहीं?'

'उतरती हुई धूप का अपना अलग आनन्द है...'

'तो, उतरती हुई धूप का लुत्फ क्यों न उठाया जाए? आते जाते समय से बेखबर होकर अपने लिए अपना स्पेस खुद चुनो और इस उदासी को परे झटक दो। बस, हँसती मुस्कराती रहो। ओके? कल का क्या प्रोग्राम है? क्या कर रही हो?'

'पता नही। शायद कुछ पढ़ूँ या फिर किसी पुरानी दोस्त के यहाँ चली जाऊँगी।'

'और तुम्हारी वह पत्रकार दोस्त दुबारा मिली तुम्हें? फोन नम्बर दिया तो था तुम्हें? फोन किया?'

'करेंगे आज। चलो अच्छा याद दिलाया तुमने।'

'ये रहा तुम्हारा घर। बॉय ....'

कार से उतरते हुए वह सोच रही थी जिस प्रेम का कोई भविष्य नहीं होता, कोई साझे सपने नहीं होते या साथ चलते रहने में वैसा साझा सुख मयस्सर नहीं होता, वहाँ प्रेम प्रेम नहीं होता। फिर क्या होता है? सिर्फ समय को भरने हेतु साथ पाना या विकल्पहीन होकर अकेले पड़े रहने से बेहतर है किसी का भी साथ ले लो। वैसे सुकाम एक अच्छा इंसान हो सकता है मगर वैसा सच्चा साथी, क्या पता? स्त्रियाँ बड़ी जल्दी प्रेम जैसे खोखले शब्दों के मकड़जाल में क्यूँकर फँसने लगतीं? प्रेम में पड़ी लड़कियों को देखकर वह सोचती-ये क्या जानें, प्रेम की गहराई या अनूठेपन के बारे में? इनके लिए तो पहली नजर का प्रेम महज दैहिक आकर्षण ही होता है। आत्मिक, अनूठा, दिनोंदिन गहराते गाढ़े होते प्रेम की विराटता को लेकर ये कुछ भी तो नहीं सोच पातीं। इन्हें तो सब कुछ फटाफट पा लेना है फिर चाहे वो कैसे भी क्यों न हासिल करना पड़े? कोई और जरिया न मिला तो देह का जरिया ही सही। क्या हर्जा? जब भी नर-मादा देह टकराएगी तो कहीं न कहीं चिनगारी तो जलेगी ही और इस चिनगारी को ही ज्यादातर लोग प्रेम समझ बैठते।

मृदु के कमरे में पसरा सन्नाटा धीरे-धीरे उसका प्रिय साथी बनता गया जो उसके भीतर चुपके से चला आता किसी पालतू जानवर की तरह। आसपास के पेड़ों से टकराती हवाएँ आवाजाही करती रहतीं। बच्चियों की आवाजें कभी कभार उसके एकालाप को तोड़ देतीं। उसके सारे पुराने सन्दर्भ धीरे-धीरे कटते गये। घर लौटने के रास्ते पहले ही बन्द हो चुके थे। वह बैठे-बैठे सोचती रहतीं, अपना घर वार, अपना शहर छोड़कर यहाँ आये पूरा एक साल बीतने को है, मगर अभी भी पुरानी बातें, पुराने दिन, पुरानी घटनाएँ उसका पीछा नहीं छोड़तीं। चलो, आज

अनीता से बतियाते हैं। एक वही है जिससे बातें करके उसे एक सच्ची खुशी मिलती है। उससे बतियाकर उसका मन पुलकित हो उठता।

'हैलो...'

'हैलो...'

'पहचाना? बताओ, कौन है, कहाँ से बोल रही है?'

'अरे तुम! अचानक कहाँ गायब हो गयी भई? तुम्हारे बारे में खूब सारी अफवाहें फैलती रहतीं। कोई कहता, वो तो एकान्तवास करने पहाड़ों पर चली गयीं तो कोई कहता, वे अज्ञातवास पर हैं तो कोई कहता कुछ और। सचाई तो कोई नहीं जानता। ऐ, कैसी है तू? कहाँ है? बता न जल्दी से।'

'ठीक हूँ, जी रही हूँ बस, एक संस्था से जुड़कर वक्त काट रही हूँ।' ठहरी आवाज में बोल पड़ी वह।

'पता, मुझे तो हमेशा यही लगता रहा जैसे तू किसी रोज कहीं से भी अचानक धरती फाड़कर प्रकट हो जाएगी और कन्धे पर हाथ रखकर पूछेगी—तो चलें कहीं मटरगश्ती करने। ऐ, टेंशन नहीं लेने का, मैं हूँ न? सब ठीक हो जाएगा। एक दिन दुनिया वाले हमें जरूर समझेंगे। यही सब बोलती थी न तू?' आवाज में उत्तेजना और आवेग शुमार था।

सुनते-सुनते उसका गला भर आया। किसी तरह आँसू पोंछते हुए बोली—' मर गयी तेरी वह पुरानी मृदु। सच अनीता, एक तू ही है जो मेरे मन को समझ पाती है। अच्छा, सबसे पहले तू ये बता, बच्चे कैसे हैं हमारे? दिखते तो होंगे?'

'खूब मजे में हैं। उनकी चिन्ता करना तो तू छोड़ दे। बड़े वाले की जॉब लग गयी है, छोटा हॉस्टल में रहकर पढ़ रहा है। ये सब खबरें सुनकर सेंटी नहीं होने का? रोएगी तो वहीं आकर जड़ दूँगी एक थप्पड़? सुन रही है न?'

'अनीता, बच्चों को लेकर खूब हुड़क उठती। सोचकर हैरानी होती कि जब हम उनके साथ उस वक्त को जी रहे होते तब क्यों नहीं अनुमान लगा पाते कि इस वक्त के गुजर जाने के बाद ये लमहे बस मीठी याद बनकर रह जाने वाले हैं। इन्हीं को सोते-जागते याद करते-करते बाकी की उम्र गुजारनी पड़ेगी। धुँधली यादें बची हैं कि बच्चे छोटे हैं, उन्हें नींद नहीं आ रही, वे अँधेरे से डर रहे हैं और उन्हें सुलाने के लिए मैं कहानियों संग गाने सुनाती जा रही हूँ तब तक जब तक कि वे सो न जाएँ। ये यादें ही हैं जो रात के अँधेरों में उजाला फेंककर भीतर पसरी खामोशी को तोड़ देती और चहलकदमी करने लगतीं। फिर लेटे नहीं बनता।'

'अब ध्यान से एक बात सुन तू। वक्त हरेक को बदलता रहता। नये-नये

कपड़े पहनाता रहता। धीरे-धीरे वे बच्चे भी वैसे नहीं रहते जैसा हमने उन्हें पाल पोसकर बड़ा किया था। वे जैसे दिखते हैं, वैसे कतई नहीं होते। जैसा बर्ताव करते हैं, वैसा पहले कभी नहीं करते थे। तो? इस बारे में सोचकर माथा खराब करने से क्या फायदा?'

'तू ठीक कह रही है। पुराने वक्त को देखते रहने में ही उम्र जाया करती रही मैं तो। जिस वक्त जिस माहौल में घर छोड़कर बहन के यहाँ जाने के लिए स्टेशन के वेटिंगरूम में बैठी थी, तुझे बता नहीं सकती, कितनी तरह की असुरक्षाएँ घेरे थीं मुझे। लगता था, पता नहीं, कितने दिन वहाँ रह पाऊँगी? कैसे अकेले जिन्दगी बिता पाऊँगी? कभी घर छोड़कर इस तरह अकेले कहीं नहीं रही थी, इसीलिए बेहद डरी हुई थी।'

'फिर?'

'तभी वो मानसी संस्था की संचालिका मैडम टकरा गयीं। अब इसे संयोग कहूँ या किस्मत का उल्टफेर कि उनके प्रस्ताव पर न नहीं कर सकी। कैसे करती? तब तो ऐसा लगा जैसे कोई देवदूत बनकर आसमान से मदद के वास्ते उतर आया हो। अगर उस वक्त उनके साथ ट्रेन पर न चढ़ी होती तो फिर कहाँ जाऊँगी? कौन रखेगा मुझे? क्या पता ताजिन्दगी भूखों मरना पड़ता या उन्हीं के टुकड़ों पर पेट भरने के लिए न जाने क्या-क्या करना पड़ता? बुरे वक्त में कौन कहाँ तक साथ दे पाता है?'

'सच कह रही हो तुम। हमारे सपने, हमारी आकांक्षाएँ हरदम अतृप्त पंछी की तरह कन्धे पर सवार होकर चिचियाते रहते और इनका शोर हमें चैन से जीने ही कहाँ देता? ये अकुलाहट, ये बेचैनी और ऐसी हड़बड़ाहट तारी रहती थी उस समय तो जिसे बाहर फेंकने के लाख जतन किये मगर किसी बेशर्म पौधे की तरह सीने पर चढ़ी रहती वह बेसब्री। अब तो ऐसा लगता जैसे सारा जीवन भ्रम में ही निकल गया। भौतिक चीजों से घर भर लेने से कहाँ से मिलता वैसा सुकून? बाहरी लोग क्या कहेंगे, बस यही चिन्ता खाये जाती थी तब तो।'

'सुन, दुनियाँ वालों से कैरेक्टर सर्टिफिकेट हासिल करके भी क्या होने वाला है? ये लोग कैसे जानेंगे रिश्तों की संवेदना? ये बाहर वाले भी क्या दे पाएँगे किसी को? सच बताऊँ तो उनके पास देने के लिए होता ही क्या है? दरअसल वे खुद भी रीत चुके होते सो खाली पड़े डब्बे की तरह यहाँ-वहाँ लुढ़के पड़े रहते। दूसरों को वही भर सकता जो खुद भी भरा हो। एक प्यासा ही दूसरे की प्यास समझ सकता है।'

'तू तो कितनी समझदार दार्शनिकों जैसी बातें करना सीख गयी अनीता। जो भरा होगा, वही छलककर दूसरों पर चन्द छींटे फेंक सकता है और हम थे कि सबसे

पानी माँगते यहाँ-वहाँ दौड़े भागे फिरते थे। खुद खाली थे वे, सो भला हमें क्या दे पाते? ऐसी अपेक्षाएँ ही गलत थीं हमारी।' गले से एक गम्भीर आवाज निकली।

'ये हुआ न स्ट्रांग वूमैन वाला स्टेटमेंट। उस दौर में तो पति पर पूरी तरह निर्भर रहने वाली थी तू। चल, तुझे याद दिलाती हूँ कि कैसी थी तू तब?'

'हाँ, बता न, मैं सचमुच खुद के बारे में सब कुछ भूल गयी हूँ।'

'तू कहती थी, न तो मैं मरूँगी, न ही हारूँगी। मैं तो उसी तरह जिऊँगी, बिन्दास, मस्त और उन्मुक्त ठहाकों के साथ। ध्यान से देखो मुझे, मेरी आँखों में, तुम्हें क्या लगता है, साफ-साफ बताओ न? ऐसा कौन-सा बड़ा भारी अपराध कर डाला मैंने जिसकी इतनी बड़ी सजा दे डाली उन्होंने सबके साथ मिलकर... मैं तुम्हें आश्वस्त करना चाहती कि गलती तुम्हारी नहीं, उनकी है। वे तुममें परम्परावादी स्त्री को तलाशते, सुनते ही तू हँसने लगती और फिर हँसते-हँसते रो पड़ती। बात बात पर आँखें भर आती तेरी। अब वैसी कोरी भावुकता तो नहीं रही न?'

'अनीता, कोरी भावुकता कभी अच्छी नहीं होती मगर वैसा स्वभाव है मेरा। क्या करूँ? तब से न जाने कहाँ-कहाँ की कितनी यात्राएँ करती रहीं। ये यात्राएँ हमें कहीं नहीं पहुँचा पायीं। जब गन्तव्य का ही अता पता न हो तो इन फिजूल यात्राओं में भला सच्चा आनन्द कैसे मिलता? यात्राएँ चाहे तन की हों या मन की, ये हमें कहीं नहीं पहुँचा पातीं।'

'सुन, तेरा गंजू अक्सर मुझसे तेरे बारे में पूछताछ करता रहता। उड़ती खबरें हैं कि वो तेरे पति से मिल गया है।'

'अनीता, पुराने सन्दर्भों से पूरी तरह काट चुकी हूँ खुद को। वैसे भी कौन ऐसा आदमी है जो अपने भीतर किसी और को साथ ले जाने के लफड़े में फँसना चाहेगा। सबके सब तो खुद को ही लिए यहाँ वहाँ भागे भागे फिरते रहते। वे स्थिर होकर खुद का साथ ही नहीं पकड़ पाते सो उनसे ऐसी उम्मीदें करना समय की बर्बादी था। तू ही बता, कोई भी किसी को क्यों ढोएगा भला?'

'अमूमन आदमी यहाँ-वहाँ की निरर्थक यात्राएँ कभी नहीं करते। जो आसानी से मिल गया, उसी का दामन थाम वे अपना काम निकालने में माहिर होते है, समझीं डियर? कहकर वह हँसने लगी और फिर उसे भी हँसी आ गयी। अरसे बाद फोन पर हँसी की आवाजाही हुई और भारी मन फूल-सा हल्का हो गया।

'तो कब मिल रही हो मुझसे? कहाँ?'

'तेरे सारे सवालों का एक-एक करके जवाब दूँगी। समझी? बस किसी दिन या तो खुद ही आ टपकूँगी या तुझे बुलवा लूँगी। ठीक?'

'ओके?' उसकी बातें याद करते-करते मृदु के चेहरे पर उसके प्रति फिर से

वही प्यार उमड़ने लगा फिर जैसे कोई पुरानी बात याद आ गयी–

'ऐ अनीता, वो कुंजू कांड देखा था टीवी पर। अखबारों में पढ़ा भी था। आगे क्या हुआ? एनी प्रोगेस? कुंजू के लिए कुछ न कुछ करना होगा यार। उससे मिलने चलें क्या? हाँ, मैं भी तेरे साथ चल सकती हूँ, तू कहे तो?'

'क्या कहा? तू चलेगी मेरे संग, इससे अच्छी बात और क्या हो सकती है भला? मृदु, तू अपनी महीनों की नींद से जाग जा, जागो मोहन प्यारे। लिसन, तू बोलने में तेज तर्रार है तो आगे बढ़कर कुछ करती क्यों नहीं? कैसे इतनी बड़ी घटना से आँखें मींचे पड़ी रहेगी वहाँ एकान्तवास में? वैसे भी अब कोई नहीं है तुझे रोकने टोकने वाला कि वहाँ मत जा या यहाँ मत जा। सुन, सच्चे मायने में आज़ाद हुई है तू अब, तो क्यों नहीं आये दिन हो रहे इन जुल्मों के खिलाफ मैदान में उतरती? मैं हूँ न तेरे साथ फिर काहे का संकोच? इतना सोचने का नहीं।'

'कहीं मेरी पार्टी वाले पुराने लोग फिर से मिल गये और मुझे पार्टी में वापस खींचने लगें, तो?'

'तो क्या? साफ-साफ मना कर देना। डर किसका? कौन बैठा है तेरे वास्ते कुछ भी करने धरने वाला? मृदु, सम्भ्रान्त या सोबर दिखने का मुखौटा उतार फेंक। नोंच डाल उस पुरानी मृदु के नकाब को। सच कह रही हूँ, कुंजू कांड में मुझे तेरे साथ की सख्त जरूरत है। तू देगी न मेरा साथ?'

'हाँ, हाँ, जरूर कुछ न कुछ करती हूँ। फिर तो जल्दी से जल्दी मिलना पड़ेगा तुझसे। प्रॉमिस, उसे न्याय दिलाने के वास्ते तू जैसा-जैसा कहेगी, हर हाल में करूँगी। महिला संगठनों से मिलकर जंग लड़ूँगी, जरूर से।'

अरसे बाद मृदु के जीवन की ठहरी गाड़ी अनायास चल पड़ी। पिछले कुछ महीनों से एक-सा जीवन जीते-जीते उसे लगता जैसे उसके जीवन की गाड़ी बस उतनी ही चल पाती है जितना वह धक्का दे देकर खींच पाये। थोड़ा-सा चलते ही पहिये जाम हो जाते और एक बार उसकी सोच के पहिये थमे फिर उसे दुबारा एक्टिवेट करने में दिनों महीनों लग जाते। ढेर सारा पसीना बहाने के बाद फिर कहीं चल पाती उसकी जीवन गाड़ी मगर आज तो अनीता ने उसके सोये तार झंकृत कर डाले।

उसके दिमाग में रह-रहकर बलात्कार की शिकार बच्चियों की सूरतें याद आने लगीं। अधिकतर मामलों में तो अपराधी बच्ची के परिवारीजन या पड़ोसी ही निकलते। बचपन की वह एक घटना वह कभी नहीं भूल पाती। कस्बे के जूनियर हाईस्कूल में पढ़ती थी वह। पीटी टीचर ने 26 जनवरी की प्रेक्टिस के बहाने कुछ लड़कियों को रोक लिया था। प्रेक्टिस के बाद वह कभी कभार उस सयानी हो रही

लड़की मीना को रोक लेता था, यह कहकर कि यह ग्रुप लीडर है सो इसे कुछ अलग से प्रेक्टिस करानी पड़ेगी और तुम लोग जाओ। बाद में पता चला कि मीना के साथ उसने बदसुलूकी की थी और गुस्से में तनतनाते मीना के भाई ने उस टीचर का सिर ईटों से कूच-कूचकर भर्ता बना दिया था। किसी तरह मीना को बचा लिया गया लेकिन तब से उसका स्कूल छुड़वा दिया गया। इस हादसे के बाद से ही हर वक्त डरी सहमी रहने लगी थी वह। तब भी वह सबसे यही सवाल खड़ा करती कि इसमें बताओ, उस मीना का क्या कुसूर? मगर डर के मारे उसके घर वाले पुलिस के पास शिकायत करने नहीं गये थे कि खामखा बदनामी होगी और फिर मीना की शादी में दिक्कतें आएँगी।

इसी तरह की एक घटना कॉलोनी में रहती रेशु के संग घटी थी। उसकी विधवा माँ के पास न तो धन और ताकत का जोर था, न ही कोई ताकतवर पृष्ठभूमि फिर भी मृदु ने तमाम महिला संगठनों के साथ मिलकर धरना, प्रदर्शन और जेल जाने जैसे आन्दोलन किये थे। पीड़िता को न्याय दिलाने के लिए उसने दिल्ली के कई चक्कर काटे थे लेकिन इस व्यवस्था ने हमारे संविधान, कानून और पुलिस की आँखों में धूल झोंकने के लिए बहुतेरे चोर रास्ते निकाल लिये हैं। इसी तरह ऐसे मामलों की हीलाहवाली से तंग आकर लड़की ने जान दे दी थी। ऐसी लड़कियाँ बदनामी के डर से कुछ दिन मुँह सिए रहतीं फिर शुरू हो जाता ब्लेकमेलिंग के जरिए डराने धमकाने का कभी खत्म न होने वाला सिलसिला। सच तो ये है कि ऐसे मामलों में कड़ी सजा का कोई प्रावधान नहीं है सो लोगों के मन में डर भय तो रह ही नहीं गया।

जब तक लोगों के मन में इसके खिलाफ तगड़ा डर पैदा नहीं होगा, तब तक बलात्कारियों की संख्या बढ़ती जाएगी। अब थोड़ी बहुत जागरूकता बढ़ने से ज्यादा से ज्यादा मामले पुलिस में दर्ज कराये जाने लगे हैं और सजा की दर पहले की अपेक्षा तो बढ़ी है मगर रोकथाम क्यूँकर नहीं हो पा रही? न तो तमाम एजेंसियों में तालमेल हैं और न ही बदलते समय के मुताबिक कानूनों में सुधार हो पा रहा। अभी भी महिला पुलिस की तादाद पर्याप्त क्यों नहीं? सवाल ही सवाल सीने में आग का दहकता गोला बनकर धधकने लगे।

एक सप्ताह बाद कुंजू का चेहरा फिर से टीवी पर दिखाया जाने लगा। उस दिन पहली बार वह मीडिया से मुखातिब होकर बोली थीं। उसकी आवाज सुनकर लगा जैसे बहुत पहले, सालों पहले कही सुनी है ये आवाज, पर कहाँ? वह पटापट बोलती जा रही थी–

'हाँ, ठीक सुना आपने। विधायक के साथ दो और भी राक्षस थे, मोटे होठों

का रंग एकदम काला था उस रावण का। विधायक का पेट बाहर निकला था तो दूसरा वाला जींस पहने था और जबरदस्ती करके मेरे मुँह में कुछ कड़ुवा-सा घोल डालता जा रहा था– थोड़ा-सा सोमरस तो चख ले, पी इसे, विस्मिल्ला कर... बोलते बताते उसने अचानक रोना शुरू कर दिया। उसके रोने का अन्दाज भी परिचित-सा लगा।

उसे देखकर अपना पीछे छूटा गाँव याद आ गया। मन्दिरों, वे छोटी-सी गलियाँ और नालियों के पास कूड़े के ढेर पर खेलते कुत्तों के संग खेलते बच्चों के संग देखा था उसे, हाँ शायद वही थी, हमउम्र बच्चों के बीच उछलकूद करती मटमैली-सी फॉक पहने लँगड़ी खेलने में मस्त चिरैया-सी चहकती।

'ऐ, तुम्हारी अम्मा का नाम मालती है क्या? कहाँ रहती है?'

तब उसने बिना जबाव दिये उँगली दिखाकर इशारा भर किया था, पीछे की तरफ वनी बस्ती में। उस अँधेरी घनी बस्ती में सब तरफ मच्छर ही मच्छर भनभना रहे थे। एक-एक डग भरते हुए वह सँभल-सँभलकर आहिस्ते से अन्दर जा पहुँची जहाँ बर्तन धोती मालती दरवाजे पर ही दिख गयी थी। फिर वो बड़े आदर के साथ उसका हाथ पकड़ उसे भीतर खींच ले गयी। एक कमरे का वह घर, बेतरतीबी से यहाँ-वहाँ फैले टूटे फूटे डब्बे, कनस्तर, पानी से भरी टूटी बाल्टियाँ और छोटे मोटे एल्यूमोनियम के बर्तनों में पसरी गृहस्थी का सामान। यहाँ आकर ऐसा लगा जैसे ये सब तो आते जाते समय से बेखबर होकर जिन्दगी गुजारते होंगे। अरगनी पर टँगे कपड़ों में से अजीब तरह की गन्ध आ रही थी और उस मैले कुचैले से बिस्तरे पर पड़े कपड़े न जाने कब से नहीं धोये गये होंगे। सब तरफ से गन्ध आने लगी। हवा जैसे वहाँ न जाने कब से ठहरी हुई-सी लगी जैसे किसी ने उसे कैद कर रखा हो।

वाकई! वक्त हर चेहरे पर बेरहमी से हस्ताक्षर करता जाता मगर गले की आवाज कभी नहीं बदल पाती। कुंजू जेल से छूटकर सीधे अपने गाँव पहुँच गयी और ये वही गाँव था जहाँ मृदु के नाना रहते थे। सीतापड़ी नामक गाँव, चलते है इससे मिलने, मन पक्का करके वह अनीता से फोन मिलाने लगी।

'देख अनीता, मुझे लगता है, ये वही लड़की है, मालती की बिटिया, जानती हूँ इसे। तू चल रही है न मेरे संग?'

'ठीक है, तू वहाँ ठीक दस बजे पहुँच जाना। मैं भी 11बजे तक हर हाल में पहुँचूँगी। ओके?'

रास्ते की उतरती हुई धूप कच्ची पक्की दीवारों पर चढ़ती हुई मोहक चित्र बना रही थी। आहिस्ते-आहिस्ते कदम बढ़ाती मृदु जब कुंजू की झोंपड़ी तक पहुँची, सूरज अपने प्रकाश पुंज का गुल्लक खाली कर चुपके से अपनी खोह में खिसकने

के लिए जल्दी में दिख रहा था। रास्ते में चलते हुए वह कुंजू की माँ मालती का चेहरा याद करने लगी–बात-बात पर खी-खी करती गोटियाँ खेलती वह अक्सर उससे जीत जाती। फिर वे दोनों शाम ढहते ही दूर खेतों की तरफ साथ-साथ फारिग होने जाते। धूप के बचे खुचे टुकड़े जो यहाँ वहाँ बैठे हुए थे, उन्हें निहारते हुए उसे सुनाई पड़ा– सीतापड़ी, सीतापड़ी ....

बाहर पैर निकाल अपनी साड़ी सँभालती मृदु ने चारों तरफ देखा। ये अनीता कहाँ रह गयी? अभी तक नहीं दिख रही। पर्स से मोबाइल निकाल वह उसे फोन मिलाने की सोच ही रही थी कि सामने आती सफेद मारुति से उतरती अनीता दिख गयी।

'मृदु, अपनी सफेद साड़ी पर चमकती धूप के गोल-गोल घेरे देखो, कितने प्यारे सुनहरे रंग भर दिये हैं कुदरत ने वहाँ। वाकई, प्यारी लग रही है तू अभी भी, वैसी ही दिलकश।'

'अरे! अरे! तू तो शायरी करना सीख गयी। तू भी कहाँ बदली? जरा भी नही।'

'सच मृदु, क्या-क्या अफवाहों का बाजार गर्म था तुझे लेकर। कोई कहता, हरिद्वार में तो कोई कहता दूसरी शादी रचा ली उसने। तो कोई कहता, केदारनाथ के मन्दिर में तपस्यारत है तू। ऐ, तू कहाँ गुम हो गयी ऐसे अचानक? मगर मैं जानती थी कि तू जहाँ भी होगी, उसी तरह जी रही होगी, मस्त, बिन्दास और भरी पूरी। जिन्दगी से हार न मानने वाली।'

'अनीता, मैंने तुझसे क्या कहा था, याद कर? मैं न तो मरूँगी, न ही हारूँगी। मुझे ध्यान से देख, मेरी आँखों की जुबान पढ़, आखिर ऐसा कौन-सा गुनाह किया है मैंने जिसकी इतनी भारी सजा भुगतनी पड़ रही मुझे? तुम्ही बताओ? तुम तो पत्रकार हो, बाल की खाल निकाल सकती हो।'

'ऐ, तेरे बाल अभी भी वैसे ही स्वस्थ है और तेरी खाल भी सो बाल की खाल निकालने का कोई आइडिया नहीं, रिलेक्स यार। टैंशन नहीं लेने का। सब ठीक हो जाएगा। चल, अब चलते हैं उस कुंजू के घर। देख सामने, जहाँ चहलपहल दिख रही है, वही घर होगा। कोई न कोई पत्रकार वगैरा जरूर घेरे होगा उसे। खबरें तो यूँ भी बिकने लगी हैं आजकल।'

'पहले चाय पीएँगे, चल वहाँ सामने वाले ठेले के पास ही बैठते हैं टीले पर।'

ऊबड़ खाबड़ टीले पर बैठकर दोनों चाय पीते हुए कुंजू से जुड़ी खबरों की चर्चा करती रहीं। घिरती हुई शाम के वक्त चारों तरफ हो हल्ला मचा था। हर तरफ रिक्शे

वालों या दिहाड़ी पर काम करने वालों का जमावड़ा था, उनकी आवाजों की हलचल थी। दोनों अपने-अपने अनुभव शेयर करने लगीं—

'भीतर ही भीतर जहर गुटकती, पीड़ा भुगतती कुंजू अपनी तकलीफ शब्दों में बयाँ कर पाएगी भला? पुलिस और प्रशासन के लम्बे-लम्बे हाथ होते हैं सो अपने ऊँचे सम्पर्कों के कारण वे साफ बच निकलते हैं मगर सामान्य छोटे तवके की अनपढ़ या अधपढ़ी किशोरियों के खिलाफ उठती आवाजें अक्सर गायब कर दी जातीं। ऐसे मामलों में उसे पुलिस के खिलाफ खुलकर बोलना होगा, तभी भ्रष्टाचारी सिस्टम से राहत के रास्ते खुल पाएँगे। ऐसे मामलों में अक्सर बीच में कोई नहीं पड़ता।'

'देख अनीता, पहले भी ये सब होता था, दबे कुचलों के संग मगर तब ऐसे मामले दबा दिये जाते थे या पीड़िता को समझा दिया जाता था कि तुम्ही गम खा लो। कोर्ट कचेरी के लफड़े में पड़ोगी तो क्या फायदा? चलो, ये एक लाख की गड्डी रख लो और इसकी ठीक ठाक शादी करवा दो।'

'हूँ, सो तो है। ज्यादातर कानून किताबों में बन्द पड़े-पड़े सड़-गल जाते। कानूनी अधिकारों के प्रति जो एलर्ट हैं, वे भी कहाँ हैं सुरक्षित पुलिस टॉर्चर से? एक वाकया याद आ रहा जब उस 15 साल की बच्ची के साथ रेप हुआ था और कोर्ट ने चारों को बरी कर दिया था, यह कहकर कि यह लड़की ऐसे सम्बन्धों की आदी थी। तो बताओ फिर, यानी जो आदी हो, उसके संग बलात्कार करने का कानूनी लाइसेंस मिल जाता है क्या मर्दों को?'

'हर जगह तो पुरुष के नहीं, सिर्फ और सिर्फ स्त्री के ही चरित्र पर उँगली उठायी जाती। वह दुष्चरित्र हो तो कोई भी उसके साथ बलात्कार कर सकता है। अजीब कानून हुआ ये तो। कभी-कभी तो ऐसा भी सुना गया कि उस बिगड़ी औरत ने ही उस सज्जन को इस कुकृत्य के लिए उकसाया होगा। बाप रे! '

'ऐसे कानून न तो व्यावहारिक हैं, और न ही न्याय दिलाने वाले। सोचो जरा, कुंजू जब रिपोर्ट दर्ज कराने गयी तो उसके खून से रंगे कपड़े परीक्षण के तौर पर क्यों नहीं रखवाये गये? गायब कर दिये जाते दस्तावेज और यह सब राजनीतिक संरक्षण मिलने की वजह से।'

'तू ठीक कहती है। चुनौती भरी इस मुश्किल राह पर इस लड़ाई को अकेले अपने बूते कैसे लड़ पाएगी वह? घर वाले देर सवेर इस मुकदमेवाजी से पस्त पड़ जाएँगे। घटना के प्रत्यक्षदर्शी भी गवाही के लिए आसानी से तैयार कहाँ होते हैं? याद करो, पिछली बार अखबार में क्या छपा था? अमुक आरोपी ने गवाहों को डरा धमकाकर जान से मारने की कोशिश की। ऐसे में कौन भला आदमी पड़ेगा ऐसे पचड़ों में?'

'फिर तारीखों पर तारीखें बढ़ती जातीं। अदालत में आने वाली बच्ची सबकी नजरों के केन्द्र में रहती सो सबको खटकती। निराश, हताश और थकी बच्ची बेचारी कैसे सह पाएगी इतना सब बोझ?'

'ऊपर से कैसे-कैसे घटिया किस्म के सवाल पूछे जाते उससे। देखा, वह रहा कुंजू का घर।'

दोनों उन कच्ची पगडंडियों को पार करती हुई इधर उधर के लोगों से पूछती पाछती उसके घर जा पहुँची। दरवाजा खटखटाने पर आवाज आई–'कौन?'

'कुंजू, हम, तेरी मम्मी की सहेली, मालती की सहेली।,'

फट से दरवाजा खुला। गुलाबी रंग की छींटदार कुर्ती पर नीला दुपट्टा ओढ़े कुंजू उसे ध्यान से देखने लगी। तो मृदु ने ही बात का सिरा पकड़ा– 'कहाँ हैं अम्मा? मालती, ओ मालती, हम मृदु, तेरे बचपन की गुइयाँ।' उसकी आवाज की गहराई तो सचमुच जानी पहचानी लगी। फिर अगले ही पल साँवली दुबली-पतली, चेहरे पर पस्ती और निचाट बियावन भाव और बेतरतीबी से मुची साड़ी बाँधे एक थकी हारी-सी स्त्री सामने खड़ी थी।

'हम, नाही चीन्ह पाये आपको, साँची कै रय।' आवाज में उत्सुकता का भाव था।

'मैं मृदु, बचपन में हम साथ-साथ खेत पर जाते थे, हरिराम चाचा के घर के पास था न तुम्हारा घर? तुम्हारी शादी तो जल्दी हो गयी थी न?'

'बहन, आपको तो पता है, हमारा बियाह तो घर वालों ने छोटी उम्र में ही कर दिया था। मगर तुम! अचानक इस तरह कैसे?' अनायास उसने मृदु की हथेलियाँ थाम लीं और पूरी कहानी बताते-बताते फफक पड़ी।

'दीदी, वे चार जने थे। बुरी तरह रौंद डाला इसे जैसे .... अब क्या-क्या बताएँ? कैसे-कैसे, कहाँ-कहाँ? उस चोट खायी आवाज में एक छटपटाते दर्द का सैलाब उसकी जुबान के जरिए छलक पड़ा।

'महज 16 साल के थे जब हमारी ये बच्ची हो गयी थी। हमारी फूल-सी बच्ची के शरीर पर उन राक्षसों ने भारी भरकम चक्की चलाकर अधमरा कर दिया। उसकी आत्मा का कत्ल कर डाला। अभी भी डर के मारे रात को मुझे कसकर पकड़कर सोती है और सोते सोते कहती है–अम्मा, वो देखो, कोई ट्रक मेरे ऊपर से गुजरता जा रहा है। अम्मा, दम घुट जाएगा मेरा, मर जाऊँगी मैं तो। एक मेरा मुँह दबाये है तो दूसरा टाँगे। अम्मा, वे मार डालेंगे मुझे।... बताते-बताते वह आँसू पोंछने लगी–सच्ची बहन, पता नहीं काहे बचा लिया इसे ऊपर वाले ने? इतनी छीछालेदर से अच्छा था कि मर ही जाती ये। अब तो कहीं मुँह दिखाने लायक नहीं

रहे हम। सच्ची बहन, जीने का मन नहीं करता, न हमारा, और न उसका।'

'कैसी बातें करती हो, इसमें भला उसका क्या कुसूर? इसकी तो कोई गलती नहीं जो किसी को मुँह दिखाने लायक नहीं बची। ऐसी सोच ठीक नहीं।'

'सारी इज्जत गँवाकर ऐसे जीने से भला क्या फायदा? इसी के बाप ने भेजा था मुझे यहाँ, काम पर लगाने बुलाया था उसी राक्षस ने और फिर ... फिर .... साजिश करके। कहीं की नहीं रही वह। गरीबी, हताशा और लाचारी ने तोड़ दिया मुझे। '

पूरी बात बताने के पहले ही बेचारगी के मारे वह बिलख पड़ी जैसे किसी ने जले फफोलों पर अपना हाथ पूरी ताकत से रख दिया हो। फिर कँपती जुबान में थरथराते हुए बीच में ही बोल पड़ी– 'पता? क्या-क्या सवाल पूछे थे उनने? तूने भी मजे लिये होंगे। बता, तू चीखी क्यों नहीं? बता, कहाँ-कहाँ, क्या-क्या किया था उन्होंने? फिर बाप से कहा–तुझे पूरे पैसे नहीं मिले इसीलिए झूठी रपट लिखाने चला आया। जानता है कौन है वह? तेरी बोटी-बोटी नोंच काटकर फेंक देगा किसी जंगल में और तुझे और तेरी बेटी को पता ही नहीं चलेगा। समझ गया?

तेरे पास क्या है, न धन बल, न तेरी कोई हैसियत, सो रपोट वापस ले ले। इसी में तेरी भलाई है, समझ गया? कहे तो उन्हीं में से किसी एक से शादी करवा दें उसकी।' पुलिस के कारिन्दों ने ऐसी बातें कहीं।

'मगर तू डरना मत। तेरे साथ तो पूरा मीडिया है। दस दिनों से सैकड़ों मीडियाकर्मी यहाँ डटे हैं। यहाँ का चप्पा-चप्पा छान मारा है उन्होंने। बस, तू हिम्मत न हारना। जब एक बार हिम्मत करके मुँह खोला ही है तो किसी के डराने धमकाने में मत आना। तेरी उम्र पूछी होगी? क्या बताया?'

'सत्रह की पूरी हुई नहीं अभी। डॉक्टरी जाँच तो हुई थी, सही उम्र कैसे बताएँ? स्कूल में तो पढ़ती नहीं। अन्दाजे से बता दिया था।'

'नाबालिग साबित करना मुश्किल होता है न और इसी सन्देह का फायदा उठाकर अपराधी छूट जाते हैं। अरे मृदु, तुम्हारा मोबाइल बज रहा है।'

'हाँ बोलो सुकाम, कोई खास काम। मैं यहाँ कुंजू के पास, अनीता के साथ। नहीं, तुम्हारी कोई जरूरत नहीं। फिलहाल तो नहीं। होगी तो जरूर बता देंगे।' कहते हुए उसने मोबाइल का स्विच अचानक से ऐसे मरोड़ दिया जैसे किसी की बोलती आवाज दबाने के लिए उसके मुँह पर हाथ रख दिया जाए। फिर उसकी बातें ध्यान से सुनने लगी।

'दीदी, अब हमें मौत का भी डर नहीं लगता। मार दें, जान से, मारना हो तो वह भी करके देख लें। हाँ, फूलन देवी बन जैहे हम तो, बस सोच लिया अब तो

हमने भी।' बताते-बताते उसे लगा जैसे थाने में बैठे हुए सब जने उससे जवाब तलब कर रहे हों। सोचते ही भीतर तक हूक उठी और आत्मा तक उतरी बेचैनी ने उसे झिंझोड़कर रख दिया।

उसके मजबूत इरादे और दबंग बोल सुनकर मृदु के चेहरे पर छाया तनाव कम हुआ। वह अन्दर से पानी भरे दो गिलास और दो प्यालियों में चाय ले आयी। फिर ठहरकर बोली—'जो होना था सो तो हो गया। अब जो हमें करना होगा सो जरूर करेंगे। न, अपने आगे बढ़े कदम कतई पीछे नहीं हटाएँगे। अब तो सारे डर भय खत्म हो गये हमारे।'

इस वक्त उसके चेहरे पर बेबसी, लाचारी और निरीहता के भाव न होकर एक नये तरह के संकल्प की चमक कौंध रही थी। अपने हाथ में मजबूती से मोबाइल थामे कुंजू के चेहरे पर बिछा आत्मविश्वास देखकर ऐसा लगा जैसे चन्द दिनों में ही ये सुकोमल बच्ची बच्ची न रहकर अचानक एक परिपक्व या समझदार लड़की में बदल गयी हो जिसकी मजबूत आवाज कैसे भी अँधेरे रास्तों के खिलाफ जंग छेड़ने में सक्षम हो। उसकी मनःस्थिति का अन्दाजा लगाकर वह चुप ही बनी रही। तब तक अचानक झुग्गी में पसरे अँधेरे को दीप्त करता बल्व जल उठा जिसे देखते हुए अनीता बोली— 'ठीक है, ऐसे ही भरोसेमन्द शब्द तुम्हारे रास्ते में रोशनी बिखेर सकते हैं। बस, अपने अन्दर इसी तरह चट्टान-सी मजबूती बनाये रखना। फिर देखना नतीजा। हम सब तो सच्ची-सच्ची रिपोर्टिंग करेंगे ही, हर हाल में।' कहते हुए उसने लम्बी-लम्बी साँसें भरते हुए अपने चित्त को सुस्थिर किया। ऐसा लगा जैसे उनके मन पर छाया अवसाद छंटता जा रहा हो।

तिपाई पर रखी छोटी-सी टीवी में फिर से कुंजू से जुड़ी खबरें दिखाई जाने लगीं जिन्हें देखते हुए उसके चेहरे पर ऐसे गर्वीले भाव पसरने लगे गोया रातोंरात उसे किसी बड़े स्टार जैसी शोहरत मिल गयी हो। फिर वह रुक-रुककर बोलने लगीं—

'दीदी, मैं सचमुच भाग्यशाली हूँ जिसे मीडिया ने इतना कवरेज दिया। आजकल तो सभी कहने लगे कि अब मेरी कामयाबी के रास्ते यहीं से जल्दी ही खुलने लगेंगे। कल नेशनल डेमोक्रेटिक पार्टी वाले लोग आये थे, वे हममें नेता बनने की सम्भावनाएँ देखने लगे हैं। कह रहे थे, तू इतनी बोल्ड है, तेरे जैसी लड़की को तो पार्टी में होना चाहिए।'

'क्या? क्या कहा? पार्टी नेता बनाएँगे वे तुम्हें? ये क्या करने जा रही है तू? न, ऐसा कतई कुछ न करना।

वहाँ तो सिर्फ बड़ी-बड़ी बातें की जाती हैं, सुधार वगैरा के भाषण भी खूब झाड़े जाते हैं मगर अन्दरूनी सच वैसा नहीं होता जैसा दिखाया जाता है। समझीं?'

अपने भीतर मचते हाहाकार को दबाती मृदु न तो उस बच्ची को जोर की डाँट लगाने की सोच पायी और न ही साफ-साफ मना करने की हिम्मत जुटा पायी। उसका बोलना जारी रहा– 'मगर दीदी, हम जैसी भोली भाली लड़कियों को कटघरे में खड़े होने की मुसीबतों से तो राहत दिलाएँगे न ये पार्टी वाले? फिर इनका संगठन बड़ा है, सभी कह रहे कि अकेला चना भाड़ नहीं फोड़ सकता। क्या करूँगी अकेले रहकर? कैसे जी पाऊँगी अकेले? उन राक्षसों से बचकर जीना आसान भी तो नहीं।'

'वो सब तो ठीक है मगर... तुझे कैसे समझाऊँ कि वहाँ भी हिफाजत करने वाले हाथ कहाँ होते हैं? सब के सब तो मतलब के यार होते हैं, नीबू की तरह निचोड़कर बेरहमी से फेंक देने वाले।'

'बहनजी, उन राक्षसों में से एक ने इससे शादी करने का मन बनाया था मगर यही तैयार नहीं हो रही। अब आप ही इसे समझाओ।' उसकी अम्मा ने अपना पक्ष रखा जिसे सुनते ही ठंडी झुरझुरी दौड़ गयी। फिर उसकी तरफ चिढ़कर देखते हुए बोली–

'कैसी बेतुकी बातें करती हो मालती? किसी बलात्कारी से शादी करने को कौन हामी भरेगा? छिः छिः, जिसने पहले ही इसे बलपूर्वक छला हो, आज वह अपनी जान बचाने के लिए किसी दबाव में आकर इसे शादी के सपने दिखाने लगे और तुम मानने भी लगोगी उसकी बातें? क्यों?' बोलते-बोलते उसके सीने में हूक सी उठी।

लेकिन वह बीच में ही अचानक बौखलाकर बोल पड़ी–

'तो फिर कौन करेगा इससे शादी? ऐसी कलंकिनी से शादी करने के लिए कौन तैयार होगा? सब जगह तो बदनामी फैल गयी, ऐसे में कुँवारी ही बिठाए रखना पड़ेगा इसे तो।'

उसकी बात नकारते हुए अपने भीतर की ऊभ चूभ से गुजरती अनीता से जोर से बोले बिना नहीं रहा गया–

'अपने दामन पर लगे छींटों को धोने के वास्ते वे कैसे भी स्वाँग रचा लेंगे फिर चार दिन बाद जब छूट जाएँगे तो फिर क्या गारंटी है इस बात की, कि वे फिर अपने वहशीपन पर उतारू न हों। बोलो? याद करो, बाद में किसी ने एक लड़की को बीस हजार में दूर कहीं जाकर बेचा था। वोटों की राजनीति के वास्ते अभी वे मोहरा बनाकर अपना मतलब साध रहे हैं, बाद में इसे ले जाकर कहीं दूर छोड़ आएँगे तो क्या कर पाओगी तुम उन लोगों का? कुछ अन्दाजा भी है कि उनकी पहुँच कहाँ तक है?'

'ओफ! सचमुच इस समाज के लोगों, पुलिसवालों और कचहरी के वकीलों के तमाम ऊलजलूल सवालों से भिड़ते-भिड़ते पस्त पड़ चुकी हूँ मैं तो। ऐसे में किस पर भरोसा करूँ? वह राक्षस अभी कह रहा है कि हमसे भूल चूक हो गयी सो हमें माफीनामा दे दो। हम तुम्हारे नाम घर भी खरीद देंगे ...।'

'सच्ची बताएँ, जा घटना के बाद से हमारा घर से बाहर निकलना दूभर होता जा रहा। हर वक्त घर पर मनहूसियत पसरी रहती। किसी भी काम में मन नहीं लगता। बताओ, अब का करें हम? अपनी शर्मोहया गवाँ बैठे हम तो।' मालती फिर से अपनी इज्जत वाला खटराग अलापने लगी थी। इतने तर्कों से समझाने के बावजूद उस पर कोई असर नहीं पड़ा। आखिरकार आजिज आकर उसने सीधे सीधे उसके सामने एक प्रस्ताव रख दिया–

'कुंजू, क्यों, मेरे साथ रहोगी तुम? बोलो? इससे आसपास वालों की नजरों से भी बची रहोगी और जब तुम्ही नहीं रहोगी यहाँ तो कौन पूछेगा तुमसे बेहूदे सवाल वगैरा? चलोगी? बोलो?' उन्होंने इस बार कड़की से पूछा।

एक पल के लिए तो वह जवाब देने के लिए सिटपिटा गयी। सिर झुकाये खड़ी रही गूँगी बनी। फिर थोड़ी देर बाद धीमी आवाज में बोलीं–

'सोचकर बताऊँगी दीदी। मैं सचमुच उस हादसे को भूल जाना चाहती हूँ। अकेले बैठते ही फिर वही बातें याद आने लगतीं। कहीं बाहर निकलती तो ऐसा लगता जैसे न जाने कितनी आँखें मुझे ही घूर रही हों। रह-रहकर पुलिस वालों के बेसिरपैर के घिनौने आरोप सुनकर तो मन में आया था कि किसी नदी बावड़ी में कूदकर जान दे दूँ फिर सोचती–मेरे साथ जो भी हुआ, उसमें मेरा क्या कुसूर? मैंने तो कोई गुनाह किया नहीं।' उसकी बेखौफ आवाज में एक अजीब तरह की अकड़ और निश्चिन्तता का भाव शुमार था।

'ठीक कहती हो तुम। अपने भीतर किसी तरह का अपराधबोध मत पालना। यह अच्छी बात है। तो फिर बात करेंगे तुमसे। जल्दी ही आएँगे।'

अनीता ने अपना कैमरा, मोबाइल और रिकॉर्डर को अपने पर्स में डाला और मृदु से बोली– 'तो चलें? फिर मिलेंगे जल्दी ही। ओके?' वह भारी कदमों से बाहर की तरफ लौटने लगी।

'कुंजू, तुम भी सोच समझकर मेरे साथ रहने का फैसला कर लो और फिर खूब सोचकर जब भी फैसला लो, हमें फोन पर बता देना। हम खुद ही आएँगे तुम्हें लेने।' उसके बोले एक-एक शब्द वजनी थे।

वहाँ से लौटते हुए मृदु को ऐसा लगा जैसे वह न जाने कब से इसी तरह के अँधेरे रास्तों पर चल रही है जहाँ से बाहर निकलने की कोई भी तरकीब नहीं

सूझती उसे। वक्त के पिंजड़े में बन्द गोल-गोल घूमते हुए सुदीर्घ समय के मानचित्र में मेहनत से खोजने पर भी ढूँढ़ पाती वह अपना खोया हुआ वजूद। यह अजीब बेबसी का दौर था। उसके प्रति सहानुभूति थी और कुछ करने की ललक थी। उसका चेहरा और वे हालात याद करके दिल दिमाग में उथल पुथल मचने लगती। सोने की कोशिशों के बावजूद कैसे भी चैन नहीं पड़ रहा था। तभी उसने अनीता के साथ मिलकर ऐसी ही एक संस्था 'विश्रांति' की नींव डाली जहाँ बलात्कृत लड़की / स्त्री के लिए कुछ ठोस मदद करने की ठान ली थी उसने। जरूरत पड़ने पर उन्हें कानूनी मदद मुहैया कराने हेतु कभी कोर्ट-कचहरी के चक्कर काटने पड़ते तो कभी मानवीय आधार पर पीड़िता के परिवारीजनों से मिलकर या स्त्रीवादी संगठनों से जुड़कर कोई न कोई रास्ता निकालने के प्रयास किये जाते। इस संस्था से जुड़कर वह दिनोंदिन इतनी व्यस्त होती गयी कि गुजरते वक्त का पता ही नहीं चल पाता था।

ऐसे ही एक-एक दिन पर बैठते रहे पंछी दर पंछी। सरकती गयी धूप और परछाइयाँ। हवाएँ अपना रुख बदलती रहीं। कितनी तरह के कैसे-कैसे रूप धरकर आते जाते रहे कम्बख्त दिन-रात, सप्ताह और महीने भी। कभी चटख मटक रंग बिरंगे फूलों को सहलाती बासन्ती वयार बनकर धूम मचाने आ धमकते वे सुन्दर दिन तो कभी एकदम से जैसे घर खाली करके कहीं दूर, अनजान दिशाओं की तरफ मुड़ जाते वे दिन, लौटने की बावत कुछ भी बताये वगैर बेरहमी से मुड़ जाते समय के पाँव, देश देशान्तर की तरफ। फिर वह कितनी ही देर क्यों न ताकती रहे उस सूनी डगर पर, मगर वे फिर कभी नहीं लौट पाते और अगर लौटते भी हैं तो ऐसे जैसे कोई कुटा पिटा, धूल धूसरित बच्चा यहाँ-वहाँ से छिले हाथ पैरों और कुहनी में जख्म लिये जगह-जगह से खून टपकाता लौट आया हो। न, ऐसे रक्तरंजित दिन भला किसे सुहाते हैं?

उस दिन अखबार हाथ में पकड़े हुए अचानक भीतर कहीं विस्फोट-सा हुआ और खबर पढ़ते पढ़ते उसका पूरा वजूद हिल गया। यकीन नहीं कर पा रही थी वह। अखबार में उसकी तस्वीर देखते हुए उसका दिल बैठने लगा। चेहरा फक पड़ता गया और लगा जैसे शरीर की ताकत निचुड़ती जा रही हो। हाथ में पकड़े ठगी-सी बैठी रह गयी वह अखबार के पन्ने को हाथ में पकड़े। ये सब क्यों किया उसने? उफ! जिस बात का डर था, वही हुआ। भेड़ियाधसान है ये राजनीति तो। एक से एक मगरमच्छ पड़े हैं वहाँ जो देखते ही निगल जाएँगे कुंजू जैसों को।

सच तो ये है कि कहलाने को हमारा देश लोकतान्त्रिक है लेकिन राजनीतिक पार्टियों में सबसे ज्यादा इसी एक शब्द से बुरी तरह खिलवाड़ किया जाता है।

चाटुकारिता, अवसरवादिता और पैसों की तिगड़ी में फँसी फड़फड़ाती जनतन्त्र नामक चिड़िया क्या कभी मुक्ताकाश में उड़ पाएगी? कल्पनातीत लगता है। इस बीच ऐसे-ऐसे हादसे होते रहे जब वह दुविधा में फँसी फड़फड़ाती रही। पार्टी चुने या इंसानियत का रास्ता? पार्टी छोड़ने पर रुतबा या हैसियत जीरो हो जाएगी या ओहदा छिन जाएगा फिर? न, वह कभी सौदेबाजी नहीं कर पायी और शायद इसीलिए धीरे-धीरे हाशिए पर खिसकती चली गयी वह। पार्टी के भीतर भितरघाती गुट दिनोंदिन बढ़ते ही जा रहे थे और जरा-जरा-सी बात के बहाने की ओट लेकर अक्सर छोटे-बड़े गुट अपने-अपने स्वार्थ की खातिर वफादारी की अदला-बदली करने में कोई संकोच नहीं करते थे। सभी अपना मतलब साधने के लिए आया राम गयाराम वाली सौदेबाजी यानी गुटबाजी करने में जुट गये थे। विधायक, मन्त्री और खुद मुख्यमन्त्री तक का अपना हित साधने एक दूसरे की पार्टी में आवाजाही करते देखकर उसका दिल जार-जार रोने लगता। पार्टी में गुटवाजी इन दिनों इतनी जबरदस्त थी कि अपना वर्चस्व साधने या अपनी गोटी फिट करने कोई कभी भी किसी खास अपने का भी मर्डर करवा देने में कतई नहीं हिचकता था। सालों से राजनीति में टिके कितनों के मुख से कितनी सारी नंगी बातों की तह में जाकर उसने कितनी बड़ी हकीकत को जाना, समझा था। न चाहते हुए भी तमाम जाने पहचाने लोगों के किस्से याद आने लगे। जितनी ताकत से वह उन जिन्दा प्रसंगों को परे धकेलने की कोशिश करतीं लेकिन उससे दुगुने वेग से वे सिर उठाने लगते। शायद ये सब छोड़ना उसके लिए ठीक ही रहा होगा। यही सब सोचते-सोचते उसे कैसे भी नींद नहीं आ रही थी। अचानक देर रात उसका फोन घनघना उठा—

'कुंजू ने नेशनल डेमोक्रेटिक पार्टी ज्वाइन कर ली। अगले चुनाव की सशक्त प्रत्याशी होगी वह। नेताजी की सरपरस्ती में...खबर पढ़ी तुमने? अब? क्या कहोगी? बोलो?'

'कुछ नहीं। वही हुआ जिसका डर था। अब कुछ नहीं कर सकते हम। दुर्गति होनी हो तो हो, हम क्या करें?'

'इसका नतीजा जानती हो? कच्चा चबा जाएँगे वे उसे। इस्तेमाल करने की कला में तो वैसे भी माहिर होते हैं वे।'

'क्या करें? खुद ही भुगतेगी। हमें क्या? हमने तो समझाने की बहुत कोशिश की थी मगर सत्ता का लोभ लालच जो न कराये। शायद ये भी तो पूरा सच नहीं है। थाने और कचहरी के दरवज्जे पर चक्कर काटते-काटते इंसाफ की बाट जोहती लड़की को न्याय कैसे मिलेगा? कौन देगा? कैसे देगा? जैसे घात लगाये बैठे किसी भेड़िये ने अपने शिकार को लपक लिया हो, ऐसे ही लील लिया इस सिस्टम ने

उसे। ये कोई आम रास्ता थोड़े ही न था जिस पर वह बेधड़क चल सकती थी?'

क्या ये उसी के गले से निकलती आवाज है? ये इतनी निस्पृह कब से हो गयी? पता नहीं। बेरहम वक्त हाथ में फिसलती मछली की तरह छलाँग लगा निकल भागने को अकुलाने लगा। रास्तों पर उमड़ती रही भीड़ ही भीड़। चेहरे ही चेहरे जिनमें से कोई भी चेहरा पहचाना नजर नहीं आता। ऐसे ही होते हैं रिश्ते भी जिसको जहाँ हम जितना दे पाते हैं, उससे हमें उतना ही मिल पाता है, न उससे कम, न ज्यादा।

लगभग 7 महीने बाद फोटो सहित एक खबर पर उसकी नजर पड़ी तो सन्न रह गयी।

'कुंजू नामक लड़की पिछले कई महीनों से रहस्यमय परिस्थितियों में लापता है। जिस किसी सज्जन को वह दिखे तो कृपया नीचे लिखे पते पर सूचित कर दें। खबर देने वाले को समुचित इनाम दिया जाएगा।'

अरे! ये सब अचानक कैसे? कब? क्यों? मगर इसका हश्र तो यही होना ही था। उसे लगा, जैसे उसकी जिन्दादिल आवाज आज भी उसका पीछा कर रही है। उसने भी यही ठान लिया है कि वह सच्चे मन से उसकी तलाश करके ही चैन से बैठेगी। न जाने कहाँ से कहाँ तक किस किसके दर पे वह लगातार दस्तक देती उसे ढूँढ़ती फिर रही है। उसे आज भी यही लगता कि काश! उस दिन जिद करके उसने उसका हाथ पकड़ जबरदस्ती अपने पास बिठा लिया होता तो ऐसा नहीं होता। काश! कि वो उसके लिए ऐसा कुछ पक्का बन्दोबस्त कर पाती मगर अब करे तो क्या करे? कैसे इस गिल्ट को बाहर फेंके? इसे फेंकने की कोई भी तरकीब उसे नहीं सूझ रही।

लेकिन अब वो पहले से ज्यादा चौकन्नी रहती। घंटों तक अखबार चाटती रहती और सारे खबरिया चैनलों पर आँखें गड़ाएँ रखती। अनीता से अक्सर तमाम मुद्दों पर बतियाती रहती। बातों-बातों में उसी से पता चला कि विवेक नामक पत्रकार के पास लापता लड़कियों के बारे में कुछ गोपनीय जानकारियाँ रहती हैं। इन दिनों वो स्थानीय न्यूज सैक्शन में बड़े ओहदे पर है। एक दिन बैठे-बैठे खयाल आया—क्यों न चलकर उसी से पूछते हैं। शायद उसके पास कोई पक्की खबर हो। यह तो सचमुच संयोग की बात थी कि जिस दिन उसने उससे मिलने की सोची, उसी दिन अखबार के किसी कॉलम में एक जगह उसकी नजर अटकी रह गयी। अपनी जमीन और जंगल से जबरन बेदखल करके खदेड़े गये लोग तेजी से नक्सलवाद से जुड़ते जा रहे हैं। अपने संसाधनों और आजीविका से वंचित किये इन लोगों में जबरदस्त गुस्सा और आक्रोश भरा है। ऐसे ही बेकसूर लोगों ने जब

अपने साथ हो रहे अन्याय के खिलाफ पुलिस से शिकायत की तो उन्हें पुलिसिया दमन और अत्याचार का शिकार होना पड़ा। रोजी रोटी से जुड़े जरूरी मुद्दों पर इन सबने मिलकर जन आन्दोलन छेड़ा हुआ है। उन्हीं में से ज्यादातर के हाथों में आज बन्दूकें दिखती हैं। ताज्जुब की बात है कि उनके बढ़ते संगठन में दिनोंदिन ऐसी युवा लड़कियाँ और स्त्रियाँ भी शामिल होती जा रही हैं जो पुलिसिया शोषण की शिकार रही हैं। जब चारों तरफ से कहीं भी न्याय की उम्मीद न दिखे तो न्याय पाने की आशा में उन्होंने भी अपनी चूड़ियाँ उतार बन्दूकें थाम लीं। कहीं हमारी कुंजू भी तो ऐसे ही किसी संगठन में न चली गयी हो? सोचते ही उसने तुरन्त अखबार के दफ्तर में फोन करके आज की खबर की दरयाफ्त करनी चाही।

'कौन था रिपोर्टर?'

'विवेक सिंह...

पता चला कि ये वही विवेक सिंह था जो एक बार उसके पास तहकीकात करने आया था। उसने तुरन्त फोन लगाया–

'मैं मृदु, आपसे मिली हूँ एक बार।'

'हाँ, बताएँ...।'

'आज के अखबार में पढ़ा है कि नक्सली जनआन्दोलन से कुछ लड़कियाँ भी जुड़ने लगी हैं। कहीं वो कुंजू जिसकी रहस्यमय परिस्थितियों में लापता होने की खबर छपी थी, कहीं वो उस तरफ तो नहीं चली गयी? प्लीज, लैट मी नो।'

'क्या करेंगी ये सब जानकर भी? वैसे नक्सलवादी आन्दोलन से मेरी गहरी सहानुभूति है। क्या करती बेचारी कुंजू भी? जब अत्याचार और अनाचार की सारी हदें पार हो जाएँ और आपके भीतर बदले की आग धधक रही हो तो ऐसे में कोई भी चैन से कैसे बैठे रह सकता था भला? उसके लिए किसी ने भी तो कुछ नहीं किया। न प्रशासन ने, न किसी पॉलिटिकल पार्टी ने। सुना है, जिस दल में बड़े उत्साह से शामिल हुई थी वह, वहाँ भी तो उसका बेजा इस्तेमाल होने लगा था।'

'आपको क्या लगता है, कहाँ गयी होगी वह? कहीं वहीं तो नहीं पहुँच गयी? मगर कैसे?'

'ऐसा है मैडम, इस गर्म टॉपिक पर फोन पर मेरा मुँह खोलना ठीक नहीं। आपको पता, निरंजन नामक पत्रकार को नक्सली मानकर बेरहमी से मार दिया गया। सो ये सब बातें फोन पर बताना ठीक नहीं रहेगा। जब कभी मिलेंगे तो विस्तार से बता पाऊँगा।'

'क्यों न आप आज ही आ जाएँ शाम तक। मेरा पता है...।'

वक्त था कि काटे नहीं कट रहा था। इतनी अधीरता और ऐसी बेताबी कि

कब वह उड़कर उसके पास पहुँच जाए और हकीकत के सारे चेहरे पहचान ले। वैसे ये सब छुपे तौर पर ही काम करते रहते। स्थानीय पुलिस यदि इनसे पंगा ले तो उन्हें भी उठा फेंकने में इन्हें पल भर की देरी नहीं लगती। चारों तरफ के कानूनी पचड़ों से थक हारकर ही कोई यहाँ इस मोड़ तक का सफर तय करता होगा। न जाने कब, कहाँ से, कैसे वह उनके बीच पहुँची होगी? यह सचमुच अकल्पनीय और अविश्वसनीय लगता है उसे कि आखिर वो वहाँ पहुँची कैसे होगी? उस पार्टी में रहकर शायद कोई पत्रकार उसका मित्र बन गया हो जिसने उसके साथ हो रही ज्यादतियों की खबर वहाँ पहुँचायी हो या नक्सलवाद का कोई पुरजोर समर्थक उसे पार्टी में ही टकराया हो या... या... या....

चौतरफा हुए अपमान से त्रस्त और सामन्ती मूल्यों से उत्पीड़ित लड़की को लेकर जन अदालत चल रही है। कुछ ताकतवर सदस्य उसे चारों तरफ से घेरे खड़े हुए हैं। तीखे सवालों की बौछार होने लगीं हैं–

'ऐ, तू हमारी नयी सदस्य है। बोल, तू क्या कहती है? बता, इसके साथ हुए जुल्म और अन्याय के खिलाफ क्या सुलूक किया जाए? पहले इसके श्वसुर ने इसके साथ ज्यादती की, फिर जेठ ने और फिर देवर ने, एक-एक करके तीनों ने इसकी सरेआम इज्जत लूटी। चारों तरफ के गिद्धों से घिरी थी ये बेचारी। तो बोल, तू क्या कहती है? अन्यायियों के खिलाफ क्या सजा मुकर्रर की जाए?'

'समस्या की जड़ में था इसका वह कमीना श्वसुर। उसी नीच के उकसाने पर ही दोनों ने...' किसी ने बीच में ही टोका।

'मुझे तो तुरन्त न्याय चाहिए। बदला लेने की आग धधक रही है मेरे सीने में। रूलिंग पार्टी के गुंडों ने और पुलिस वालों ने सबने मिलकर लूटा है मुझे। सब साले पैसों पर बिके कुत्ते हैं, कमीने हैं, हरामी कहीं के... न, इनसे कतई कोई उम्मीद नहीं मुझे। बस बदला लेना है मुझे तो हर हाल में। उन सबों को मारकर ही चैन की साँस ले पाऊँगी मैं, हाँ, कहे देती हूँ। जो मेरी इस हालत के जिम्मेदार हैं, एक एक करके सबसे बदला लूँगी मैं, हाँ, बन्दूक उठाऊँगी मैं और फूलन देवी की तरह सबके सीने छलनी कर दूँगी।'

'तो क्या फूलन देवी की तरह बदला लेने की नीयत से तू यहाँ तक आयी है? उसी रास्ते पर चलने के लिए तू बन्दूक थामना चाहती है? बोल? फिर तुझमें और फूलनदेवी में क्या अन्तर रहा? एक बात याद रख, हमारा संगठन बदला नहीं बल्कि समूचे सिस्टम में बदलाव लाने की बात करता है और सिस्टम को बदलने की खातिर ही हमें ये हिंसक रास्ता अख्तियार करना पड़ता है, समझी कुछ?' कुंजू ने जोर से चीखते हुए दुबारा कहा–